Carol Higgins Clark

Tödliche Diamanten

Carol Higgins Clark

Tödliche Diamanten

Roman

Aus dem Amerikanischen
von Hedda Pänke

Ullstein

Der Ullstein Verlag ist ein Unternehmen der
Econ Ullstein List Verlag GmbH & Co. KG

Titel der amerikanischen Originalausgabe
FLEECED

Amerikanische Originalausgabe 2001 by
Scribner, New York

Das Buch erscheint im Ullstein Verlag

Satz: Dörlemann Satz, Lemförde
Gesetzt aus der Bembo
Druck und Verarbeitung: Clausen & Bosse, Leck
Printed in Germany 2002
ISBN 3 550 08356 4

Meiner Mutter Mary Higgins Clark
und meinem Stiefvater John Conheeney
in Liebe zugeeignet

1

Regan Reilly blickte aus dem Fenster des Flugzeugs, in dem sie seit fünf Stunden gesessen hatte, und freute sich, als endlich die Skyline von Manhattan vor ihren Augen auftauchte. Gut, wieder da zu sein, dachte sie. Hier gehöre ich her. Aus mehreren Gründen. Einer der wichtigeren war ihre noch junge Beziehung zu Jack Reilly, dem Chef des Major Case Squad von New York. Trotz des gleichlautenden Nachnamens bestand zwischen ihnen glücklicherweise keinerlei Verwandtschaft.

Regan, mittlerweile einunddreißig Jahre alt und Privatdetektivin in Los Angeles, hatte vor, an einer Krimitagung teilzunehmen, die von ihrer Mutter, der Krimiautorin Nora Regan Reilly, und von einer Handvoll anderer Autoren organisiert worden war. Regans Vater Luke wollte ebenfalls kommen. Er besaß drei Bestattungsinstitute in New Jersey und war letztes Jahr zu Weihnachten entführt worden. Dadurch hatten sich Regan und Jack Reilly kennen gelernt. Seit drei Monaten führten sie nun eine Long-Distance-Beziehung zwischen New York und Los Angeles.

»Ich tue alles, um dich glücklich zu machen, Regan«, hatte Luke nach seiner glücklichen Heimkehr mehr als einmal gescherzt. »Ich lasse mich sogar entführen.«

Ja, Jack macht mich glücklich, dachte Regan, während

die Räder des Flugzeugs sanft auf die Rollbahn aufsetzten und der Pilot die Maschine schnurstracks zum richtigen Flugsteig fuhr.

An der Gepäckausgabe freute sich Regan, dass endlich einmal ihre Koffer als Erste über das Rollband liefen. Sie hievte sie auf den Wagen, den sie organisiert hatte, und stürmte nach draußen, um ein Taxi heranzuwinken. Am Taxistand wartete außer ihr nur ein weiterer Fluggast. Irgendwie läuft heute alles zu glatt, dachte Regan, während sie ins Taxi stieg. Zu glatt. Irgendetwas geht bestimmt noch schief. Doch obwohl an diesem Donnerstag um 17 Uhr wie immer Berufsverkehr herrschte, brachte sie das Taxi zügig nach Manhattan.

Als sie am Plaza Hotel vorbeifuhren und Central Park South kreuzten, musste Regan lächeln. Ich bin fast da, dachte sie. Regan wollte ihre Eltern auf einer Cocktailparty anlässlich der Tagungseröffnung treffen und dann mit ihnen zu Abend essen. Jack musste an einer Preisverleihung auf Long Island teilnehmen, aber morgen würde sie ihn wiedersehen.

Das Leben konnte manchmal schon großartig sein.

Im Apartment ihrer Eltern fühlte sich Regan sofort wohl und geborgen. So ging es ihr immer, wenn sie diese Wohnung betrat. Sie duschte kurz, schlüpfte ins kleine Schwarze, Manhattans abendliche Einheitskleidung, und eilte aus dem Haus. Die Cocktailparty war bereits in vollem Gange. Kaum hatte Regan den Raum betreten, da entdeckte Nora sie auch schon in der Menge. Auf ihren Mutterinstinkt war halt immer noch Verlass.

»Regan, wie schön, dass du endlich da bist!«, rief Nora hocherfreut und eilte auf ihr einziges Kind zu, um es zu umarmen.

Einige Stunden später beendeten Regan, Nora und Luke ihr opulentes Abendessen in der *Gramercy Tavern.*

Alle Tische waren besetzt und an der Bar herrschte reger Betrieb.

»Das war köstlich«, sagte Regan und blickte sich in dem vollen Restaurant um. »Hier kann man hervorragend das Wochenende einläuten. Ich bin viel zu selten in dieser Gegend.«

Sie ahnte nicht, dass gerade einmal zwei Blocks entfernt ein Verbrechen geschah. Ein Verbrechen, das Regan schneller an den Gramercy Park zurückführen sollte, als sie gehofft hatte.

* * *

Nat Pemrod saß im Wohnzimmer seines noblen Penthouse-Apartments am Schreibtisch und seufzte zufrieden. Die Tür zum nahen Safe stand offen und der Inhalt war liebevoll vor ihm ausgebreitet. Gerührt betrachtete er den Verlobungs- und Trauring seiner verstorbenen Frau Wendy, die Perlen, die sie von ihm zu ihrem ersten Hochzeitstag bekommen hatte, den kleinen, albernen Ring aus einem Kaugummiautomaten, der Wendy immer wichtiger zu sein schien als ihr echter Schmuck. All die Armbänder, Ohrringe und Halsketten, die er ihr im Lauf der Jahre geschenkt hatte, lagen jetzt vor ihm. Jedes einzelne Stück, Plunder oder Preziose, barg eine besondere Erinnerung.

Seit einem halben Jahrhundert war Nat Juwelier. Vor einigen Tagen hatten sein Freund Ben und er beschlossen, den Erlös ihrer vier wertvollen Diamanten dem kränkelnden Settlers' Club zum hundertjährigen Bestehen zu spenden.

Beide waren »Settlers« seit Jahrzehnten und fast ebenso lange hatte Nat eine Wohnung im Club. Zu seiner Blütezeit war der von einem Exzentriker für »Pioniere mit Geist« gegründete Club mit Sitz im schicken Gramercy Park in New York ein bevorzugter Treffpunkt für

Gesellschaftslöwen, Politiker und Künstler gewesen, ein Dorado für kulturelle Events. Doch nun teilte er das Schicksal vieler ähnlicher Clubs und schwebte in Gefahr, schließen zu müssen. Die Mitgliederzahlen sanken, die Räume waren heruntergekommen und die Mittel knapp. Manche sprachen spöttisch vom Bettler-Club.

Im Hinblick auf die bevorstehende Jubiläumsfeier hatten Nat und Ben entschieden, ihr Geld da zu investieren, wo gewissermaßen ihr Herz schlug, und dem Club mit einer Summe unter die Arme zu greifen, die an vier Millionen Dollar heranreichen dürfte.

»Damit sollte der Laden wieder in Schwung kommen«, schmunzelte Nat.

Nat wusste auch, dass es höchste Zeit war, eine endgültige Entscheidung darüber zu treffen, wer Wendys Schmuck erhalten sollte. Er wollte die Klunker in verständigen, respektvollen Händen wissen, wenn es ihn einmal nicht mehr gab. Doch solange er noch lebte, konnte er die Vorstellung nicht ertragen, dass Wendys Juwelen den Körper einer anderen Frau schmückten. Er beendete seine kleine Inventur und wollte die Stücke gerade wieder in den Safe tun, als sein Blick auf die weinrote Samtschatulle fiel.

Nats Finger zitterten leicht, als er danach griff. Er öffnete das Etui behutsam und betrachtete die vier großen Diamanten, die sich in wenigen Tagen in profane Dollars verwandeln würden. »Es fällt mir wirklich nicht leicht, mich nach fünfzig Jahren von euch zu trennen, aber unser Club braucht nun einmal dringend Kohle.« Lachend stellte Nat die Schatulle wieder auf den Schreibtisch.

Freudige Erregung durchpulste ihn und er klatschte in die Hände. Das wird ein Riesenspaß, dachte Nat. Dem Club wieder auf die Beine zu helfen. Die große Jubiläumsparty am Samstagabend. Die bestimmt nicht die einzige bleiben wird. Mit Ben und mir in vorderster Front der Ehrungen und Würdigungen. Das würde endlich ein wenig Abwechslung in den trostlosen März bringen.

Plötzlich schien der kalte Frühlingswind ins Apartment zu dringen. Nat hüllte sich enger in seinen Bademantel und blickte sich im Wohnzimmer um: die feine Holztäfelung, die Antiquitäten, die bis unter die Decke reichenden Bücherregale mit der schmiedeeisernen Bibliotheksleiter, der Kamin und die beiden lebensgroßen Schafe vor dem Fenster.

Nat und Wendy hatten das Pärchen in den ersten Jahren ihrer Ehe gekauft, weil es Wendy an ihre Kindheit auf einer Schaffarm in England erinnerte. Im Lauf der Zeit hatte Nat sie immer wieder mit irgendwelchem Schaf-Schnickschnack überrascht. Aber die beiden Schafe blieben ihre Lieblinge. Sie waren die Kinder, die sie nie hatte. Sie liebte die beiden so sehr, dass sie eine großzügige Spende kurz vor ihrem Tod vor drei Jahren mit der Verpflichtung verband, dass der Club nach ihrem und Nats Ableben die Schafe übernahm und ihnen einen Ehrenplatz in der Bibliothek gab.

Ja, dachte Nat, ich habe mich in den letzten fünfzig Jahren hier in der Tat wohl gefühlt. Ben und ich tun recht daran, die Spendierhosen anzuziehen und unserem Club den Fortbestand zu sichern!

Nat sprang auf, ergriff das rote Samtetui und ging zu den Schafen, denen Wendy und er die Namen Dolly und Bähbäh gegeben hatten. Er pulte die Glassteine aus Dollys Augenhöhlen und ersetzte sie durch zwei Diamanten und wiederholte das Ganze bei Bähbäh. Dann trat er einen Schritt zurück und lächelte.

»Was für prächtige Augen!«, lachte er. »Ihr zwei seht ungemein kostbar aus! Das hätte eurer Mama Wendy gefallen. Hat sie euch nicht immer ihre Schätzchen genannt? Allerdings werden eure Augen nur kurz dieses ganz besondere Funkeln haben.«

Sorgfältig zog Nat den Schafen die Stirnfransen aus Wolle über die wertvollen Augen und tätschelte ihnen die Köpfe. Er verwahrte die Glassteine im roten Etui und legte es wieder auf den Schreibtisch.

Jetzt dusche ich erst einmal und dann räume ich alles wieder weg, dachte er. Er schlurfte über den Korridor und durch sein Schlafzimmer. Im marmorgefliesten Bad drehte Nat die Dusche voll auf.

»Das wird meinen alten Knochen gut tun«, murmelte er, als er am Whirlpool vorbeilief, zurück in sein Schlafzimmer ging und die Badezimmertür hinter sich schloss. »Aber erst soll es da drinnen ein bisschen warm werden.«

Die Spätnachrichten mussten gleich beginnen. Er legte sich auf sein Bett, schnappte sich die Fernbedienung und stellte den Fernseher an. Was für ein Tag, dachte er und schmunzelte glücklich. Die Entscheidung, ein paar Millionen Dollar zu verschenken, kann einen echt ermüden. Nat schloss kurz die Augen, schlief aber schnell ein. Als er wieder erwachte, zeigte die Digitaluhr auf dem Nachttisch 22.38 Uhr.

Nat wuchtete seinen dreiundachtzigjährigen Körper hoch und glitt vom Himmelbett, das seine liebe Frau vor drei Jahrzehnten bei einem Trödelverkauf zu einem wahren Schnäppchenpreis erworben hatte. Als er die Badezimmertür aufstieß, empfingen ihn heiße Dampfwolken. »Aahhh …«, grunzte er behaglich, zog seinen Bademantel aus und hängte ihn an den Haken.

Aber irgendwas stimmte nicht. Nat blinzelte in den Dampf und trat auf den Whirlpool zu. Er war mit Wasser gefüllt. »Was?«, fragte er laut, während Furcht sein Herz zusammenkrampfte. »Das habe ich doch gar nicht aufgedreht, oder?«

»Nein, haben Sie nicht.«

Verdutzt schoss Nat herum. Er wollte etwas sagen, aber bevor er den Mund öffnen konnte, trat ein Fremder aus dem Dampf und versetzte Nat einen Stoß, der ihn rückwärts in den Whirlpool schleuderte. Nats Kopf prallte heftig gegen die Umrandung des Beckens, bevor er ins Wasser fiel.

»Ausgezeichnet.« Der Fremde sah zu, wie Nats Körper von den Wellen hin- und hergeworfen wurde und dann zur Ruhe kam. »Eigentlich eine Schande, wie viele Menschen zu Tode kommen, wenn sie im Bad ausrutschen. Eine himmelschreiende Schande.«

Einen Moment später waren die Hähne der Dusche abgedreht und das Innere der Kabine trocken gewischt.

2

Hätte jemand an diesem Morgen Thomas Pilsner einen guten Tag gewünscht, wäre seine Antwort vermutlich genauso abgedroschen gewesen wie der vorangegangene Gruß.

Was für einen Unterschied doch zwölf Stunden ausmachten!

Wer hätte denn auch wissen können, dass zwei Mitglieder des Clubs, dessen Geschäftsführer er war, ihm zur Mittagszeit eine absolut wundervolle Neuigkeit mitteilen würden? Der Settlers' Club, der kaum noch Geld für den laufenden Betrieb hatte, geschweige denn für die dringend notwendige Renovierung, sollte eine Spende in Höhe von rund vier Millionen Dollar erhalten.

Keine schlechte Spritze, was?, dachte Thomas im Stillen. Jetzt war es elf Uhr abends und seit dem Mittag schwebte er auf Wolke sieben. Er war noch im Clubbüro, um den Stand der Vorbereitungen für die große Party am Sonnabend zu überprüfen. Donnerwetter, würde das nun ein Jubiläum werden! Nat und Ben zufolge schwebte ihnen eine besonders feierliche Form für die Übergabe der Spende vor.

»Alles, was Sie wollen!«, hatte Thomas so begeistert erklärt, dass er sich selbst kaum wiedererkannte. Als er am Nachmittag ein paar Besorgungen erledigte, war er förmlich durch Manhattan getänzelt. Er hatte noch niemandem davon erzählt, nahm aber an, dass sich die Neuigkeit schnell herumsprechen würde. Na und? Es konnte eigentlich nichts mehr schief gehen. Die Party würde auf jeden Fall ein toller Erfolg.

Auf seinem Schreibtisch klingelte das Telefon. Das muss meine kleine Janey sein, dachte er. Seit drei Monaten war Janey nun seine Freundin und sie telefonierten für gewöhnlich mehrmals am Tag miteinander. Sie hatten sich kennen gelernt, als Janey einen Vortrag im Club besuchte, und jedermann erklärte, sie wären wie füreinander geschaffen. Sie war kaum jemals ohne Twinset und Perlenkette zu sehen und er nie ohne eine Fliege, sein Markenzeichen. Beide Mitte zwanzig, kamen sie sich vor wie zwei vertraute Seelen, die einander aus einem anderen Leben kannten und in Wahrheit einer vergangenen Zeit angehörten. Manchmal sprachen sie darüber, wie gern sie im letzten Jahrzehnt des 19. Jahrhunderts in New York City gelebt hätten. Aber als sie einmal eine Kutschfahrt durch den Central Park unternahmen, um die Vergangenheit wieder aufleben zu lassen, sahen sie sich von verschwitzten Joggern umgeben sowie einem aufdringlichen Rollerblader, der die Kutsche unablässig umkreiste.

Thomas nahm den Hörer ab und das Lächeln schwand aus seinem Gesicht. »Ben Carney? O nein …«

Er rannte aus dem Büro, den Flur entlang und drückte hastig auf den Fahrstuhlknopf. Langsam ging die Tür auf, langsam schloss sie sich wieder und ächzend schnaufte der altertümliche Lift zum vierten Stockwerk hinauf. Auch eine Einrichtung, die dringend ersetzt werden muss, ging es Thomas durch den Kopf. Wie sollte er Nat nur beibringen, was seinem alten Freund Ben zugestoßen war?

Als sich die Fahrstuhltür wieder öffnete, eilte Thomas über den Korridor zu Nat Pemrods Apartment und drückte auf die Klingel. Das Getöse von einer von Lydia Sevaturas Single-Partys hallte über den Flur. Was man doch alles hinnehmen muss, damit der Club neue Mitglieder anspricht, dachte Thomas angewidert.

Nat öffnete nicht.

Thomas klingelte noch einmal.

Als Nat auch darauf nicht reagierte, legte er sein Ohr an die Tür und hörte von fern den Fernseher plärren. Thomas griff in seine Tasche und holte den Generalschlüssel heraus, den er für Notfälle stets bei sich trug. Er schloss auf und trat zögernd ein. Links führte der Flur zu den Schlafzimmern, der Küche und dem Esszimmer. Rechts gewährte ein breiter Durchbruch Zugang zum Wohnraum, der sich über die gesamte Länge des Apartments erstreckte.

»Nat?«, rief er. Als er sich dem Schlafzimmer näherte, wurde der Fernseher lauter. »Nat?«

Von der Schwelle aus spähte er in den Schlafraum. Kissen waren am Kopfteil aufgetürmt und die Tagesdecke wirkte zerdrückt. Thomas' Kehle wurde trocken. Er stieß die Tür zum Bad auf. Ein kaum hörbarer Schrei kam über seine Lippen.

Seine Füße trugen ihn über den Korridor und zur Wohnungstür hinaus, als sich gegenüber gerade die Tür zu Lydias Apartment öffnete. Keuchend rannte er den Flur entlang, durch die Brandschutztür und drei Stufen auf einmal nehmend die Treppe hinunter ins erste Stockwerk. In seinem Büro wählte er mit fliegenden Fingern die Nummer 911.

Innerhalb weniger Minuten erschienen die Polizei und Nats Hausarzt am Ort des Geschehens. Atemlos vor Entsetzen hörte Thomas, dass der Arzt Nat für tot erklärte.

»Er ist im Whirlpool ausgerutscht«, sagte Dr. Barnes. »Es sieht aus, als hätte er sich eine tödliche Schädelverletzung zugezogen. In letzter Zeit klagte er über gelegentliche Schwindelanfälle …«

In diesem Moment betrat einer der Polizisten das Schlafzimmer. »Auf dem Schreibtisch im Wohnzimmer liegt jede Menge Schmuck herum. Der Safe ist leer.«

Thomas hob den Kopf. »Er und sein Freund Ben wollten die vier Diamanten in der roten Schatulle verkaufen, damit der Erlös dem Club zugute kommt.«

»Eine rote Schatulle habe ich nirgendwo gesehen.«

»Aber sie haben sie mir erst heute Mittag gezeigt.«

»Glauben Sie mir, da ist kein rotes Etui. Eine Menge dunkelblaue Kästchen und Schachteln, aber kein rotes Etui.«

Prompt fiel Thomas in Ohnmacht.

3

Regan Reilly öffnete die Wohnungstür und hob die drei Tageszeitungen auf, die vor die Schwelle geworfen worden waren, während New York in tiefem Schlummer lag. Regan schloss die Tür wieder und ging in die kleine Küche. Sie öffnete den Hängeschrank über der Spüle und holte einen Becher heraus, während die Kaffeemaschine asthmatisch röchelnd die letzten Tropfen frisch gebrühten Kaffee in die Glaskanne laufen ließ. Musik in meinen Ohren, dachte Regan. In Sekunden dringt Koffein in meine Blutbahn.

Regan setzte sich ins Esszimmer und trank den ersten, besten Schluck Kaffee des Tages. Ihre Augen nahmen den unglaublichen Anblick des Central Park in sich auf, der den eigentlichen Reiz des Apartments ausmachte, wie ihre Mutter immer wieder betonte. Mit Recht, befand Regan. Die Zweitwohnung ihrer Eltern war eine durchaus behagliche Bleibe, aber der Blick aus den Panoramafenstern in der 16. Etage überwältigte jeden. Selbst an diesem kalten und grauen Märzmorgen war der Ausblick auf den Park umwerfend.

Kaffee, die Zeitungen und der Central Park. Eine wundervolle Art, den Tag zu beginnen. Und bevor er um ist, sehe ich Jack, dachte Regan. Plötzlich erinnerte sie sich an eine These im Rahmen ihres Englisch-Kurses, nach der

Erwartung und Vorfreude die halbe Lebenslust sind. Regan lächelte. Das mochte in den meisten Fällen zutreffen. Aber mit Jack zusammen zu sein war sehr viel besser, als sich darauf zu freuen. Ich habe lange genug gewartet, dachte sie. Es ist an der Zeit, endlich zu leben.

Regan schlug eine der Zeitungen auf, ein Boulevardblatt, das sie immer gern las, wenn sie in New York war. Auf den ersten Seiten standen die üblichen Meldungen über mehr oder weniger ernsthafte Ereignisse im *Big Apple*. Scharfe Kontrollen von Autofahrern, die nervige Staus verursachten, unachtsame Fußgänger, die sich hemmungslos in das Chaos stürzten, ein Banküberfall in Manhattan, Baustellenlärm, der die Anwohner in den Wahnsinn trieb.

Regan blätterte um und hielt den Atem an. Unter einer großen Schlagzeile in der Mitte der Seite war ein Foto von ihrer Mutter und ihr, das sie beim gestrigen Cocktailempfang zu Beginn der Tagung zeigte. Eine Bildunterschrift umriss das Programm der viertägigen Zusammenkunft.

»Bis zum Sonntag kommen Kriminalschriftsteller zusammen, um Vorträge von Experten auf dem Gebiet der Verbrechensbekämpfung zu hören. Den Vorsitz der Tagung hat die Bestsellerautorin Nora Regan Reilly übernommen. Ihrer Tochter Regan ist die Durchsetzung der Gesetze nicht fremd. Die Privatdetektivin hat ihr Heim in Los Angeles verlassen und ist an den East River gejettet, um an den Seminaren teilzunehmen, wie natürlich auch an den Festlichkeiten.«

Heim in Los Angeles, dachte Regan. Eine Einzimmerwohnung. An den East River *gejettet*! In der Touristenklasse einer Fluggesellschaft, die eiskalte Bagels servierte. Wer auch immer gesagt hatte, alles sei nur Illusion, hatte sich keinen Scherz erlaubt. Wenigstens war das Foto ziemlich gut.

Regan, die aufgrund ihrer schwarzen Haare, blauen Augen und ihres hellen Teints als dunkle Spielart einer Irin galt, hatte den Arm um ihre Mutter gelegt, die mit einseinundsechzig sechs Zentimeter kleiner als Regan war. Sie sahen aus wie Mutter und Tochter, obwohl Noras Haare blond schimmerten. Da Luke über das Gardemaß von einszweiundneunzig verfügte, schlug Regan in puncto Größe keinem Elternteil nach. Als einziges Kind war sie das alleinige Resultat der Mischung ihrer Gene. Das Resultat eines Würfelspiels!

»Hm, der Kaffee duftet köstlich.«

Regan drehte sich um und sah ihre Mutter in einen blassrosa Seidenrock gehüllt im Türrahmen der Küche stehen. Ihr ungeschminktes Gesicht war von heiter-gelassener Schönheit. Gähnend holte sie sich eine Tasse nebst Untertasse aus dem Schrank neben ihr. Im New Yorker Apartment neigte Nora ausnahmslos dazu, zu dem guten Geschirr zu greifen. Regan hielt es für möglich, dass das am Ausblick auf den Park lag. Wenn man bereits früh am Morgen aus einer edlen Porzellantasse trank, kam man sich vor wie in einem Film aus den vierziger Jahren.

»Irgendwas Interessantes in der Zeitung?«

»Wenn du uns für interessant hältst, dann lautet die Antwort ja.«

»Was?« Nora äugte über die Schulter ihrer Tochter.

Regan zeigte auf das Foto. »Mammi und ich.«

Nora lachte. »Wie entzückend.« Sie beugte sich vor und musterte das Bild mit leicht zusammengekniffenen Augen. »Das ist eine gute Reklame für die Tagung. Am liebsten würde ich noch vor zehn ins *Paisley*. Ich bin fast sicher, dass sich ein paar Nachzügler für die Teilnahme einschreiben wollen.«

Das *Paisley* war ein Hotel mittlerer Größe unweit des Columbus Circle, das seine besten Tage eindeutig hinter sich hatte. Aber es besaß einen gewissen altmodischen Charme und genügend Raum für die Tagung. Es war groß genug für die Seminare, aber nicht so groß, um unbehaglich zu wirken. Nora hatte einen günstigen Preis ausgehandelt, der die Bereitstellung von Gratis-Kaffee und so vieler Klappstühle wie nötig umfasste.

Das Telefon klingelte. Regan blickte zur Uhr auf dem Kaminsims. »Noch nicht einmal acht. Ich frage mich, wer so früh anruft.«

»Ich hoffe nur, dass es nichts Unangenehmes ist«, sagte Nora und lief in die Küche, um den Hörer vom Wandtelefon zu nehmen.

Wie ungemein irisch wir doch sind, dachte Regan. Wie ging doch der alte Spruch? Die Iren haben einen ausgeprägten Sinn fürs Tragische, der sie die guten Zeiten überstehen lässt. Jeder Anruf zwischen elf Uhr abends und acht Uhr morgens konnte nur Unheil bedeuten. Niemand kam auf den Gedanken, dass jemand einfach nur die günstigeren Tarife nutzen wollte.

Regan beobachtete den Gesichtsausdruck ihrer Mutter. Sobald Nora wusste, wer der Anrufer war, entspannte sie sich und begann zu lächeln.

»Wie geht es Ihnen, Thomas?«

Thomas? Welcher Thomas, fragte sich Regan.

»Keine Ursache. Sie stören überhaupt nicht …«

Nicht die Spur. Unsere Herzen haben bloß etliche Schläge ausgesetzt. Und das Klingeln des Telefons verpasste mir genau den Adrenalinstoß, den ich dringend brauchte.

»Ja, sie ist hier. Moment, ich gebe sie Ihnen …« Nora reichte Regan den Hörer. »Thomas Pilsner.«

Regan zog die Brauen hoch. »Oh«, murmelte sie überrascht. Thomas Pilsner war der neue Geschäftsführer des Settlers' Club unten am Gramercy Park. Sie hatte den liebenswerten Spinner im letzten Herbst kennen gelernt, als sie zusammen mit ihrer Mutter an einem Dinner für Krimiautoren teilnahm.

»Hi, Thomas.« Regan stellte sich sein kindliches Gesicht und die hellbraune Haartolle vor. Wenn man ihn in eine hundertjährige Fotografie hineinmontierte, würde er dort nicht die Spur auffallen.

»Regan! O mein Gott, Regan!«, schrie Thomas hysterisch, der sich ihrer Mutter gegenüber offenbar zusammengerissen hatte.

»Was ist denn los, Thomas?«

»Ich habe die ganze Nacht kein Auge zugetan. Als um sechs die Zeitung kam, sah ich Ihr Bild und wartete wie auf glühenden Kohlen, bis ich Sie anrufen konnte. O Gott!«

»Beruhigen Sie sich, Thomas. Erzählen Sie mir lieber, was vorgefallen ist.«

»Gestern Abend sind zwei unserer betagten Mitglieder gestorben.«

»Das tut mir Leid.« Regan dachte daran, dass sich die irischen Ahnungen bezüglich Anrufen vor acht Uhr morgens doch als wahr erwiesen hatten. Sie konnte ihre Großmutter förmlich »Hab ich's dir nicht gesagt!« rufen hören. »Wie ist es dazu gekommen?«

»Der eine erlitt einen Herzanfall und stürzte vor einen Bus, der andere rutschte im Bad aus. Aber wenn Sie mich fragen, sind das zu viel Zufälle.« Thomas' Stimme zitterte, aber die Worte sprudelten ihm nur so über die Lippen. »Entschieden zu viele! Erst gestern habe ich mich mit den beiden zum Lunch getroffen. Und sie erzählten mir, dass sie den Erlös von vier wertvolle Diamanten dem Club spenden wollten. Ungefähr vier Millionen Dollar wären für uns herausgesprungen.«

»Nun, kann das nicht noch immer geschehen?«

»Die Diamanten sind weg!«

»Weg?«

Thomas holte aus und berichtete ausführlich von den Ereignissen des vergangenen Abends. »Aber das rote Samtetui mit den Diamanten befindet sich nicht bei dem anderen Schmuck. Es ist verschwunden.«

»Was sagt die Polizei?«, fragte Regan.

»Nun, das weiß ich nicht genau.«

»Warum nicht?«

»Weil ich das Bewusstsein verloren habe.«

»Du meine Güte.«

»Es war in höchstem Maße peinlich. Als ich wieder zu mir kam, brachte man mich in mein Apartment hinunter. Der Arzt gab mir ein Beruhigungsmittel und riet mir, mich gründlich auszuschlafen. Ich stand unter Schock!«

»Aber Sie konnten nicht schlafen.«

»Großer Gott, nein! Nach ein paar Stunden war ich wieder hellwach. Es ist schlimm genug, dass Ben und Nat tot sind, aber ich bin überzeugt, dass ihnen jemand nach dem Leben getrachtet hat. Die Polizei geht davon aus, dass sich Nat bei seinem Sturz eine tödliche Schädelverletzung zugezogen hat, aber ich bin überzeugt, dass jemand eingedrungen ist, um ihn zu ermorden und die Diamanten zu stehlen.«

»Ihnen liegt nichts Schriftliches über die Absicht vor, dem Club den Erlös der Steine zu spenden?«

»Nein. Ich erfuhr gestern erstmals davon und wollte es auf unserer Jubiläumsparty am Sonnabend bekannt geben.«

»Aber die Diamanten haben Sie gesehen?«

»Sie lagen während des Mittagessens direkt neben meinem Hühnersalat. Hin und wieder ließen mich Ben und Nat das Etui öffnen, um sie zu bewundern. Sie waren überwältigend schön!«

»Könnte Ben die Diamanten mit nach Hause genommen haben?«

»Das wäre genauso verhängnisvoll.«

»Warum?«

»Weil im Krankenhaus festgestellt wurde, dass seine Brieftasche fehlte. Wenn er die Diamanten bei sich hatte, wurden sie ihm zusammen mit seiner Brieftasche gestohlen!«

»Dieses rote Etui könnte doch irgendwo im Apartment versteckt sein.«

»Das kann ich mir nicht vorstellen.«

»Warum nicht?«

»Weil Nat während des Lunchs erwähnte, nun brauche er sich bald keine Sorgen mehr zu machen, möglicherweise die Kombination des Safes zu vergessen.«

»Und warum besaßen sie die Diamanten gemeinsam?«

»Sie waren beide Juweliere, die zusammen mit zwei weiteren Kollegen fünfzig Jahre lang allwöchentlich in Nats Apartment Karten spielten. Sie nannten sich ›Die Farben‹, nach den Farben im Kartenspiel – Kreuz, Pik, Herz und Karo. Irgendwann einmal brachte jeder seinen wertvollsten Diamanten zu einem der Treffen mit. Sie kamen überein, mit Ausnahme von Nats Frau Wendy niemandem von den Steinen zu erzählen, und beschlossen, dass der Letzte von ihnen die vier Diamanten erhalten sollte. Der Überlebende bekommt alles, nannten sie ihre Übereinkunft. Nun, zwei von ihnen sind im letzten Jahr gestorben, bevor ich Geschäftsführer wurde. Sie gehörten gleichfalls dem Club an. Wegen der bevorstehenden Hundertjahrfeier beschlossen Nat und Ben, mit den Steinen etwas Gutes zu tun und nicht darauf zu warten, dass sich irgendwann einer von ihnen über das ganze Geld freuen kann. Und nun sind beide tot!«

»Ich frage mich, was die Polizei denkt«, sagte Regan.

»Wahrscheinlich, dass ich mir die Steine angeeignet habe.«

»Wie kommen Sie auf diese Vermutung?«

»Weil ich von ihnen wusste.«

»Aber Sie haben die Diamanten überhaupt erst zur Sprache gebracht. Sagten Sie nicht, ihre Existenz wäre praktisch ein Geheimnis gewesen?«

»Die Sache hat sich mit Sicherheit im Club herumgesprochen! Unser Lunch verlief schließlich nicht lautlos, Regan. Durchaus nicht. Irgendjemand hat von den Plänen für Sonnabend erfahren. Vielleicht der Kellner, keine Ahnung. Hätte ich die Diamanten nicht erwähnt, wären die Leute doch stutzig geworden. Es hätte so ausgesehen, als wollte ich sie für mich.«

»Verstehe«, sagte Regan.

»Macht mich das verdächtig?«

Regan räusperte sich. »Die Polizei nimmt jeden unter die Lupe, der ein Motiv oder die Möglichkeit hat, ein Verbrechen zu begehen.«

»Deshalb brauche ich Sie, Regan.«

»Und was soll ich tun?«

»Regan, bitte kommen Sie zu mir, ziehen Sie in den Club. Helfen Sie mir, dieses Durcheinander aufzuklären! Helfen Sie mir, die Diamanten zu finden! Helfen Sie mir, meinen guten Namen wiederherzustellen. Helfen Sie mir, dem Settlers' Club die Zukunft zu sichern!«

Mehr nicht, fragte sich Regan. »Ich bin nur kurz hier, Thomas. Am Montag muss ich nach Los Angeles zurück. Ich bin mitten in einem ungelösten Fall.«

»Egal! Dann ziehen Sie eben nur für das Wochenende her! Vielleicht finden Sie ja schon dabei etwas heraus.« Nach einer kleinen Pause fügte er fast flehend hinzu: »Ich brauche Sie wirklich, Regan. Ich weiß sonst nicht, was ich tun soll.«

Regan blickte zu ihrer Mutter hinüber, die am Tisch saß und sie eigentümlich musterte.

»Okay, Thomas«, sagte Regan. »Ich komme. Gegen zehn kann ich bei Ihnen sein.«

»Ich wusste doch, warum ich Sie angerufen habe, Regan. Sie werden der Sache schon auf den Grund gehen.«

»Hoffentlich enttäusche ich Sie nicht, Thomas. Ich versuche mein Bestes.« Als Regan den Hörer aufgehängt hatte, wandte sie sich ihrer Mutter zu. »Du hast doch immer gewollt, dass ich in New York arbeite.«

4

Guten Morgen, Fürstin der Liebe«, rief Maldwin Feckles, als er mit einem Tablett mit heißem Kaffee, frisch gepresstem Orangensaft und duftenden Croissants das Schlafzimmer betrat. »Höchste Zeit, den Tag zu begrüßen.« Er stellte das Tablett auf einen Tisch neben dem Bett und zog die Vorhänge auf.

Stöhnend öffnete Lydia die Augen. »Wie spät ist es?«

»Acht Uhr. Und damit der Zeitpunkt, an dem ich Ihnen das Frühstück servieren sollte.«

»Hatte ich einen Alptraum oder ist das, was ich in Erinnerung habe, wirklich passiert?«

Maldwin seufzte. Er war ein kleiner Mann, der seine büschelartigen schwarzen Haare mit Gel zusammenpappte, weil sie sonst in alle Richtungen abstehen würden, und einem Gesicht mit babyglatter, weißer Haut. »Nein, ich fürchte, unser Nachbar Nat ist tatsächlich verblichen.«

»Verblichen würde ich das nicht nennen.« Lydia setzte sich auf. »Er hat den Planeten auf höchst dramatische Weise verlassen.« Gähnend griff sie nach dem pinkfarbenen Straußenfeder-Bettjäckchen, das so gut zu ihrem seidenen Nachtgewand passte. Seit sie von einer alten Nachbarin in Hoboken zwei Millionen Dollar geerbt hatte, war sie nicht nur in ein Penthouse-Apartment in New York gezogen, sondern hatte auch eine Partnerschaftsvermittlung mit dem passenden Namen »Bedeutsame Begegnungen« ins Leben gerufen und lud zu Schnupper-Partys in ihr elegantes Apartment ein. Ihrer Überzeugung nach musste sie stets und ständig so gekleidet sein, wie es der Rolle einer Fürstin der Liebe entsprach.

Eigentlich konnte sie es noch immer nicht recht glauben.

Im reifen Alter von achtunddreißig Jahren waren Lydias fantastischste Träume in Erfüllung gegangen. Sie hatte ein dürftiges Ein-Zimmer-Apartment im schäbigsten Teil von Hoboken mit einer Klasse-Wohnung nebst Butler vertauscht, der ihr jeden Wunsch von den Augen ablas. Und das alles nur, weil sie für Mrs. Cercino hin und wieder einkaufen gegangen war, die stets so ausgesehen hatte, als könnte sie nicht einmal die Stromrechnung bezahlen.

Unglücklicherweise war Lydia auf einen Typ hereingefallen, der nur hinter ihrem Geld her war und sich etwa fünf Minuten lang ihr Freund nannte, bevor es ihr gelang, ihn wieder loszuwerden. Aber er meldete sich noch immer auf ihrem Anrufbeantworter und schickte ihr Liebesbriefe mit der Post. Es war ebenso peinlich wie lästig.

Aber jetzt konnte alles noch schlimmer werden. Nach den Summen, die sie in die Einrichtung des Apartments und ihr Unternehmen gesteckt hatte, bestand nun die akute Gefahr, dass der Club schließen und das Haus verkaufen würde. Ausgerechnet in dem Moment, in dem Maldwin und sie ihre beruflichen Tätigkeiten unter Dach und Fach gebracht hatten, musste sie sich eine neue Unterkunft zum Leben und Arbeiten suchen! Dabei hätte der Club durch die Diamanten gerettet werden können, von denen sie gestern Abend erfahren hatten und die nun verschwunden waren!

»Ein Todesfall löst immer Unbehagen aus«, sinnierte

Lydia und pochte mit ihren langen, pinkfarbenen Fingernägeln gegen das Saftglas. »Glauben Sie, er könnte Leute von meinen Partys fernhalten?«

Maldwin schüttelte das Kopfkissen hinter ihren blond gefärbten Haaren auf. »Das Aufsehen kann sich nur günstig auswirken. Niemand kann Ihnen vorwerfen, langweilige Partys zu veranstalten. Und zwischenmenschlichen Kontaktaufnahmen sollte schließlich stets ein Hauch von Geheimnis umwehen.«

»Aber was ist, wenn die Presse berichtet, dass sich einige meiner Gäste durch das Erscheinen der Polizei belästigt fühlten?«

»Solange sie nur Ihren Namen richtig schreiben. Und den meiner Butlerschule.« Maldwin rümpfte die Nase. »Vergessen Sie nicht, was ich Ihnen bei meinem Arbeitsantritt sagte.«

»Es gibt keine negative Werbung.«

»Genau.« Maldwin ging auf die Tür zu.

»Dennoch mache ich mir Sorgen, Maldwin.«

Maldwin blieb stehen.

»Wenn wir uns etwas Neues suchen müssen, wird das sehr teuer. Allein mein Briefpapier kostet ein Vermögen. Und die Leute legen Wert auf die richtige Adresse. Die Umgebung von Gramercy Park gibt ihnen ein gewisses *je ne sais quois …*«

Maldwin zuckte zusammen. Er hasste es, wenn sie mit ihrem Schulfranzösisch um sich warf. Ihr Akzent war schauerlich.

»Ich weiß, Fürstin. Aber wir müssen abwarten. Die Party morgen Abend sollte dem Club neue Mitglieder bringen. Und mit ein wenig Glück werden die Diamanten gefunden und wir können weitermachen wie bisher.« Er strich sich die Haare in den Nacken und schob seinen Ring zurecht. »Meine Schüler müssen bald erscheinen.

Wir planen einen Ausflug in eine Stadt voller Antiquitätengeschäfte in New Jersey. Vermutlich kommen wir erst am späten Nachmittag zurück.«

Lydia verzog das Gesicht. »Und ich muss zum Fitnesstraining. Vergessen Sie nicht, dass wir heute Abend in Stanleys Studio zum Interview verabredet sind. Wie viele Zuschauer hat sein Kabelprogramm eigentlich?«

»Ein offener Kanal zieht nicht gerade die Massen an, fürchte ich. Aber es ist immerhin ein Anfang.«

»Es war ein langer Weg von Hoboken zum Gramercy Park«, stellte Lydia fest. »Und ich will nicht wieder zurück, Maldwin.«

»Unseren Geschäften wird Erfolg beschieden sein, Miss Lydia«, sagte Maldwin. »Unter allen Umständen.«

Sie blickten sich an und lachten ein bisschen nervös. Er verbeugte sich knapp, verließ den Raum und schloss die Tür.

5

Regan trat unter der Dusche hervor, zog sich schnell an und trocknete ihr Haar. Sie schaltete den Fön aus, legte ihn auf die Frisierkommode und hörte ihr Handy klingeln.

Es war Jack. Beim Klang seiner Stimme dachte Regan an sein ebenmäßiges Gesicht, die haselnussbraunen Augen unter den mittelblonden Haaren, die sich an den Enden lockten, und musste lächeln. Er war vierunddreißig, einsfünfundachtzig, hatte breite Schultern und zweifellos Charisma. Er besaß einen scharfen Verstand, eine schnelle Auffassungsgabe und eine gesunde Portion Humor wie die meisten Kinder aus großen Familien. Jack war in Bedford, New York, aufgewachsen, hatte am Boston College studiert und seine Familie mit dem Entschluss überrascht, den Fußstapfen seines Großvaters folgend in den Polizeidienst zu treten.

Jacks Großvater war Polizei-Lieutenant gewesen. In den zwölf Jahren seit dem Collegeabschluss war Jack vom Streifenpolizisten zum Polizeihauptmann und Leiter der Major Case Squad aufgestiegen. Nebenbei hatte er zwei Magisterabschlüsse hingelegt, und sein Ziel war es, Polizeichef von New York zu werden.

»Wie war dein Dinner gestern Abend?«, erkundigte sich Regan.

»Sagen wir mal, dass ich den Abend lieber mit dir verbracht hätte. Ich musste jede Menge langweiliger Reden über mich ergehen lassen und dann von Long Island in die City zurück. Ich war erst kurz vor zwei zu Hause.«

»Du wirst nicht glauben, worauf ich mich eingelassen habe.«

»Das wollte ich auch gerade sagen.«

Regan setzte sich aufs Bett. »Du zuerst.«

Jack schwieg einen Moment. »Ich muss heute Abend nach London fliegen. Ich soll meinem Kumpel bei Scotland Yard bei einer Ermittlung helfen. Aber am Sonntag bin ich wieder hier.«

Regan spürte, wie eine Welle der Enttäuschung in ihr aufstieg. Da muss ich mich also weiterhin mit Vorfreude begnügen, dachte sie, sagte aber: »Und ich verschwinde am Montag Richtung Westküste.«

»Ich weiß. Ich komme mit.«

Regan lachte. »Schön wär's.«

»Wenn du mich haben willst. Ich habe ein paar Tage frei und möchte mit dir zusammen sein.«

»Und ich möchte mit dir zusammen sein«, sagte Regan. »Also fliegen wir am Montag nach L.A.«

»Und auf was hast du dich eingelassen? Hoffentlich nicht auf einen anderen Mann.«

»Mich hat ein anderer Typ angerufen, doch es besteht nicht der geringste Grund zur Sorge«, lachte Regan und berichtete ihm von der Unterhaltung mit Thomas Pilsner.

»Dann musst du ja auch am Wochenende arbeiten. Lass mich dich abholen und zum Gramercy Park fahren«, schlug Jack spontan vor. »Ich kann nicht bis Sonntag warten, sondern muss dich noch heute sehen.«

»Ich wollte gerade das Gleiche sagen.«

Jetzt lachte Jack. »In einer halben Stunde bin ich bei dir.«

Regan beendete das Gespräch. Es gibt doch einen Gott, dachte sie.

6

Thomas Pilsner saß in seinem Büro im ersten Stockwerk des Settlers' Club und rang die Hände. Normalerweise übte der Anblick seines Orientteppichs, der ausgeblichenen Leder-Clubsessel und des angenehm altmodischen Rollpults eine beruhigende Wirkung auf ihn aus. Aber nicht heute. Seine Gedanken überschlugen sich und sein Herz raste, als hätte er den Geschwindigkeitsrekord eines Querfeldeinlaufs um den Gramercy Park gebrochen.

Gequält dachte er darüber nach, wie wohl er sich hier fühlte. Mit seinen mächtigen Bäumen, den schattigen Rasenflächen, schmiedeeisernen Portalen und großen Bürgersteigen war der Gramercy Park wie eine Fata Morgana, nur wenige Schritte von Midtown Manhattan entfernt. Ein Wahrzeichen, das jemand das Juwel in der Krone von New York genannt hatte. Der Park war das klösterliche Herzstück der Umgebung. Stadtvillen in neoklassizistischem, palladianischem, neugotischem und viktorianischem Stil umgaben den Park und an der Südostecke stand eines der ältesten Apartmenthäuser der Stadt.

Jeder, der am Platz wohnte, erhielt einen Schlüssel zum Tor des privaten Parks – einem zwei Morgen großen Zufluchtsort von ländlichem Charme, zugänglich nur den Besitzern der angrenzenden Grundstücke.

Wenn man um die Ecke bog und den Park erblickte,

kam man sich vor, als wäre man in ein vergangenes Jahrhundert versetzt. Der Verkehrslärm verebbte und die Zeit verstrich sehr viel langsamer. Sobald man die Wolkenkratzer und die übervölkerten Straßen hinter sich ließ, schien das Chaos der City plötzlich verschwunden.

Jetzt kommt mir der Gramercy Park ganz und gar nicht wie eine Stätte der Zuflucht vor, dachte Thomas bedrückt. Warum habe ich nicht vor hundert Jahren gelebt, als Maler, Schriftsteller und Architekten in diesen herrlichen Gebäuden wohnten und das Leben sehr viel kultivierter war? Als der Club noch nicht in diesen finanziellen Schwierigkeiten steckte?

Thomas putzte seine Nase und zwang sich zur Ruhe. Regan kommt, sagte er sich. Sie wird einen Ausweg aus diesem Durcheinander finden.

Das Telefon auf seinem Schreibtisch klingelte.

»Regan Reilly ist hier«, sagte der Wachmann im Securityraum neben dem Eingang.

»Schicken Sie sie bitte herein.«

Jacks Arm lag um Regans Schulter, als er mit ihr die Treppe hinauf zu Pilsners Büro ging.

»Es klingt nicht gerade wie eine Sache für die Major Case Squad, aber ich würde doch zu gern hören, was da los ist«, sagte er zu Regan.

Thomas Pilsner begrüßte sie an der Tür. »Regan«, strahlte er erleichtert. »Keine Sekunde zu früh.«

Sie stellte ihm Jack vor und sie setzten sich Thomas gegenüber an den Schreibtisch.

»Jack wird nicht lange bleiben«, sagte Regan, »aber er ist bei der Major Case Squad in Manhattan und ein guter Freund von mir. Er könnte uns helfen.«

Thomas musterte Jack flüchtig. »Ich brauche jede Hilfe, die ich bekommen kann.«

»Jack weiß bereits alles, was Sie mir erzählt haben«, sagte Regan. »Was gibt es sonst über die Vorgänge hier zu berichten?«

»Im letzten September, gleich nach meinem Studienabschluss, wurde mir der Posten des Geschäftsführers angeboten, damit ich ein bisschen Leben in den Club bringe. Vielleicht sieht es oberflächlich betrachtet nicht so aus, aber der Club steht vor dem Ruin. Er hat eine Renovierung ebenso dringend nötig wie neue Mitglieder. Diese neumodischen Fitness- und Wellnesscenter graben den traditionellen Clubs buchstäblich das Wasser ab.«

Regan nickte, als wollte sie ihn drängen, zur Sache zu kommen.

»Ich habe alles in meiner Macht Stehende getan, um neue Mitglieder zu gewinnen. Heute Nachmittag hat eine Filmgesellschaft in unserem Salon und der Bibliothek Szenen für ihren neuesten Film gedreht. Morgen Abend findet eine Jubiläumsparty statt. Der Club wird einhundert Jahre alt. Deshalb hatten sich Nat und Ben zu ihrer großzügigen Spende entschlossen. Das hätte uns eine enorme Publicity verschafft. Es war unsere letzte Chance. Ich konnte sogar ein paar Reporter dazu bewegen, über die Party zu berichten. Aber nun gibt es keine Millionenspende, und ich muss mich bemühen, die Tatsache zu vertuschen, dass es hier wahrscheinlich zu einem Raubmord gekommen ist. Wer will schon einem Club beitreten, in dem sich derart schreckliche Dinge ereignet haben?« Thomas Pilsner zerbrach den Bleistift, mit dem er gespielt hatte, in zwei Stücke und ließ sie auf die Schreibtischplatte fallen. Über seiner Oberlippe standen Schweißperlen.

»Wie viele Apartments gibt es in der Etage, in der Nat Pemrod gewohnt hat?«, wollte Regan wissen.

»Nur zwei.«

»Waren die Bewohner des anderen Apartments gestern Abend zu Hause?«, fragte Jack.

Thomas verdrehte die Augen. »Wie immer! Die Dame veranstaltet Single-Partys. Sie führt da oben eine Art Partnervermittlung. Gestern Abend fand wieder einmal eine ihrer kleinen Feten statt.«

»Nun, einer der Partygäste könnte sich Zugang zu Pemrods Apartment verschafft haben«, bemerkte Regan.

»Die Dame hat auch einen Butler, der da oben eine Butlerschule leitet. Er hat nur wenige Schüler, aber sie halfen auf der Party aus. Als mich die Polizei nach meinem Ohnmachtsanfall in mein Apartment brachte, standen alle um mich herum. Es war furchtbar!«

»Haben Sie vielleicht die Tür offen stehen lassen, als Sie nach der Entdeckung der Leiche in ihr Büro hinunterliefen?«, fragte Regan. »Bis zum Eintreffen der Polizei hätte jemand die Diamanten an sich nehmen und verschwinden können.«

Thomas Pilsner dachte nach. »Durchaus möglich. Ich war nicht ich selbst. Schließlich findet man nicht jeden Tag eine Leiche in der Badewanne. Ich hätte die Polizei gleich aus Nats Apartment anrufen sollen …«

Regan seufzte. »Befand sich jemand auf dem Flur, bevor sie Nat Pemrods Leiche entdeckten?«

»Ein paar Gäste gingen auf die Terrasse am Ende des Korridors, um zu rauchen. Lydia hat etwas gegen Tabakqualm in ihren Räumen.«

»Und die Existenz der Diamanten war nicht geheim geblieben?«, erkundigte sich Jack.

»Offensichtlich nicht. Die Leute sprachen über nichts anderes.«

»Vielleicht haben Nat oder Ben jemandem von ihren Plänen erzählt«, mutmaßte Regan. »Geheimnisse dieser

Art sind schwer für sich zu behalten. Wer sind Nat Pemrods nächste Verwandte?«

»Ich habe gerade mit seinem einzigen Verwandten gesprochen, seinem Bruder Carl Pemrod. Er lebt in Palm Springs und weiß nichts von den Diamanten. Seine Gesundheit lässt eine Reise nach New York nicht zu. Nat soll eingeäschert werden. Carl Pemrod bittet darum, dass Sie ihn anrufen, Regan. Ich werde Ihnen seine Nummer geben. Er hat Ihre Mutter kennen gelernt, als sie in einer Bücherei von Palm Springs eine Lesung abhielt. Er hat absolut nichts dagegen, dass Sie in Nats Apartment wohnen.«

Regan zog die Brauen hoch. »In Pemrods Apartment?«

»Ja. In unserer Gästesuite im Souterrain gab es kürzlich eine Überschwemmung, daher riecht es da unten ziemlich muffig. Sie können natürlich auch in meinem Apartment wohnen. Allerdings habe ich nur ein Schlafzimmer, aber ich kann auf der Couch schlafen.«

»Nein«, sagte Regan fast zu schnell. »Ich wohne oben. Ich denke nicht, dass die Polizei etwas dagegen einzuwenden hat.«

»Sie gehen offenbar bedauerlicherweise noch immer von einem Unglücksfall aus. Daher sehen sie keinen Anlass, den Tatort zu sichern.«

»Da oben gibt es zwei Badezimmer?«, fragte Regan.

»Ja.«

»Gut. Ich würde nur ungern das Bad benutzen, in dem er gestorben ist.«

Das Telefon auf Pilsners Schreibtisch klingelte. Als er den Hörer abnahm, legte Jack seine Hand auf Regans. »Ich muss los. Komm kurz mit mir hinaus.«

Regan folgte ihm auf den Flur, die Treppen hinab und zur Tür hinaus. Der Tag schien plötzlich kälter zu sein, der Himmel düsterer.

Jack streckte die Hände aus und zupfte an Regans Jackenrevers. »Ich wünschte, ich müsste nicht gehen.«

»Nicht mehr als ich.« Regan lehnte ihren Kopf an Jacks Schulter. »So ganz allein wird es mir da oben in dem Apartment ziemlich unheimlich vorkommen.«

Lachend zog Jack sie in seine Arme. »Schließ dich gut ein, Baby. Ich werde beim 13. Revier vorbeifahren und mit den Männern sprechen, die gestern Abend hier waren. Sobald ich etwas weiß, informiere ich dich. Dann kannst du dich mit den Jungs in Verbindung setzen.«

»Nun, es sieht ganz so aus, als würde es meine Ermittlung. Es kommt mir wenig wahrscheinlich vor, dass sie den Fall weiterverfolgen.«

»Keine Hinweise auf gewaltsames Eindringen. Wertvolle Schmuckstücke nicht angetastet. Nichts Schriftliches über den geplanten Verkauf der Diamanten und die Spende. Der alte Knabe ist im Bad ausgerutscht. Vermutlich ist man überzeugt, es sei kein Verbrechen geschehen.«

»Aber ich glaube Thomas. Irgendwo müssen die Diamanten doch geblieben sein.«

»Selbst wenn sie gefunden werden … Falls die Schenkung nicht in Nat Pemrods Testament aufgeführt ist, dann erbt sein Bruder die Diamanten.«

Regan zuckte mit den Schultern. »Ich werde alles sehr genau unter die Lupe nehmen.« Sie lächelte zu ihm auf. »Ein schönes Wochenende liegt vor uns.«

Jack beugte sich vor und küsste sie. »Ich freue mich schon auf den Sonntag.«

Regan drehte sich um und blickte am Clubgebäude empor. Es sah eigentümlich bedrohlich aus. »Wenn ich am Sonntag noch lebe«, sagte sie.

7

Es war ein kalter, nasser Tag in den Hügeln von Devon. Regen prasselte gegen die Fensterscheiben von Thorn Darlingtons Landhaus, dem Sitz seiner berühmten Butlerschule. Seit Wochen war Darlington mieser Laune, seit Maldwin Feckles in New York mit seinem Butlerunterricht begonnen hatte.

»Seine Schule ist natürlich ein Witz, er tut das nur, um mich zu ruinieren!«, hatte Thorn geschrien, als er die Neuigkeit erfuhr. »Er wusste genau, dass ich im nächsten Jahr eine Filiale der *Thorn Darlington School for Butlers* da drüben eröffnen wollte! Er nimmt mir den Wind aus den Segeln! Mit Absicht!«

Darlington ließ seinen rundlichen Körper in einen Ledersessel fallen, der jedes Mal aus Protest quietschte, wenn er sich setzte, und nippte an dem Tee, den sein Butler gerade gebracht hatte. Jeder einzelne Muskel seines Körpers schmerzte. Das trostlose Wetter schien ihm in alle Knochen gedrungen zu sein und die aktuellen Kümmernisse machten es auch nicht besser. An seiner *Thorn Darlington School*, die auf ein mehr als 35-jähriges Bestehen zurückblicken konnte, würde demnächst ein zweiwöchiger Auffrischungskurs beginnen, der schlimmer war als der sechswöchige Intensivlehrgang, weil am Auffrischungskurs häufig Besserwisser und Schlaumeier teilnahmen.

Natürlich ging es der unerträglichen Bande nur um ein Zeugnis von der Darlington School, das ihre Chancen bei der Jobsuche erheblich verbesserte. Darlington ertrug ihr ärgerliches Verhalten nur, weil die meisten nach dem Kurs von seiner Stellenagentur vermittelt wurden.

Er hatte es wirklich nicht leicht.

Thorn Darlington biss in einen Keks. Während er kaute, vertieften sich seine Sorgenfalten und seine buschigen Brauen zuckten. Schon der Gedanke an Maldwin Feckles brachte ihn fast um den Verstand. Und nun musste er auch noch erfahren, dass Maldwin für seine verdammte Schule eine kostenlose Werbung erhalten würde, die eigentlich ihm vorbehalten sein sollte. Feckles würde mit seinen Schülern im Fernsehen auftreten. Es war zum Haareraufen!

Im Laufe der Zeit hatten viele neue Butlerschulen versucht, die *Thorn Darlington School* zu imitieren und Darlingtons Geschäfte zu vermasseln, waren aber kläglich gescheitert und mussten sehr schnell ihre Pforten wieder schließen. Jetzt war Thorn Darlington bereit, New York zu erobern, und dabei würde er sich von einem verschrobenen Möchtegern wie Maldwin Feckles keine Steine in den Weg legen lassen.

Im Herbst hatte Maldwin am Auffrischungskurs teilgenommen, aber wütend das Büro verlassen, als er erkannte, dass er nicht zu jenen gehörte, die zu einem Vorstellungsgespräch geschickt werden würden. Das werde Darlington noch Leid tun, hatte er geschrien.

Darlington hatte nur verächtlich gelacht.

Maldwin war während seines Urlaubs nach New York geflogen, wo er durch Zufall eine Butlerstellung bekam und dann mit seinem Unterricht begann. Und bisher war es Thorn Darlington nicht gelungen, ihn in irgendeiner Form daran zu hindern.

Das Telefon auf dem Tisch neben ihm begann schrill zu klingeln. Gereizt nahm er den Hörer ab.

Wenig später zeigte sich erstmals seit Wochen ein breites Lächeln auf Darlingtons Gesicht. »Ein mysteriöser Todesfall und ein möglicher Raub direkt gegenüber von Maldwins Butlerschule? Wie wundervoll! Ich denke nicht, dass es allzu schwer sein dürfte, da drüben noch ein wenig mehr Staub aufzuwirbeln.« Darlingtons bellendes Lachen hallte in seinem schummrigen Büro wider. »Maldwin Feckles wird es noch Leid tun, jemals auf den Gedanken gekommen zu sein, eine Butlerschule zu eröffnen. Sogar sehr Leid!«

8

Seit fast zwanzig Jahren wohnte Daphne Doody nun schon in einem Apartment im Erdgeschoss des Settlers' Club, aber in dieser ganzen Zeit hatte sie nichts erlebt, was sich mit den Aufregungen der letzten vierundzwanzig Stunden vergleichen ließe.

Erst die Neuigkeit über die großzügige Spende von Nat Pemrod und Ben Carney, die sich wie ein Lauffeuer im Club verbreitete, dann wurde Nats Leiche nur wenige Stunden später aus dem Gebäude getragen und anschließend kam die Nachricht von Bens Ableben und dem Verschwinden der geheimnisvollen Diamanten. Es war einfach zu verwirrend.

Gestern Mittag war Daphne durch den Speisesaal gelaufen, als Nat und Ben mit Thomas Pilsner zu Mittag aßen. Sie wirkten so aufgeräumt und vergnügt, dass Daphne insgeheim hoffte, sie würden sie einladen, sich zu ihnen zu setzen. Doch das hatten sie nicht getan. Manchmal klappt es, manchmal nicht, hatte sie sich getröstet. Offensichtlich wollten die Jungs unter sich bleiben. Aber wer hätte gedacht, dass Nat und Ben nicht mehr lange leben würden?

Daphne Doody hatte das Apartment gekauft, als sie vierzig war und nicht schlecht verdiente, weil sie Werbespots und Trickfilmen ihre Stimme lieh. Im Verlauf der

Jahre hatte sie auch in komischen Rollen auf vielen Off-Broadway-Bühnen gestanden. Obwohl sie mehr Aufträge erhielt als die meisten Schauspieler, hatte sie viel Freizeit, die sie dazu nutzte, ihre Nase in die Angelegenheiten ihrer Mitbewohner und der Clubmitglieder zu stecken. Anfang zwanzig war sie kurz verheiratet gewesen, mit einem Mann, mit dem sie auf der Schauspielschule in einer Szene auftrat. Unglückseligerweise hatte sie sich in seine Rolle verliebt. Es dauerte nicht lange, bis sie herausfand, dass er nicht Rhett Butler war.

Jetzt war Daphne sechzig und tatkräftig wie eh und je. Sie hatte sich gewünscht, wieder zu heiraten, doch dazu war es nie gekommen. Da sie kaum nahe Verwandte hatte, betonte sie stets, ihre Freunde wären ihre Familie, und bat häufig Bekannte zu Partys und anderen Zusammenkünften in ihr Apartment. Sie lud sogar zu kleinen Konzerten ein, bei denen sie Klavier spielte. Diese Piano-Partys erfreuten sich jedoch keines großen Zuspruchs, seit sie den Fehler begangen hatte, eine Sammelbüchse herumgehen zu lassen, womit sie etliche ihrer Gäste zutiefst beleidigt hatte. Zu der Sammelaktion hatte sie sich in einem Moment entschlossen, als sie gerade den Auftrag für einen Werbespot verloren hatte und nun befürchtete, nie wieder arbeiten zu können.

Dank monatlicher Besuche im nächsten Frisiersalon noch immer rothaarig, war Daphne Doody eine attraktive Frau mit gewissen Village-Anklängen. Sie bevorzugte Baskenmützen, lange Schals und knöchellange Röcke über Schnürstiefeln. Daphnes Hang zur Bohème hatte sie auch in den Settlers' Club geführt. Immerhin handelte es sich bei dem Clubgründer um einen Gentleman, dem die Muffigkeit anderer Clubs in New York zutiefst zuwider war. Er wollte Menschen mit Abenteuergeist zusammenbringen, Menschen, die die Künste schätzten. Und er nahm Frauen als gleichberechtigte Mitglieder auf, nicht als Anhängsel ihrer Ehemänner. Einen besseren Ort, interessante Leute kennen zu lernen, konnte es gar nicht geben, hatte Daphne Doody seinerzeit gefunden.

Jetzt saß sie in ihrem Apartment und las in ihrem Lieblingsblatt, der *New York World*, einen Bericht über einen alten Mann, der nach fünfzigjähriger Tätigkeit als Türsteher des *Plaza* in den Ruhestand trat. Er hat eine Menge gesehen, ging ihr durch den Kopf. Wie ich auch, hier im Erdgeschoss des Settlers' Club.

Sie legte die Zeitung beiseite. Höchste Zeit, mich umzuziehen, dachte sie. Schließlich habe ich heute einen Auftritt.

Daphne hatte es geschafft, einen Job als Double für eine der Schauspielerinnen in dem Film zu ergattern, der im Settlers' Club gedreht wurde. Natürlich war das mit einer echten Rolle nicht zu vergleichen, aber wenigstens würde sie neue Leute kennen lernen. Und das war dringend nötig! Die Clubmitglieder starben wie die Fliegen!

Sie hörte Thomas Pilsners Stimme auf dem Flur, lief zur Tür und blickte durch den Spion. Thomas Pilsner befand sich in der Gesellschaft einer jungen Frau, die ihr bekannt vorkam. Wer war sie nur?

»Moment mal«, flüsterte Daphne vor sich hin. »Ich habe ihr Foto doch gerade erst in der Zeitung gesehen. Das ist diese Regan Reilly, eine Privatdetektivin. Thomas muss sie engagiert haben!«

»Macht es Ihnen wirklich nichts aus, in Nats Apartment zu wohnen?«, fragte Thomas gerade.

Sie zieht in Nats Apartment … Daphne Doody ließ die Klappe des Spions zufallen. Jetzt habe ich keine Zeit, dachte sie, aber später gehe ich mit ein paar meiner selbstgebackenen Kekse hinauf und biete ihr meine Unterstützung an. Ich werde ihr auch von diesen Fleischbeschau-

Partys gegenüber erzählen, zu denen Frauen eines gewissen Alters nicht zugelassen sind!

»There is a season, turn, turn, turn«, trällerte sie, als sie in ihr Schlafzimmer eilte, um sich umzuziehen.

9

Regan folgte Thomas Pilsner aus dem Fahrstuhl und über den roten Teppich des Korridors zu Nats Wohnung. An den Wänden hingen gerahmte Collagen aus Schwarzweißfotos, die längst vergangene Festivitäten im Settlers' Club für die Nachwelt bewahrten.

»Jede Menge Geschichte«, merkte Regan an.

»Eine hundertjährige Geschichte, Regan.« Thomas schloss die schwere Tür zu Nat Pemrods Apartment auf. Regan erblickte eine holzgetäfelte Diele und rechts den Durchbruch zu einem geräumigen Wohnzimmer.

»Und in den letzten fünfzig Jahren war dieses Apartment Nats Zuhause«, fügte Thomas leise hinzu, als er ihr den Vortritt ließ.

»Eine von diesen prachtvollen alten Wohnungen«, stellte Regan fest.

Im Wohnzimmer fiel Regans Blick auf ein Bleiglasfenster in einer Ecke. Es gab dem Raum die feierliche Atmosphäre einer alten Kirche. »Ein Raum, in dem man wirklich zur Ruhe kommen kann. Und sehen Sie sich doch nur diese Schafe an.«

Thomas lächelte kläglich. »Nat und seine Frau haben sie vor vielen Jahren gekauft. Wenn Sie sich umsehen, werden Sie feststellen, dass Wendy ein ausgesprochenes Faible für Schafe hatte. Es war ihr ausdrücklicher

Wunsch, dass die beiden Tiere nach ihrem und Nats Tod einen Ehrenplatz in der Club-Bibliothek erhalten. Vermutlich sollte ich sie früher oder später mit hinunternehmen.«

»Wann ist sie gestorben?«, fragte Regan.

»Vor drei Jahren. Sie waren fünfundvierzig Jahre verheiratet.«

»Das ist hart«, seufzte Regan. »Er muss sich sehr einsam gefühlt haben.«

»Nach ihrem Tod hat Nat nichts verändert. Auf der Frisierkommode im Schlafzimmer stehen ihre Parfumflakons noch immer so, wie sie sie hinterlassen hat. So hätte er immer das Gefühl, sie könnte jederzeit aus dem Bad kommen und sich vor den Spiegel setzen, um sich die Haare zu bürsten, sagte Nat immer.«

»Aber er hatte gute Freunde.«

»Die alten Knaben, mit denen er Karten spielte, waren seine besten Freunde.«

Regan trat an den antiken Schreibtisch. »Und hier lagen die Schmuckstücke?«

Thomas nickte nur gequält.

»Und wo ist der Safe?«

»Hinter diesen Büchern.« Thomas Pilsner holte etliche alte Bände aus dem Regal und legte sie auf den Schreibtisch. Dann schob er eine Platte der Holztäfelung beiseite, so dass der Tresor zum Vorschein kam.

»Das ist aber ein ganz ausgezeichnetes Versteck«, sagte Regan. »Meine Mutter hat einen Safe im Schlafzimmerschrank, doch er ist zu sehen, sobald man die Tür öffnet. Vor ein paar Jahren haben Einbrecher den Safe aufgebrochen und ihren ganzen Schmuck gestohlen. Als sie ihn noch in einer Schachtel auf dem Dachboden aufbewahrte, war er sicherer, sagte sie häufig.«

Thomas nickte. »Meine Großmutter hat ihren Schmuck

auch immer versteckt, konnte sich dann aber nicht mehr erinnern wo. Nach ihrem Tod mussten wir alle Dinge genau untersuchen, die wir wegwarfen. Wir fanden sogar Schmuck in Büchern, aus denen Teile der Seiten herausgeschnitten waren.«

»Am liebsten würde ich das Apartment dahingehend überprüfen, ob er die Diamanten vielleicht irgendwo versteckt hat.«

»Okay, obwohl ich noch immer davon überzeugt bin, dass er sie in dem roten Etui im Safe aufbewahrte.«

Es klingelte an der Tür.

»Wer um alles in der Welt kann das sein?«, fragte Thomas und lief zur Tür.

Während sie auf ihn wartete, dachte Regan darüber nach, was sie als Erstes tun sollte. Ich werde alle Bücher überprüfen, nahm sie sich vor. Das rote Etui könnte hinter jedem von ihnen versteckt sein.

Ein lautes Geheul hallte durch das Apartment. Regan rannte zur Tür. Mit einer kleinen roten Samtschatulle in den Händen lehnte Thomas kraftlos an der Wand. Vor der Tür stand eine Frau um die fünfzig mit einem Hausmädchenkittel und mitfühlender Miene. Sie erinnerte Regan an Edith Bunker.

»Was ist denn passiert?«, fragte Regan.

»Den ganzen Morgen hörte ich, dass eine rote Schachtel vermisst wird. Nun, ich habe sie gefunden! Ich wusste, dass Thomas hier oben ist, also bin ich so schnell wie möglich hergekommen.«

»Sie ist leer!«, schluchzte Pilsner verzweifelt.

»Und wo haben Sie sie gefunden?«, wollte Regan wissen.

»Im Papierkorb in Thomas' Büro.«

Regan blickte Thomas Pilsner an, der aussah, als würde er jeden Moment im Erdboden versinken.

10

Die Weltzentrale von *Biggest Apple Production* befand sich in der Wohnung von Stanley Stock, dem Gründer, Präsidenten und einzigen Beschäftigten des Unternehmens. Eigentlich war das Apartment eine zugige alte Autowerkstatt in der Lower West Side, aber mit hübschem Blick auf den Hudson River. Stanley hatte sie in ein Wohnbüro oder eine Bürowohnung verwandelt, mit zwei Küchenstühlen in einer Ecke, in der er für seine wöchentliche Sendung im offenen Kanal Gäste interviewte. Direkt über dem Set hingen porös aussehende Reifen, die schon einige Jahre auf dem Buckel hatten. Ein leichter Benzingeruch hing noch immer in der Luft und manche sagten, das wirke sich negativ auf Stanleys Verstand aus.

Ursprünglich war es die Werkstatt von Stanleys Vater gewesen und Stanley hatte nur gelegentlich in ihr gearbeitet. In Ermangelung der handwerklichen Fähigkeiten seines Vaters war Stanley im Laufe seiner achtundfünfzig Jahre in diversen Verkaufsjobs tätig gewesen. Von Chinaöl bis Zeitschriftenabonnements hatte er buchstäblich alles übers Telefon verhökert. Bei seiner Gutmütigkeit machte es ihm nichts aus, hundertmal am Tag abgehängt zu werden. Er wählte einfach die nächste Nummer und sagte sein Sprüchlein auf, bis er das vertraute Klicken hörte. Bei seinen Kollegen war Stanley ausnahmslos beliebt und für gewöhnlich endete es damit, dass sie ihm ihre Probleme anvertrauten. Stanley schlug sich auf ihre Seite und bekräftigte sie in allem, was sie auch sagten.

»Richtig«, erklärte er voller Mitgefühl, wenn er in der Teeküche oder im Waschraum herumstand. »Damit haben Sie absolut Recht!« Und jedes Gespräch enthielt mindestens ein »Das ist ja grauenhaft«.

Als sein Vater vor einem Jahr starb, beschloss Stanley, dass es ihm reichte. Er kündigte seinen letzten Job, den er immerhin länger als einen Monat innehatte, verschloss für sämtliche Autopannen dieser Welt die Tore der Werkstatt und zog ein. Er fand sich voll im Trend liegend, zum ersten Mal in seinem Leben. Andere in Downtown Manhattan wohnten in schicken Lofts, die früher einmal Speicher gewesen waren. Was also war gegen eine Autowerkstatt nebst Tankstelle einzuwenden?

Und eine weitere Frage hing in der benzingeschwängerten Luft: Und nun? Was fange ich mit dem Rest meines Lebens an, fragte sich Stanley immer wieder. Inzwischen hatte er genügend Geld für ein bescheidenes Leben, aber auch das dumpfe Gefühl, der Welt noch nicht seinen Stempel aufgedrückt zu haben. Was zweifellos richtig war.

Stanley entdeckte etwas, was ihm bis dahin total fremd gewesen war. Ehrgeiz. Er erwachte in ihm, als er endlich seine wahre Berufung erkannte.

Abends legte er sich auf den Schonbezug der Couch und zielte mit seiner Fernbedienung auf den Fernseher, der auf einer Hebebühne platziert war, die früher Autos in die Höhe gewuchtet hatte. Doch ganz gleich, was auch gesendet wurde, er schaltete jedesmal auf den *Free Speech Channel* zurück. Das war ein Kabelsender, der per Gesetz jedem offen stand, der Zugang zum Kabelnetz wünschte. Als Ergebnis erblickten häufig Sendungen das Licht der

Welt, die mit unzulänglicher Technik, langweiligen Themen und schrulligen Moderatoren unglaublich schlecht waren. So schlecht, dass sie schon wieder einen gewissen Reiz hatten.

Stanley fand sie unterhaltsam.

»Das kann ich besser«, rief er schließlich. »Ich muss ins Fernsehen!«

Mit einer Videokamera bewaffnet begab er sich auf die Straßen von New York. Die Leute reagierten genauso wie seine Kollegen. Wen er auch interviewte, jeder schüttete ihm sein Herz aus. Ich hätte Seelenklempner werden sollen, dachte er häufig. Binnen kurzem hatte er eine feste Sendung mit dem Titel »Tägliche Kümmernisse«, die sich großer Beliebtheit erfreute. Unzählige Leute waren nur zu bereit, vor der Kamera Dampf abzulassen.

»Dieser Idiot vom Imbiss hat mir meinen Kaffeebecher in einer durchweichten Tüte über den Tresen geschoben, und dann hatte er auch den Deckel nicht richtig geschlossen. Die Tüte riss und der ganze Kaffee schwappte über meinen Mantel!«, beschwerte sich neulich jemand lauthals. »Es reicht mir!«

Schließlich reichte es auch Stanley. Flüchtig dachte er daran, ein Programm zur Förderung der allgemeinen Gesundheit zu starten, erkannte jedoch, dass es davon bereits zu viele gab. Als er letzte Woche mit einer Kamera voller Klagen nach Hause marschierte, darunter auch die einer Bande Touristen auf dem Times Square, die sich endlos über die U-Bahn beschwerten, war Stanley total entmutigt. Er erreichte die Tür der ehemaligen Werkstatt, schloss sie auf und trat ein.

Stanley schlenderte an den Süßigkeitenautomaten vorbei und legte seine Kameratasche auf den Tisch. Er blätterte in seiner Post und fand nur Werbeschrott. Aber der letzte Umschlag sah irgendwie interessant aus. Er riss ihn auf und las, dass Maldwin Feckles eine Butlerschule eröffnen wollte. Soso, dachte Stanley. Vielleicht kann ich daraus etwas machen.

Und er konnte … Erst gestern Abend hatte er die Butler bei der Arbeit auf der anspruchsvollen Single-Party dieser Fürstin der Liebe gefilmt. Er fand es sehr bedauerlich, dass die Party ein so abruptes Ende genommen hatte. Nun würde er die Vorgänge von gestern Abend in seine Story einbeziehen müssen. Irgendwie.

Wenn ich morgen Abend über das Jubiläum des Settlers' Club berichten will, dachte er, als er sich seine zweite Tasse Frühstückskaffee genehmigte, wenn ich die Party in meine Story einbauen will, dann sollte ich für meine Einleitung wirklich ein paar Aufnahmen vom Gramercy Park machen. Ich werde hinfahren und den Mann auf der Straße befragen, dachte er. Vielleicht sind die Butler in der Nähe und ich kann sie beim Schlendern durch den Park filmen!

Er nahm das Band aus seiner Videokamera und legte ein neues ein. Eine halbe Stunde später war Stanley Stock auf dem Weg zum Gramercy Park.

11

Tut mir Leid«, sagte Clara, das Hausmädchen. »Ich wollte mich nur nützlich machen.« Sie sah Regan an, als wollte sie fragen: Und was nun?

»Alles in Ordnung mit Ihnen, Thomas?«, fragte Regan. Er hielt das Etui mit der Aufschrift »Pemrod Jewelers« fest umklammert.

»Sagen Sie mir, dass dies ein Alptraum ist, Regan.«

»Da würde ich Ihnen zustimmen.«

»Regan!«

»Entschuldigung. Aber Sie sind weiß wie die Wand. Vielleicht sollten Sie sich setzen.«

Sie gingen ins Wohnzimmer zurück, Clara dicht auf ihren Fersen.

»Ich glaube nicht, dass ich es im Moment schaffe, Nats Bad zu betreten. Würden Sie Miss Reilly bitte die anderen Räume des Apartments zeigen, Clara?«

»Gern«, lächelte Clara. »Ich habe Mr. Pemrods Apartment einmal die Woche geputzt. Was für ein netter, sympathischer Mann! Eine Schande, dass er tot ist.«

Regan nickte. »Entspannen Sie sich einfach ein bisschen, bis wir zurück sind, Thomas.«

»Ich habe einen akuten Anfall von Panik, Regan«, sagte Thomas Pilsner hastig. »Ich glaube, in meinem Büro kann ich mich besser erholen. Macht es Ihnen etwas aus, dort hinunterzukommen, wenn Sie hier fertig sind?«

Bloß nicht durchdrehen, Thomas, dachte Regan und verspürte Mitleid mit ihm. Er sah so verschreckt aus wie ein Reh im Scheinwerferkegel. »Natürlich nicht. Gehen Sie nur. Clara und ich kommen schon allein klar.«

Clara strahlte. »Man lernt einen Menschen ziemlich gut kennen, wenn man für ihn putzt. Himmel, hatte ich es mitunter mit miesen Typen zu tun. Aber Mr. Pemrod war ein echt feiner Kerl. Manchmal hat er ...«

»Moment, ich bin gleich wieder da«, sagte Regan und begleitete Thomas Pilsner zur Tür. Sie nahm ihm das rote Etui aus den Händen und kehrte zu Clara zurück, die das Ganze offensichtlich genoss.

»Was wollten Sie gerade sagen?«, fragte Regan.

»Was? Ach ja, ich habe so einiges erlebt. Manche Leute können einfach keine Ordnung halten. Entsetzlich, wie ...«

»Ich meine über Nat Pemrod«, unterbrach Regan behutsam.

»O ja, Nat.« Clara hob beide Hände und blickte zur Decke empor, als würde ihr dort Erleuchtung zuteil. »Er hat unter dem Tod seiner Frau sehr gelitten. Sie hatte eine Vorliebe für Schafe.« Clara lief über den Korridor auf das Schlafzimmer zu. An der Schwelle ließ sie Regan den Vortritt. »Sehr elegant, nicht?«

»Ja.« Regan bemerkte die Frisierkommode mit den Parfümflakons, die Thomas Pilsner erwähnt hatte. »Oh, und da ist das Bad«, sagte sie, atmete tief durch und versetzte alle Sinne in erhöhte Alarmbereitschaft, damit ihr keine Einzelheit entging.

»Es hat viel Mühe gekostet, den Marmor sauber zu halten«, erklärte Clara mürrisch. »Ich habe alle möglichen Reinigungsmittel ausprobiert. Aber überzeugt hat mich keins ...«

Komisch, worüber Menschen bei derartigen Anlässen sprechen, dachte Regan. Aber sie meint es nur gut. »Dieser große Whirlpool ist aber auch schwer zu putzen«, räumte sie ein.

»Das können Sie laut sagen. Aber seit Wendy Pemrods Tod brauchte ich mich kaum mit ihm zu befassen.«

»Warum nicht?«

»Weil Mr. Pemrod nicht gern badete. Er hat nur geduscht.«

12

Versuche endlich, an etwas Erfreuliches zu denken, Thomas.«

Janey bemühte sich nach Kräften, ihren Freund zu beruhigen. Wie immer trug sie ein Twinset, einen gerade geschnittenen Rock, bequeme Schuhe und ihren wertvollsten Besitz, eine einreihige Perlenkette.

Sie stand hinter Thomas und massierte ihm sanft die Schläfen.

»Wie ist es nur möglich, dass alles so schnell in einer Katastrophe endet?«, fragte er mit bebender Stimme. »Wir hatten so große Pläne für den Club. Fünf-Uhr-Tees, Brunches, Tanzabende, Vorträge, Konzerte …«

»Es ist noch nicht alles verloren. Und der Brunch am letzten Sonntag war doch ein großer Erfolg«, erwiderte Janey. Ihre Finger verschwanden unter seinen Haaren und kneteten seine Schädeldecke.

»Wirklich?«, jammerte er. »Als die Studentengruppe ging, hörte ich einen von ihnen sagen, er hätte schon jüngere Gesichter mit Zaster gesehen.«

Janey schüttelte nachdenklich den Kopf. »Wir hätten eben keine Studenten einladen dürfen. Ein kultivierter Brunch ist nicht unbedingt das, was sie wollen. Aber allen anderen hat es gefallen.«

»Die Einzigen, die sich nicht über das Buffet beschwerten, waren Nat und Ben. Und die sind inzwischen beide tot.«

»Sie waren die nettesten Mitglieder des Clubs«, seufzte Janey.

Thomas hob die Arme und griff nach Janeys Händen. »Kannst du dir erklären, wie die rote Schatulle in meinen Papierkorb gelangt ist?«

Janey trat hinter Thomas' Sessel hervor und setzte sich sehr damenhaft auf die Schreibtischkante. »Jemand hat sie dort hineingeworfen«, erklärte sie energisch. »Jemand, der sich gestern im Haus aufhielt und die Diamanten gestohlen hat.«

»Aber wer?«, wimmerte Thomas.

Ein Klopfen an der Tür ließ beide zusammenzucken.

»Herein«, rief Thomas und setzte sich kerzengerade hin.

Die Tür öffnete sich und er erblickte Regan Reilly.

»Ich hoffe, ich störe nicht«, sagte Regan.

»Nein, natürlich nicht. Regan, das ist meine Freundin Janey.«

»Hallo, Janey.« Regan streckte ihre Hand aus.

»Hallo.« Es hörte sich ausgesprochen schüchtern an.

»Wir haben eine Menge zu besprechen, Thomas«, sagte Regan.

Janey schob sich ihre Nickelbrille auf der Nase zurecht und blickte auf ihre Armbanduhr. »Ich sollte mich besser beeilen …«

»Du kannst ruhig bleiben«, sagte Thomas Pilsner fast flehend.

»Nein, mein Schatz, ich muss zurück an die Arbeit.« Janey griff nach ihrem sandfarbenen Mantel. Regan hatte den Eindruck, dass alles an ihr beige war. »Wir sehen uns später.«

»Sie ist sehr nett«, sagte Regan, als sie mit Thomas allein war.

»Sie ist einfach wundervoll. Die wundervollste Frau, die die Welt jemals gesehen hat«, erklärte Thomas.

Woher wollen Sie das wissen, dachte Regan. »Wo arbeitet sie?«

»Zu Hause. Sie hat eine Art Lieferservice für Leute, die zu beschäftigt sind, um zu kochen, eine Art Essen auf Rädern. Ihre Kunden bestellen eine Wochenration Mahlzeiten und bewahren sie in ihrer Tiefkühltruhe auf. Sie ist so großzügig, alten Leuten einen Rabatt zu gewähren. Aber auch sonst ist sie die größte Wohltäterin, der ich jemals begegnet bin.«

»Wie wundervoll«, murmelte Regan und dachte an eine Kommilitonin, die im Studentenheim ihr gegenüber gewohnt hatte und überall herumgelaufen war, um für irgendeinen guten Zweck zu sammeln. Jahre später entdeckte sie sie auf einem Flughafen wieder, mit kahlgeschorenem Kopf, eingefrorenem Lächeln und genau derselben Spendenbüchse. Aber eins musste Regan ihr lassen. Sie hatte sich dauerhaft festgelegt. Janey schien der gleiche Typ zu sein.

»Regan!«, schrie Thomas Pilsner ohne Vorwarnung. »Mit dem Etui in meinem Papierkorb habe ich nicht das Geringste zu tun!«

»Ich glaube Ihnen. Aber nun scheint kein Zweifel mehr daran zu bestehen, dass jemand die Diamanten gestohlen hat. Ich halte die ganze Sache für sorgfältig geplant. Auch Nat Pemrods Tod.« Sie erzählte ihm, was sie von dem Hausmädchen erfahren hatte.

Thomas legte den Kopf schief. »Ich kann mir nicht vorstellen, dass jemand nicht gerne badet.«

Regan stöhnte inwendig auf. »Egal. Ich finde, es macht seinen Tod umso merkwürdiger. Außerdem beginne ich mich zu fragen, ob Ben Carneys Herz aussetzte, weil er vor den Bus gestoßen wurde.«

»Mord an Clubmitgliedern! So etwas ist noch nie passiert.«

»Und ich möchte dazu beitragen, dass es sich nicht wiederholt, Thomas. Ich muss mit der Frau sprechen, die diese Party veranstaltet hat.«

»Die Fürstin der Liebe.«

»Wie auch immer.«

»Sofort.« Thomas Pilsner griff zum Telefon und wenige Minuten später klopften sie an Lydia Sevaturas Tür.

* * *

»Sie sind Single aus Überzeugung?«, fragte Lydia mit strahlendem Lächeln, als Thomas sie einander vorstellte.

»Das kommt darauf an, wer mich fragt«, antwortete Regan.

Lydia lachte, als wäre das das Komischste, was sie je gehört hatte. Unwillkürlich musste Regan lächeln. Wer so bereitwillig über Scherze lacht, heimst mit Sicherheit Pluspunkte ein, dachte sie.

»Nun, treten Sie ein«, sagte Lydia und streckte einladend den Arm aus. Mit ihrer tief ausgeschnittenen Seidenbluse, ihrem Schmuck und dem sorgfältigen Make-up sah sie aus, als wollte sie gleich für das Titelbild eines Liebesromans posieren.

Warum auch nicht, dachte Regan. Sie kleidet sich ihrer Tätigkeit entsprechend.

»Ihre Reisetasche steht noch immer unten«, sagte Thomas zu Regan. »Ich hole sie herauf. Hier ist schon mal der Schlüssel zum Apartment.«

Regan sah auf ihre Uhr. »Nachdem ich mit Miss Sevatura gesprochen habe, gehe ich hinüber und rufe Nat Pemrods Bruder an.«

»Sie finden mich in meinem Büro«, sagte Pilsner und verschwand wie der Blitz.

Regan folgte Lydia über die Schwelle. Architektonisch war das Apartment ein Spiegelbild der Pemrod-Wohnung, aber damit endete die Ähnlichkeit auch schon. Im Wohnzimmer standen sechs pastellfarbene Zweisitzer. Keine Couchgarnitur, keine Stühle. Nur Zweisitzer. Auf dem Boden lag ein blassrosa Teppich und die Wände waren mit großzügigen Blumenarrangements bemalt.

»Ich schätze eine gewisse behagliche Heiterkeit in der Wohnraumgestaltung«, flötete Lydia, die Regans Blicke bemerkte.

»Sehr hübsch«, sagte Regan. »Wie ich sehe, haben Sie ein Faible für Zweisitzer.«

»Seit ich sie habe, sind meine Single-Partys sehr viel erfolgreicher. Die Gäste sind gezwungen, näher beieinander zu sitzen. Das zieht sie entweder an oder stößt sie ab. Auf jeden Fall findet man sehr schnell heraus, ob Interesse besteht. Das spart viel Zeit.«

»Und die scheint niemand mehr zu haben«, sagte Regan und holte ihr Notizbuch hervor.

»Denken Sie an Nat Pemrod. Seine Zeit ist um. Er befindet sich jetzt in anderen Bereichen. Aber er ist glücklich«, befand Lydia.

»Woher wollen Sie das wissen?«

»Ich denke es mir. Ich bin ein bisschen medial begabt, müssen Sie wissen. Er ist mit seiner großen Liebe Wendy wieder vereint, und darauf kommt es an. Und er hat nicht gelitten.«

»Woher wollen Sie das wissen?«, fragte Regan noch einmal.

»Wenn er im Bad gestürzt ist und sich den Schädel aufgeschlagen hat, war es sehr schnell vorbei. Er brauchte keine lange Krankheit zu erdulden.«

»Aber er hätte noch etliche Jahre leben können«, wandte Regan ein. »Er war voller Pläne.«

Lydia seufzte. »Er schien Freude am Leben zu haben. Besonders gut kannte ich ihn eigentlich gar nicht. Ich bin erst im letzten Herbst hier eingezogen. Meine erste Party fand am Valentinstag statt und ich habe ihn dazu eingeladen, obwohl er altersmäßig weit über meiner Zielgruppe lag. Ich wollte mich als gute Nachbarin erweisen. Er erzählte pausenlos Witze. Nicht immer die besten Witze, muss ich leider sagen, aber dennoch war er sehr amüsant.«

»Kam er danach auch zu weiteren Partys?«

»Hin und wieder klopfte er an die Tür und blieb ein paar Minuten. Üblicherweise, weil er einen neuen Witz zu erzählen hatte.«

Regan beschloss, zur Sache zu kommen. »Könnten Sie mir vielleicht eine Liste der Gäste geben, die an der gestrigen Party teilgenommen haben?«

Entsetzt sah Lydia sie an. »Ich weiß, dass Diamanten gestohlen worden sein sollen. Aber wenn Sie meine Gäste befragen, ist das eine Katastrophe für mein Unternehmen.«

»Was genau wussten Sie über die Diamanten?«, erkundigte sich Regan.

»Mein Butler Maldwin erzählte mir, er hätte gehört, dass Nat und sein Freund Ben Carney einige Steine verkaufen und den Erlös dem Club stiften wollten. Auf der Jubiläumsparty am Sonnabend sollte die Spende übergeben werden. Das hat uns sehr gefreut, Regan. Begreiflicherweise wollen wir nicht, dass der Club schließt.«

»Und andere wussten auch davon?«

»Nun, Gäste meiner Party haben darüber gesprochen.«

»Wer?«

»Unter anderem war auch ein Kameramann hier, der über uns und den Club im Fernsehen berichten will. Er hatte von der Spende gehört und fragte die Gäste, ob sie nicht Mitglieder werden wollten, da der Club bald viel Geld bekomme. Aber das sagte er nur so zum Spaß. Jedermann war aufgekratzt und bester Laune.«

»Es liegt in unserem beiderseitigen Interesse, dass die Diamanten gefunden werden.«

»Ich weiß, aber …«

»Ich möchte lediglich mit Ihren Gästen sprechen, Lydia. Sie fragen, ob sie irgendetwas gesehen oder gehört haben. Damit werden sie doch nicht verdächtigt. Die meisten Leute finden es sogar spannend, zur Lösung eines Verbrechens beitragen zu können, glauben Sie mir.«

Lydia verschränkte die Arme. »Aber viele Menschen möchten verheimlichen, dass sie Single-Partys besuchen. Es ist ihnen peinlich.«

»Wer sollte davon erfahren? Abgesehen davon, wollen Sie gegenüber einem Apartment leben, in dem möglicherweise ein unaufgeklärtes Verbrechen verübt wurde? Oder noch schlimmer: Möchten Sie, dass sich unter Ihren Partygästen ein Krimineller befindet?«

Lydia richtete sich kerzengerade auf.

»Natürlich nicht.«

»Ich will Thomas Pilsner helfen, die Sache aufzuklären, denn sie könnte ihn seinen Job kosten. Ich weiß von ihm, dass er mit Ihnen eine Sondervereinbarung getroffen hat, damit Sie die Partys und den Butlerunterricht in diesem Apartment abhalten können. Ich kann mir nicht vorstellen, dass sein Nachfolger ähnlich entgegenkommend ist. Und wenn der Club schließen muss, sitzen Sie ziemlich in der Tinte.«

Lydia betrachtete ihre langen, rot lackierten Fingernägel. »Ich bin überzeugt, dass es für jeden von uns irgendwo einen Traumpartner gibt. Es ist meine Lebensaufgabe, den Menschen dabei zu helfen, diesen besonderen Jemand zu finden …«

Mannomann, dachte Regan. Aber nur, wenn sie zahlen …

»Ich lade Menschen ein, damit sie ihre Herzen öffnen, ihre Seelen. Um ein wenig Liebe und Glück in ihr ansonsten leeres Leben zu …«

»Die Gästeliste, Lydia!«

»Zu der wollte ich gerade kommen.« Lydia räusperte sich. »Vertraulichkeit ist für mich unverzichtbar. Auch wenn die Leute gern erzählen, sie hätten ihre große Liebe in einem überfüllten Zug kennen gelernt, trifft das in den seltensten Fällen zu. Wie auch immer … Ich bin bereit, alle Gäste heute Abend noch einmal zu einer Party einzuladen. Kostenlos, als Ausgleich für die gestrigen Aufregungen. Dann können Sie alle befragen, ohne dass es aussieht, als würden Sie sie verdächtigen.«

»Aber das ist ein bisschen kurzfristig. Glauben Sie, dass alle kommen?«

»Da die Party gratis ist, werden sie kommen. Zumindest auf ein Glas.«

»Und wenn jemand verhindert ist?«

»Dann nenne ich Ihnen den Namen.«

Regan stand auf. »Also gut, Lydia. Heute Abend. Wenn ich richtig unterrichtet bin, haben die Schüler Ihres Butlers auf der Party bedient. Können Sie dafür sorgen, dass sie ebenfalls anwesend sind?«

Lydia sprang vom Sofa und breitete die Arme aus. »Wir werden den Abend komplett wiederholen.«

»Nein«, rief Regan. »Auf eine Sache würde ich dabei gern verzichten.«

Lydia Sevatura lachte.

»Ich bin den ganzen Tag im Haus. Lassen Sie mich wissen, wie viele der Partygäste Sie zusammenbekommen.«

»Ich fange sofort an zu telefonieren«, versprach Lydia.

13

Verdrossen saßen Georgette Hughes und Blaise Bowden am Tisch ihrer schäbigen Bleibe an der Upper West Side und tranken ihre morgendliche Tasse Kaffee.

»Tut mir Leid!«, stieß sie hervor.

»Ich habe kein Wort gesagt.«

Vor ihnen lagen die vier Glassteine, die Nat Pemrod aus Dollys und Bäbähs Augen entfernt hatte.

»Ich verstehe es einfach nicht«, jammerte Georgette. Sie war eine kleine Frau mit üppigen Brüsten, braunen Augen, langen braunen, blond gesträhnten Haaren und einer Vorliebe für aufdringliches Parfum und riesige Ohrringe. »Ich habe die Diamanten neulich Abend genau gesehen. Als ich klingelte, war Pemrod ganz überrascht. Er hatte den ganzen Schmuck ausgebreitet. Und ich versichere dir, die Diamanten waren da.«

Blaise packte die vier Glassteine und schleuderte sie zu Boden. »Die kriegst du bei jedem Trödler im Dutzend billiger.« Er war ein großer Mann, blond, breitschultrig, gut aussehend und attraktiv, aber nicht so gewieft wie Georgette. »Blender«, hatte Georgettes Schwester ihn genannt. Aber für Georgette war er der perfekte Partner. Sie waren ein Gaunerpärchen. Gelegenheitsdiebe. Abstauber. Zwei Ganoven, die seit sechs Jahren überall im Land Leute ausnahmen. »Und ich sitze für weitere Wochen in dieser verdammten Butlerschule fest. Verflucht, das passt mir nicht.«

»Meinst du etwa, diese Single-Partys sind ein Vergnügen? Wie oft soll ich dieses schauderhafte Süßholzraspeln denn noch ertragen? Und was ist mit der ganzen Zeit, die ich damit verbracht habe, den alten Nat zu umgarnen? Er war vielleicht ein netter Typ, aber nicht unbedingt meine Kragenweite. Und nun ist er tot, ohne dass es sich für mich gelohnt hätte.«

Blaise stand auf. »Seit Ewigkeiten haben wir keine anständige Beute mehr gemacht. Du hättest dir etwas von dem anderen Schmuck schnappen sollen.«

»Ich war mir der vier Diamanten sicher und abgesehen davon, hatte ich nur eine sehr kleine Tasche bei mir! Ich ging zu ihm, weil ich hörte, er wolle die Diamanten verkaufen. Woher sollte ich das vorher wissen? Wäre ich hellseherisch begabt, hätte ich mich für eine größere Tasche entschieden, kann ich dir versichern!«

»Und was machen wir jetzt?«

»Du gehst weiter zu diesem Butlerunterricht. Wenn du es schaffst, ein Abschlusszeugnis zu ergattern, kommt uns das gerade recht. Damit hast du Zugang zu all den reichen Häusern, die nur darauf warten, ausgeraubt zu werden.«

»Ich sage dir, lange halte ich Feckles' blödsinnige Belehrungen nicht mehr aus. Ein Butler sollte gern dienen. Ein Butler sollte sich stets tadellos benehmen.« Bei jedem Satz wurde Blaises Stimme lauter. »Ein Butler sollte seinem Arbeitgeber immer mit Respekt begegnen. Ein Butler sollte jeden Auftrag und jede Bitte ohne Murren erfüllen. Feckles Gequatsche nervt so sehr, dass ich am liebsten jedesmal schreien möchte: Halt's Maul!«

»Bitte, Blaise. Von deinem Gebrüll kriege ich Kopfschmerzen.«

»Und dann passt es mir nicht, dass du dich mit anderen Kerlen triffst.«

»Nun fang doch nicht wieder damit an«, stöhnte Georgette. »Meinst du denn, es macht Spaß, sich mit diesen Versagern zu treffen und herauszufinden, ob es sich lohnt, sie zu bestehlen? Und wenn ich Verabredungen ablehne, lädt mich Lydia nicht mehr zu ihren Partys ein. Und nur durch sie hatte ich die Möglichkeit, mich zu Nat zu schleichen. Ich hätte ihm gleich beim ersten Mal eins über den Kopf geben sollen, als ich die Diamanten sah, anstatt sie durch Fälschungen ersetzen zu wollen.«

»Darüber solltest du keine Scherze machen. Sieht ganz so aus, als habe jemand genau das getan.«

»Das brauchst du mir nicht zu sagen. Ich war dabei. Als ich hörte, wie die Hintertür aufging, bin ich fast gestorben. Ich verließ das Apartment, so schnell ich konnte. Und da willst du wissen, warum ich nicht noch den Schmuck seiner toten Frau mitgenommen habe?«

»Du könntest unter Mordverdacht verhaftet werden.«

»Hör auf, Blaise! Ich habe ihm nichts getan.«

»Wir müssen in das Apartment zurück, um die Diamanten zu suchen. Wo sollten sie sonst sein?«

»Nun, das ist erst morgen möglich, während des Clubjubiläums. Lydias nächste Party findet erst in der kommenden Woche statt. Aber nimm den Schlüssel mit. Wenn sich heute eine Gelegenheit ergibt, in Pemrods Wohnung zu gelangen, ergreif sie!« Georgette stand auf und umarmte ihren Freund.

»Wie gut du riechst.«

Georgette streichelte seinen Nacken. »Wir finden die Diamanten, du kümmerst dich um dein Butlerzeugnis und dann verbringen wir irgendwo ein paar schicke Urlaubstage.«

Blaise lachte. »Wo ich kein Silber zu putzen brauche.«

»Nein, Honey. Deine Aufgabe ist es, das Silber zu stehlen.«

Sie küssten sich und dann sah Georgette zu, wie sich Blaise Gehrock und Handschuhe anzog, um zur Butlerschule zu gehen.

14

Vor Gründung seiner Butlerschule hatte Maldwin Feckles beschlossen, dass Exkursionen ein fester und wichtiger Bestandteil der Ausbildung seiner Schüler sein sollten. Sie würden Zigarrenhändler, Porzellangeschäfte und Modeboutiquen aufsuchen, Weinhandlungen und Juweliergeschäfte, um mehr über die feinen Dinge zu erfahren, die mit Geld zu kaufen sind. Und natürlich um zu lernen, wie man sie benutzte und pflegte.

Jetzt stand Maldwin mit seinen ersten vier Schülern in einem vollgestopften, dunklen und staubigen Antiquitätengeschäft im ländlichen New Jersey. Er hatte gehofft, sie mit Gegenständen vertraut machen zu können, die in Häusern anzutreffen waren, die nach altem Geld rochen. Und er wollte ein paar Servierteller für Lydias künftige Partys erwerben. Gestern Abend waren drei ihrer guten Platten vom Küchentisch gefallen und in tausend Stücke zerbrochen. Natürlich wollte es niemand gewesen sein, und Maldwin hatte sich bemüht, den Schaden so unauffällig wie möglich zu beseitigen. Kurz zuvor war einer der Gäste hereingestürmt und hatte gesagt, im Apartment gegenüber liege ein Toter.

Auf den ersten Blick hatte Maldwin über das Angebot abfällig die Nase gerümpft, das hauptsächlich aus minderwertigem Trödel zu bestehen schien. Aber bei genauerer

Inspektion, bei der er Objekte wie silberne Tabletts und eigentümlich geformte Gabeln zur Hand nahm, um seinen Schülern ihren Nutzen zu erklären, fand er doch einige Dinge, die in Miss Lydias Apartment gute Dienste leisten würden. Darunter eine silberne Suppenterrine, die ihre Patina im Laufe von Jahrzehnten angesetzt haben musste, einen Satz Espressolöffel, die einer seiner Schüler für Babylöffel hielt, sowie drei braunfleckige Teekannen, die gründlich mit Gebissreiniger geputzt werden mussten.

Jetzt wurden die Sachen von dem Verkäufer verpackt, der so tat, als handele er mit ausgesuchten Kostbarkeiten.

Maldwin zeigte auf einen Stapel Porzellanteller. »Denken Sie daran, Porzellan stets mit einem Schutztuch zwischen den einzelnen Tellern zu stapeln. Man kann dazu auch Noppenfolie benutzen, aber wenn man darauf verzichtet, zerkratzt die Glasur …«

Maldwins Handy klingelte.

Dem Himmel sei Dank, dachte Blaise.

»Sagten Sie nicht, die Benutzung von Handys sei ungehörig?«, murmelte Vinnie Checkers. Er war eindeutig der Störenfried unter den vier Schülern. Maldwin konnte sich nicht erklären, warum er sich überhaupt für den Lehrgang angemeldet hatte. Er sah aus wie ein Statist aus *Grease*.

»Es gehört sich nicht, sie in Restaurants zu benutzen, im Theater, oder in Bahnen, Bussen sowie anderen öffentlichen Orten alle Welt an seinem Privatleben teilnehmen zu lassen«, dozierte Maldwin und zog das Telefon aus der Brusttasche. »Sonst sind sie sehr praktisch. Ja? Was? O weh. Eine weitere Party heute Abend? Wir kehren sofort zurück. Aber das kann einige Stunden dauern.« Er beendete das Gespräch und spürte ein gewisses Unbehagen in sich aufkommen.

»Was ist, Maldwin?«, fragte Albert Ketler und ließ seinen Mund auf höchst unvorteilhafte Weise offen stehen. Malwin war nicht entgangen, dass er ständig einen leicht debilen Eindruck machte. Noch einer, der nur angenommen worden war, weil die Schule endlich in Gang kommen musste, dachte Feckles.

»Wir müssen nach Manhattan zurück. Miss Lydia gibt heute Abend eine Party.«

»Schon wieder?«, fragte Vinnie. »Ich dachte, heute würden wir ein bisschen früher Schluss machen.«

»Sie wussten bei der Anmeldung, dass es sich um einen sehr intensiven Lehrgang handelt. Und Flexibilität ist ein wichtiger Bestandteil im Leben eines Butlers. Man muss sozusagen jederzeit auf alles vorbereitet sein«, sagte Maldwin, als der Verkäufer mit den Paketen auf ihn zukam.

»In der nächsten Woche rechnen wir mit ein paar sehr guten Stücken«, verkündete dieser und sah ihn über seine Brille hinweg bedeutungsvoll an. »Sie sollten wirklich wiederkommen.«

Maldwin streckte ihm seine Kreditkarte entgegen. »Ich suche Servierplatten. Rufen Sie mich an, wenn Sie die anzubieten haben.«

»Die gehen immer als Erstes zu Bruch.«

»Wem sagen Sie das.« Maldwin wandte sich seinen Schülern zu und hob den Spazierstock, den er immer zu seinen Exkursionen mitnahm. »Mir nach!« Er führte sie zu Lydias dreißig Jahre alten Vista Cruiser, den sie seit ihren Teenagertagen besaß.

»Das ist das einzige Stück aus meiner Vergangenheit, von dem ich mich nicht trennen möchte«, hatte sie Maldwin anvertraut.

Vinnie öffnete die hintere Tür und kletterte auf die letzte Sitzreihe. Sofort hockte sich Albert neben ihn. Die beiden hatten schnell Freundschaft geschlossen und wollten so weit wie möglich von ihrem Lehrer entfernt sitzen. Gestern war es spät geworden und sie waren ebenso hungrig wie müde. Und nun lag wieder eine lange Nacht vor ihnen. Sie hofften darauf, während der Autofahrt ein bisschen schlafen zu können.

Doch dieses Glück war ihnen nicht vergönnt.

Harriet, das einzige Mädchen der kleinen Gruppe, hatte sich auf den Beifahrersitz neben Feckles gesetzt.

»Können wir auf der Rückfahrt nicht das Band über Benimmregeln hören?«, fragte sie jetzt, während Blaise Bowden hinter ihr Platz nahm.

Vinnie und Albert stöhnten hörbar.

»Selbstverständlich«, sagte Maldwin und lenkte den Kombi über die holprige Ausfahrt Richtung Straße. »Aber lassen Sie uns zunächst über die Fehler sprechen, die Sie gestern Abend gemacht haben. Vinnie? Wie könnten Sie Ihre Leistungen verbessern?«

»Nach der Party, meinen Sie?«

Albert und Vinnie glucksten vor Lachen.

»Nein, ich meine als künftiger Butler.«

»Ich fand mich gestern Abend ziemlich gut«, antwortete Vinnie pikiert.

Harriet drehte sich zu ihm um. »In Rotwein gehören keine Eiswürfel.«

»Willst du etwa meine Mutter beleidigen?«, empörte sich Vinnie. »Sie mag ihren Rotwein gut gekühlt.«

»Sachte, sachte«, murmelte Maldwin Feckles. »Wir wollen niemanden beleidigen. So etwas tun Gentlemen und Ladys nicht. Und vieles ist Geschmackssache. Aber vielleicht hat Ihre Mutter Sangria getrunken? Die sollte in der Tat mit Eis serviert werden.«

»Ich weiß nur, dass im Krug Früchte schwammen.«

»Ja, Vinnie.« Maldwin nickte. »Dann handelte es sich

bestimmt um Sangria. Aber ein guter Rotwein sollte Raumtemperatur haben.«

Vinnie knurrte etwas Unverständliches.

»Vermutlich kann uns allen ein bisschen Schweigen nur gut tun. Ich werde sofort das Band auflegen, aber zunächst eine Frage. Hat jemand von Ihnen einen nützlichen Benimmtipp?«

»Ein wahrer Gentleman oder eine echte Lady klimpert nie mit dem Kleingeld in der Tasche«, sprudelte Harriet hervor.

»Sehr gut!«, begeisterte sich Feckles. »Sie lernen wirklich schnell, Harriet.«

Sie nickte triumphierend. »Das regt alle mordsmäßig auf.«

Hastig schob Maldwin Feckles die Kassette in den Rekorder und versuchte das unangenehme Gefühl zu verdrängen, dass alles nur in einer Katastrophe enden konnte.

15

Regan blickte sich auf dem Flur um, bevor sie Nat Pemrods Apartment aufschloss. Gegenüber dem Fahrstuhl sah sie eine Stahltür, lief darauf zu und öffnete sie.

Sie fand sich auf einem kleinen Geviert wieder. Wenige Schritte vor ihr war ein Nutzlastenaufzug, daneben führte eine Treppe in die unteren Stockwerke. In der rechten und linken Wand befanden sich metallbeschlagene Türen. Die Luft roch dumpf und muffig. Neben der Lifttür standen zwei Tonnen für Papier und Kunststoffabfälle.

Regan brauchte nicht lange, um festzustellen, dass es sich bei den beiden Türen um Nebeneingänge zu beiden Penthousewohnungen handelte. Den zu Nat Pemrods Apartment hatte sie von innen gesehen, als Clara sie durch die Räume führte.

Wenn jemand unbemerkt in Nats Wohnung eindringen wollte, dann durch diese Hintertür, dachte Regan. Ob irgendjemand einen Schlüssel dazu besaß?

Regan schob den Schlüssel, den sie in der Hand hielt, ins Schloss. Zu ihrer Überraschung ließ er sich drehen. Derselbe Schlüssel für den Vorder- und Hintereingang? Ungewöhnlich. Sie schob die Tür auf und sah die kleine Diele hinter der Küche. Regan schloss die Tür und trat ein. Bis auf das Summen des Kühlschranks war es mucksmäuschenstill.

Seufzend blickte Regan sich um. Die Küche war lang und schmal, mit elfenbeinfarbenen Schränken und Spinden. Hinter verglasten Schranktüren standen ordentliche Stapel altmodischer Tassen und Teller. Der Raum machte einen behaglichen, aber vom Rest der Wohnung isolierten Eindruck. Er erinnerte an eine Zeit, in der die Bewohner derartiger Apartments nicht viel Zeit in der Küche verbracht hatten. Im Unterschied zu ihren Hausangestellten.

Einen Tisch gab es nicht. Das einzige Zugeständnis an die Gepflogenheit, in der Küche zu essen, waren zwei Hocker vor dem Arbeitstresen gegenüber dem Spülbecken. Eine Schwingtür führte zu einem kleinen Vorraum vor dem Esszimmer, eine weitere auf den Korridor zu den Schlafzimmern und dem Wohnraum.

Hat sich Nat Pemrod oft in der Küche aufgehalten, fragte sich Regan, vielleicht gestern um diese Zeit hier herumgewerkelt? Die Küche sah blitzblank und aufgeräumt aus. Am Dienstag hatte Clara geputzt. Heute war Freitag.

Und was hatte er gestern Abend gegessen? Sie öffnete die Tür unter der Spüle und zog den Abfalleimer hervor. Obenauf lagen eine Filtertüte mit Kaffeesatz, Orangenschalen, eine leere Kekspackung und ein Pappteller. Regan hob den Pappteller hoch und entdeckte darunter mehrere Backpflaumen im Speckmantel.

Häppchen.

Wie sie auf Partys angeboten werden.

Etwas, das man sich nie selbst machen würde.

O Gott, dachte Regan. Ich muss darauf achten, was heute Abend bei Lydias Zusammensein serviert wird. Sie stöberte weiter im Müll und fand Eierschalen, ein Röhrchen mit Vitamintabletten und eine Eau-de-Cologne-Flasche, beide leer. Duftwässerchen in der Küche? Benutzte man die nicht eher im Schlafzimmer?

Regan schob den Abfalleimer zurück und fand, dass ihr eine Tasse Tee gut tun würde. Sie füllte den Wasserkessel, holte eine Tasse nebst Untertasse aus dem Schrank und fand die Teebeutel in einem Keramikgefäß mit Schäfchen-Dekor. Im Kühlschrank stand eine Tüte fettarme Milch. Sie kam aus derselben Meierei wie die, die sie heute früh in der Wohnung ihrer Eltern aus dem Kühlschrank gezogen hatte. Irgendwie kam es ihr vor, als wäre seither eine Ewigkeit vergangen. Wie die Tagung wohl läuft, fragte sie sich. Etwas davon würde ich schon gern mitbekommen.

Als der Tee fertig war, setzte sie sich an den Küchentresen und griff nach dem Telefon. Sie wählte die Nummer von Nat Pemrods Bruder in Palm Springs, Kalifornien. Ein zittrige Stimme meldete sich.

Regan stellte sich vor.

»Oh, guten Tag. Hier spricht Carl Pemrod.« Jetzt klang die Stimme schon eine Spur munterer.

»Der Tod Ihres Bruders tut mir sehr Leid«, sagte Regan.

»Mir auch. Wir standen uns nicht allzu nahe, aber Blut ist Blut. Wir sind nicht zusammen aufgewachsen. Er war mein Halbbruder.«

»Ah, so ist das.«

»Ja. Meine Mutter war ziemlich sauer auf meinen Vater, weil er uns verlassen hatte. Daher hatten wir kaum Kontakt zu seiner neuen Familie.«

»Mir wurde gesagt, dass Nat keine weiteren Brüder oder Schwestern hatte.«

»Soweit ich weiß, ist das auch so.«

»Thomas Pilsner hat Ihnen sicher gesagt, dass ich eine Ermittlung durchführe.«

»Weil er im Bad ausgerutscht ist? So etwas passiert häufiger, als Sie vielleicht denken. Letztes Jahr habe ich mir die Hüfte gebrochen. Es ist furchtbar, alt zu werden.«

»So ist es. Wussten Sie irgendetwas über die Diamanten, die er in seinem Apartment aufbewahrte?«

»Nein. Wie schon gesagt, wir hatten nicht viel Kontakt.«

»Kannten Sie Nats Anwalt?«

»Nein. Wie schon gesagt ...«

»Stimmt«, sagte Regan. »Nun, Mr. Pemrod, vor allem möchte ich Ihnen danken, dass Sie mir den Zugang zum Apartment gestatten.«

»Aber sicher. Das ist wirklich kein Problem, Miss Reilly. Ich wusste, dass er seinen Besitz dem Club hinterlassen wollte. Er war immer sehr stolz auf den Verein. Wenn wir miteinander telefonierten, sprach er kaum von etwas anderem. Der Club dies, der Club das ... Offen gestanden habe ich manchmal auf Durchzug geschaltet. Im Grunde waren die Clubmitglieder seine Familie.«

»Es freut mich, dass er sich hier wohl gefühlt hat.«

»Ich glaube, er war da wirklich glücklich.«

»Nun, ich werde nur wenige Tage hier wohnen. Ich lebe auch in Kalifornien und muss wieder zurück.«

»Falls Sie durch Palm Springs kommen, besuchen Sie mich.«

»Oh, vielen Dank.«

»Ich habe Ihre Mutter bei einer Lesung in unserer Bücherei kennen gelernt. Eine sehr sympathische Frau.«

»Vielen Dank«, sagte Regan noch einmal. »Ich werde Sie über die Ereignisse hier auf dem Laufenden halten. Sie wollen Ihren Bruder einäschern lassen?«

»Die Friedhöfe platzen doch aus allen Nähten. Wir sollten uns alle verbrennen lassen.«

»Vielleicht. Offenbar war es auch Nats Wunsch.«

»Wendy wurde ebenfalls verbrannt. Dann brachte Nat ihre Asche nach England, wo sie aufgewachsen ist. Einige meiner Freunde haben verfügt, dass ihre Asche von Kreuzfahrtschiffen aus ins Meer gestreut wird.«

»Tatsächlich? Nun, es gibt für mich hier eine Menge zu überprüfen, aber wie gesagt, ich werde Sie informieren.«

»Sehr nett von Ihnen.«

»Immerhin sind Sie Nats Bruder. Nochmals vielen Dank, dass ich hier wohnen darf. Ich hoffe, so bald wie möglich mit seinem Anwalt sprechen zu können, um seine Angelegenheiten zu regeln. Wir werden der Sache schon auf den Grund gehen.« Regan hörte sich optimistischer an, als sie sich fühlte.

»Okay. Und wenn er seinem Carl etwas hinterlassen hat, umso besser. Jetzt gehe ich an den Pool hinaus. Heute haben wir hier einunddreißig Grad. Wie warm ist es bei Ihnen?«, fragte Carl Pemrod fast spöttisch.

»Rund fünfzehn Grad kühler.«

Carl Pemrod lachte. »Ich habe Nat immer gesagt, dass man in New York nicht leben kann.«

16

Georgettes Stimmung ließ zu wünschen übrig. Heute war Freitag, der zwölfte März, und seit dem Valentinstag hatte sie ihre ganze Zeit mit Nat Pemrod vergeudet. Sie war fest überzeugt, dass er sich in sie verliebt hatte und dabei war, sie mit Geschenken und Geld zu überhäufen. Als sie ihn unter Alkohol gesetzt hatte, war er so redselig geworden, dass er von den Diamanten zu plaudern begann. Er hatte ihr sogar erzählt, wie viel Spaß es ihm machte, sich Scherze mit ihnen zu erlauben. Was immer das heißen sollte. Aber bevor sie dazu kam, Zirkone zu kaufen, um die wertvollen Steine durch diese zu ersetzen, war ein anderer zur Tat geschritten.

Wer steckte dahinter? Irgendjemand hatte die Diamanten gestohlen, und Georgette wollte und würde herausfinden, um wen es sich handelte. Schließlich war sie nicht umsonst seit zehn Jahren eine Fachkraft in Sachen Betrug und Gaunerei. Normalerweise erwiesen sich Blaise und sie als unübertroffen geschickt. Aber in letzter Zeit schienen sie vom Pech verfolgt zu sein.

Allerdings bestand noch immer eine kleine Chance, dass Nat die Steine irgendwo im Apartment versteckt hatte. Ob er das mit seinen Scherzen gemeint hatte?

Georgette ging in einen Fast-Food-Schuppen am Broadway, bestellte am Tresen eine Tasse Kaffee und sah sich um. In einer Ecke saß ein alter Mann über seiner Zeitung. Georgette tänzelte hinüber und räusperte sich.

»Verzeihung, aber ist hier noch frei?« Sie deutete auf die Bank mit dem orangefarbenen Kunststoffbezug, die am Boden festgeschraubt war.

Er hob den Kopf und lächelte einladend. Er war kahlköpfig, hatte ein rundes Gesicht, glatte Haut und wasserblaue Augen. Seine Kleidung wirkte, als hätte sie bessere Tage gesehen, aber immerhin trug er ein Oberhemd mit Krawatte. Aus dem Augenwinkel bemerkte Georgette teuer aussehende weiße Turnschuhe.

Nicht schlecht, schoss es ihr durch den Kopf. Bestimmt kann er ein paar Kröten entbehren.

»Setzen Sie sich, meine Schöne«, sagte er.

Das läuft ja besser als angenommen, dachte Georgette. »Vielen Dank, Sir.«

»Was macht ein hübsches Mädchen wie Sie so allein?«

Georgette klimperte mit den Wimpern und setzte sich auf die schrecklich unbequeme Bank. »Ich bin gerade erst nach New York gezogen und kenne noch nicht viele Leute.« Sie beugte sich vor, damit er ihr Parfum riechen konnte.

Der Mann nieste, fuchtelte mit beiden Händen und zog ein Taschentuch hervor. »Halten Sie ein bisschen Abstand, meine Schöne. Ihr Duft ist nicht gut für meine Kehle.«

»Ihre Kehle?«

»Früher war ich Sänger. Bin überall aufgetreten. Für ein paar Dollar die Woche bringe ich Ihnen das Singen bei und in fünf Jahren stehen Sie auf einer Broadwaybühne. Ich treffe noch immer das eingestrichene C.« Er riss den Mund auf und schmetterte ein paar Töne. Georgette sprang auf. Als sie aus dem Restaurant rannte, hörte sie einen der Kellner schreien: »Halten Sie die Klappe, Mr. C. Hier drinnen wird nicht gesungen.«

Draußen auf der Straße rang Georgette um Fassung. Hat sich denn alle Welt gegen mich verschworen, fragte sie sich. In diesem Moment klingelte ihr Mobiltelefon. Hoffentlich ist das Blaise, dachte sie.

»Ja? O Lydia, was für eine Überraschung … Heute Abend veranstalten Sie wieder eine Party?« Georgettes Puls begann schneller zu schlagen. »Wie nett von Ihnen. Kann ich vielleicht bei den Vorbereitungen helfen? Zufällig habe ich heute frei … Nein … Nun, vielleicht komme ich ein bisschen früher. Ich würde gern mit Maldwin sprechen, um mich für seinen nächsten Butlerlehrgang anzumelden … Ja, wirklich … Okay, bis später.«

Georgette steckte das Handy in ihre Handtasche und stieß einen Seufzer der Erleichterung aus. Vielleicht kann ich heute Abend irgendwie in Nats Apartment gelangen, dachte sie. Als sie weitereilte, kam sie an einem Coffee Shop vorbei. Sie blieb stehen, drehte sich um und ging zurück. Man kann nie wissen, dachte sie, als sie die Tür öffnete und schnurstracks auf den Sitz neben einem alten Mann am Tresen zusteuerte. Man darf keine Chance verpassen.

17

Nach dem Gespräch mit Carl Pemrod unternahm Regan einen kleinen Rundgang durchs Apartment und fand sich schließlich in Nats Bad wieder. Es war zweifellos luxuriös. Der Marmor an Wänden und Decke, die blinkende Glastür der Duschkabine und die großzügigen Porzellanbecken vermittelten den Eindruck gepflegter Opulenz. An der Wand neben dem Whirlpool war ein beheizbarer Handtuchhalter installiert, über dem ein weißes Badelaken hing. Ich wette, das wollte Nat Pemrod gestern Abend benutzen, dachte sie.

Regan drehte sich um und ging zu den beiden Handtüchern hinüber, die zwischen den Waschbecken hingen. Sie hatte sie zuvor gar nicht bemerkt, aber jetzt sah sie, dass die Ränder mit Applikationen kleiner Schafe versehen waren. Großer Gott, die beiden hatten aber auch überall Schafe, dachte Regan. Hübsch, aber derartige Tücher sind kaum für den täglichen Gebrauch bestimmt. Sie sind eher zur Dekoration da.

Neben der Duschkabine befand sich ein leerer Handtuchhalter. Warum war er leer? Dann entdeckte sie etwas auf dem Boden und hob es auf. Es war eine Schafapplikation. Sie muss sich von einem Handtuch gelöst haben, zuckte es Regan durch den Kopf. Aber wo ist das geblieben?

Im Bad stand kein Wäschekorb. Regan lief ins Schlafzimmer und öffnete den Schrank. Er war voller Frauenkleidung. Sie schloss die Tür wieder.

Im Gästezimmer stand ihr Koffer auf dem Boden und ihr Kleidersack lag über dem Bett. Regan zog eine der beiden Schranktüren auf und sah, dass hier Nat seine Sachen aufbewahrt hatte. Sie hob den Deckel eines Korbs aus Rohrgeflecht, aber auch darin waren keine Handtücher. Nur Oberhemden, Socken und Unterwäsche.

Regan lächelte. Obwohl Wendy seit drei Jahren tot war, hatte Nat Pemrod ihre Kleidung nicht angerührt. Er musste noch immer ins Gästezimmer, um seine Sachen zu holen. Eine Freundin von Regan war nach der Heirat in die Wohnung ihres Mannes gezogen, und der bestand allen Ernstes darauf, dass sie das zweite Bad und den Schrank im Gästezimmer benutzte. Natürlich hatte die Verbindung nicht lange gehalten. Aber Nat war offenbar ein hingebungsvoller Ehemann gewesen. All diese Schafe hätten einen anderen Mann vermutlich in den Wahnsinn getrieben.

Regan verspürte fast so etwas wie Zuneigung für Nat Pemrod. Ihr Handy klingelte und an der Anrufernummer auf ihrem Display erkannte sie, dass es Jack war.

»Hi«, meldete sie sich.

»Wie läuft es denn so, Regan?«

»Durchwachsen.«

»Ich bin auf dem Weg zum Flughafen, habe aber mit einem Burschen vom 13. Revier gesprochen. Er war gestern Abend in Pemrods Apartment und schlägt vor, dass du kurz bei ihm vorbeischaust.«

Regan blickte auf ihre Armbanduhr. Es war kurz vor zwölf. »Ich denke, ich fahre gleich mal hin.«

»Und noch etwas …«

»Was?«

»Überlege dir schon einmal, was du am Sonntagabend essen möchtest.«

»Ich weiß nur, was ich auf keinen Fall essen werde.«

»Und das wäre?«

»Lammkeule.«

»Und warum?«

»Nicht so wichtig …«

»Ich melde mich wieder.«

»Okay.« Regan beendete das Gespräch, setzte sich aufs Bett und griff nach einem der gerahmten Bilder auf dem Nachttisch. Es war ein altes Schwarzweißfoto, auf dem vier Männer Karten spielten. Das müssen die »Farben« sein, dachte sie. Regan stellte es wieder auf den Nachttisch und betrachtete die anderen Bilder. Sie zeigten hauptsächlich ein Paar in unterschiedlichen Lebensaltern. Auf einem stand es umgeben von Schafen auf einer Wiese.

Regan zog die Schublade auf und entdeckte einen Schreibblock nebst Stift. Sie nahm den Block heraus und schlug ihn auf. »Donnerstag, 12. März«, stand als Datum auf dem ersten Blatt. Gestern!

Regan begann zu lesen und die Worte vor ihr verschlugen ihr fast den Atem.

»Meine kleine Butterblume,

die letzten vier Wochen waren erfreulich. Nachdem meine Frau Wendy von Gott, ihrem Hirten, abberufen wurde, glaubte ich nicht, irgendwelche tieferen Gefühle für eine andere Frau empfinden zu können. Wahrscheinlich hatte ich Recht. Auch wenn ich deine Gesellschaft sehr genieße, halte ich diese Heimlichkeiten mit dir für Unrecht.

Ich habe beschlossen, den Rest meines Lebens damit zu verbringen, anderen Gutes zu tun. Wer weiß, wie viel Zeit mir noch bleibt.

Es ist ein Segen, den Menschen zu finden, den man wirklich liebt, heißt es. Ich schätze, ich sollte Schluss machen, solange ich es noch kann.

Viel Glück!

Natty.«

Regan glaubte, ihren Augen nicht trauen zu können. Wer zum Teufel ist diese »Butterblume«? Sie hegte kaum noch Zweifel daran, dass Nat Pemrods Tod kein Unfall war.

18

»Vorsicht! Vorsicht, bitte!«, ermahnte Thomas Pilsner die Männer, die unzählige unförmige Gerätschaften in den vorderen Salon des Clubs schleppten.

»Sehen Sie sich bitte vor, dass Sie nicht gegen die Möbel stoßen.«

Er wurde größtenteils ignoriert. Wie jedermann weiß, der einmal bei Dreharbeiten zugeschaut hat, geht eine Crew ihrer Tätigkeit absolut unbeeindruckt von Berühmtheit, Umgebung oder Gaffern nach. Sie macht einfach ihre Arbeit.

Im Gegensatz dazu hastete Thomas ebenso sinn- wie erfolglos herum. Hollywood hatte Einzug gehalten und Zeit war kostbar. Sie hatten nur einen Nachmittag, um eine wichtige Szene zu filmen.

Unwillkürlich fragte sich Thomas Pilsner, ob er sich nicht doch übernommen hatte. Draußen blockierten Lastwagen und Container die schmale Straße. Produktionsassistenten versuchten, den Verkehr um den Park herumzuleiten. Fußfallenähnlich schlängelten sich Kabel über den Bürgersteig.

Thomas Pilsner blickte aus dem Erkerfenster und sah zahllose Schaulustige in das Innere des Clubs starren. Du meine Güte, dachte er. Manche Ideen nehmen sich auf den ersten Blick ganz hervorragend aus, aber dann, bei der Verwirklichung ... Er hatte ein bisschen Leben in den Club bringen wollen. Aber doch nicht so!

»Könnten Sie bitte zur Seite treten?«, knurrte ein stämmiger Bursche, der mit einem schweren Scheinwerfer heranschwankte.

Schnell trat Thomas zur Seite. »Selbstverständlich.« Was kann ich tun? Was kann ich nur tun, fragte er sich. Ich weiß! Ich werde die Schafe herunterholen. Wendy wollte, dass sie einen Ehrenplatz erhalten, und sie werden sich im Film bestimmt sehr gut machen.

Zehn Minuten später schleppte er zusammen mit Regan die Tiere in die Bibliothek und stellte sie neben dem Kamin auf.

»Moment mal!« Ein ungemein tüchtig aussehender Mann mit Baseballmütze und Klemmbrett kam auf sie zugeeilt. »Was haben Sie auf dem Set zu suchen?«

»Die Schafe sind von großer Bedeutung für den Club«, erläuterte Thomas. »Wir dachten, Sie würden Sie vielleicht gern filmen.«

»Die Besetzung ist abgeschlossen. Würden Sie die Tiere bitte wieder entfernen?«

Regan sah Thomas Pilsner an. »Warum bringen wir sie nicht in Ihr Büro? Nach Beendigung der Dreharbeiten können wir sie wieder hier aufstellen.«

»Ich wollte nur Wendys und Nats Wünschen entsprechen.«

»Verstehe«, sagte Regan. »Aber schaffen wir sie trotzdem weg.«

Regan hatte Dolly und Thomas Bähbäh unter dem Arm, als eine energische Stimme »Halt!« rief.

Sie drehten sich um und sahen einen dunkel gekleideteten, drahtigen Mann auf sich zukommen. Er trug eine schwarze Baskenmütze und eine leere Zigarettenspitze. »Mir gefallen die Schafe! Stellen Sie sie zurück!«

Schulterzuckend setzten Regan und Thomas die Schafe ab.

»Ich bin Jacques Harlow, der Regisseur von ›Das darf doch nicht wahr sein‹.«

»Und ich bin Thomas Pilsner, der Geschäftsführer des Clubs, und das ist meine Freundin Regan Reilly.«

»Angenehm.«

»Es freut mich, dass Sie eine Szene Ihres Films in unserem Club drehen.«

Harlow klemmte sich die Zigarettenspitze zwischen die Lippen und sprach durch die Zähne.

»Die Atmo hier gefällt mir. Drehbücher lehne ich ab. Meine Schauspieler improvisieren ihren Text. Ich bin davon überzeugt, dass eine Umgebung wie diese unsere größten Hoffnungen beflügelt und unsere dunkelsten Ängste weckt.«

Was du nicht sagst, dachte Regan.

»Möchten Sie nicht in einer kleinen Nebenrolle auftreten?«, fragte er Regan mit leicht anzüglichem Lächeln.

»Nein«, sagte Regan schnell. »Ich bin sehr beschäftigt«, fügte sie hinzu und sah Thomas an. »Ich wollte gerade für eine Weile verschwinden.«

»Kommen Sie bitte kurz in mein Büro, Regan.«

Sie entschuldigten sich, gingen in Pilsners Büro und schlossen die Tür hinter sich.

»Dieser Typ hat sie doch nicht mehr alle«, stellte Thomas fest.

»Sagen Sie, Thomas, was für ein Film soll das eigentlich werden?«

»Ein zeitbezogener Streifen, sagte der Aufnahmeleiter.«

»In welcher Zeit spielt er denn?«

Pilsners Unterlippe begann zu zittern. »Das habe ich nicht gefragt. In der viktorianischen, nahm ich an.«

Auf dem Schreibtisch klingelte das Telefon. Thomas nahm den Hörer ab.

»Die *New York World*? Ja, hier im Club finden Dreharbeiten statt ... Er hat was? ... Einen Drehort in New Jersey kurz und klein geschlagen ... Dazu kann ich jetzt nichts sagen. Auf Wiederhören.« Thomas ließ den Hörer auf die Gabel fallen.

»Ich wage kaum zu fragen«, sagte Regan.

»Jacques Harlow ist ein Irrer. In der letzten Woche hat er in New Jersey eine Bowlingbahn demoliert, in der sie eine Szene drehten. Er hält sich für einen der Sopranos. Er wurde gerade erst aus der Haft entlassen.«

Regan verzog das Gesicht. »Nun, jemand hat Geld in diesen Film investiert. Ich frage mich, wer.«

»Ich glaube, es ist eine Billigproduktion«, sagte Thomas mit lautloser Stimme. »Wir brauchen zwar dringend Einkünfte, aber ich fürchte, diese Aktion ist nicht so gut für den Club.«

Regan stand auf. »Jetzt fahre ich erst mal zum 13. Revier. Ich werde sie von Ihnen grüßen.« Als sie das Clubgebäude verließ, fragte sich Regan, wann die nächste Maschine nach London flog.

19

Auf der Tagung für Krimiautoren empfand Nora Regan Reilly Befriedigung über den Verlauf der Dinge. Die einzige Enttäuschung war, dass Regan nicht dabei sein konnte. Immer wieder wurde nach ihr gefragt.

»Sie wurde mit Ermittlungen beauftragt«, erklärte Nora auf jede Frage.

»Hier in New York?«

»Ja, aber sie wollte versuchen, bei einem der Seminare vorbeizuschauen. Oder sogar zur Cocktailparty heute Nachmittag zu kommen.«

Jetzt warf Nora einen prüfenden Blick auf das Lunchbuffet, das vom Hotelrestaurant vorbereitet worden war. Es sah gut aus. Schüsseln mit dampfender Pasta, Hähnchenbrust und Gemüse warteten auf hungrige Tagungsteilnehmer. Nora hatte das letzte Seminar vor der Mittagspause kurz vor dem Ende verlassen, um nach dem Rechten zu sehen.

Es war ein überaus interessantes Seminar gewesen. Ein ehemaliger FBI-Agent hatte einen Vortrag über Betrüger gehalten und wie sie die Bekanntschaft ihrer Opfer machten, ihr Vertrauen gewannen und sie dann ausplünderten. Manche von ihnen gaben sich mit Wenigem zufrieden, während andere Millionen ergaunerten.

»Man kann sie überall finden«, hatte er betont. »Sie

sind wie Geier, die sich auf Lotteriegewinner stürzen, auf alte oder einsame Menschen, auf ausgebuffte Spekulanten und Naive. Viele der Geschädigten erstatten keine Anzeige, weil ihnen das Ganze zu peinlich ist. Sie glauben, sie hätten klüger sein müssen. Große Hollywoodstars werden von windigen Investmentberatern übers Ohr gehauen. Weniger Begüterte fallen auf Anlagesysteme herein, bei der die Gewinne zu immer neuen Spekulationen verwandt werden, bis alles zusammenbricht. Und wenn man die Gauner stellt, können sie sehr gefährlich werden. Sie schlagen sofort zu ...«

Der Ex-FBI-Mann zeigte ein paar Dias, auf denen einige dieser Betrüger in Aktion zu sehen waren.

Das hätte Regan bestimmt sehr gefallen, dachte Nora. Zu schade.

»Mrs. Reilly?«

Lächelnd wandte Nora sich vom Buffet ab. »Ja, bitte?«

Eine recht große Frau, die ihre Haare im Nacken zu einem Knoten zusammengefasst hatte, ließ ihre Tasche zu Boden gleiten. »Ich bin Mary Ruffiner von der *New York World*. Wenn ich Ihnen ein paar Fragen zu Ihrer Tagung stellen dürfte ...«

»Aber gern«, sagte Nora und führte sie zu einem Tisch.

»Alles passiert auf einmal. Mein Redakteur will, dass ich gleich noch zum Settlers' Club am Gramercy Park hinüberflitze. Dort dreht ein gerade aus der Haft entlassener Typ einen Film und es heißt, dass letzte Nacht im Club jemand ermordet wurde.« Mary Ruffiner lachte bekümmert. »Solange er nicht verlangt, dass ich dort übernachte ... Normalerweise schreibe ich über Kunst und Unterhaltung.«

Noras Magen krampfte sich zusammen und ihr Lächeln schwand.

»Beunruhigt Sie irgendwas, Mrs. Reilly?«

»Nein.«

»Ihre Tochter ist auch hier, nicht wahr?«

»Sie ist in New York, ja.«

»Das ist mir bekannt. Ihr Foto ist heute in unserer Zeitung.«

Nora lächelte nur höflich.

»Nimmt Sie an der Tagung teil?«, wollte Mary Ruffiner wissen.

»Bedauerlicherweise ist sie beruflich verhindert.«

»Sie ermittelt in einem Fall?«

»Nun ja, aber ich bin gehalten, darüber Stillschweigen zu wahren.«

»Ich hoffe, Sie während des Wochenendes noch interviewen zu können«, sagte Mary Ruffiner und zog mit den Zähnen die Verschlusskappe von ihrem Stift.

Irgendwas sagt mir, dass es Ihnen gelingen wird, dachte Nora. So oder so – irgendwas sagt mir, dass Ihre Hoffnung Sie nicht trügt.

20

Lydia saß mit einem schnurlosen Telefon auf einem ihrer Zweisitzer und rief alle an, die an dem gestrigen Treffen teilgenommen hatten, neunzehn Personen insgesamt. Nicht schlecht. Seit dem Valentinstag hatte sie wöchentlich drei Partys veranstaltet und als Einführungsangebot brauchten ihre »Gäste« nur fünfundzwanzig Dollar pro Abend zu zahlen, wenn sie vier Treffen buchten.

Sie musste zugeben, dass sie durchaus das Gefühl hatte, einige von ihnen auszunehmen. Beispielsweise den Mann, der zu seinem Anzug Sandalen trug und jeden Satz mit »oder so ähnlich« zu beenden schien. Oder die Frau in den Vierzigern, die sich den ganzen Abend an ihre Snoopy-Handtasche klammerte wie an einen Rettungsring. Eigentlich jammerschade, dass es zwischen den beiden nicht funkt, dachte Lydia. Jeder Topf sollte sein Deckelchen finden.

Ihre Anrufaktion ergab, dass zehn Gäste gern noch einmal kommen wollten, zwei wünschten ihr Geld zurück und drei weitere erklärten, sie würden lieber neue Leute kennen lernen.

»Warum sollte ich mir das noch einmal antun?«, hatte ein Mann gefragt. »Aber was ist mit der großen Jubiläumsparty? Sie müsste doch eine gute Gelegenheit darstellen, um neue Bekanntschaften zu machen, oder?«

»Ja, bestimmt«, erwiderte Lydia überzeugt.

»Dann sehen wir uns dort.«

Lydia schrieb seinen Namen zu den anderen, die kein Interesse an einer Wiederholung der Party hatten. Diese Liste würde sie später Regan Reilly geben.

Plötzliche Unruhe machte sich in ihr breit. Und wenn nun einer von diesen fünf die Diamanten gestohlen hatte? Schließlich lud sie völlig Unbekannte in ihre Wohnung ein. Sie hatte ihr Geld in ein Unternehmen gesteckt, das sich als durchaus gefährlich erweisen konnte. Sie wusste absolut nichts über die Leute, die an ihren Partys teilnehmen. Wie denn auch?

Die Welt wimmelte nur so von Schwindlern und Gaunern. In ihren achtunddreißig Jahren als Single hatte sie mehr als genug von ihnen kennen gelernt. Aber sie wünschte sich Erfolg für ihr Unternehmen. Sie wollte, dass »Bedeutsame Begegnungen« Liebe und Glück in das Leben der Menschen von New York brachte. Sie hoffte, mehr Ehen stiften zu können als jede andere Partnervermittlung.

Lydia sah auf ihre Armbanduhr. Sie wünschte, Maldwin wäre wieder hier. Doch das würde noch mindestens eine Stunde dauern.

Ihr Telefon klingelte. »Bedeutsame Begegnungen, was kann ich für Sie tun?«

»Ich würde gern zu deinen Partys kommen, Lydia.«

Ihr Herz begann heftig zu klopfen. »Nein, Burkhard. Du weißt, dass ich dich nicht mehr sehen möchte.«

»Das kannst du mir nicht verbieten.«

»Doch, das kann ich.«

»Ich liebe dich, Lydia.«

»Nein, du liebst mich nicht.« Lydia erinnerte sich daran, wie sehr ihr dieser Mann anfangs imponiert hatte. Doch schnell war klar geworden, dass hinter der glänzenden Fassade nicht viel steckte. Der Bursche hatte keinen Job und wie es aussah, auch nie einen gehabt. Er ließ sich von Lydia aushalten, und seit sie sich von ihm getrennt hatte, verfolgte und belästigte er sie.

»Ich werde dem Club beitreten.«

»Bitte, Burkhard, lass mich doch einfach in Ruhe.«

»Ich bekomme immer, was ich will.« Seine Stimme klang nörgelnd wie die eines verwöhnten Kindes, aber auch drohend.

»Du kannst nicht zu meiner Party kommen.«

»Dann sehen wir uns bei der Jubiläumsfeier. Ich werde dafür sorgen, dass ein Foto von uns beiden dort gemacht wird, Lydia. Ich weiß, dass die Presse da sein wird. Es wird die Reporter bestimmt interessieren, wie du dich über deine Klienten lustig machst.«

»Das tue ich nicht!«, protestierte Lydia, aber an ihr Ohr drang nur ein Klicken.

»Diesen Kerl hat mir der Teufel über den Weg geschickt!«, schrie Lydia und schleuderte den Hörer quer durch den Raum. Ihr war speiübel. Niemand nahm die Dienste einer Partnervermittlung in Anspruch, deren Geschäftsleitung unsympathisch wirkte. Oder wenn man annehmen konnte, die Vermittlerin selbst fiele in ihrem Liebesleben immer wieder auf den Falschen herein. Das wäre ja so, als ginge man zu einem Dentisten, der Zahnlücken hat.

Was soll ich tun, fragte sie sich verzweifelt. Was soll ich nur tun?

21

Detective Ronald Brier gefiel Regan auf Anhieb. Er war Ende dreißig, stämmig gebaut, hatte braune Haare und ein vergnügtes Zwinkern in den Augen. Regan saß ihm an seinem Schreibtisch im 13. Revier gegenüber. Um ein wenig Luft zu schnappen und einen klaren Kopf zu bekommen, hatte sie den Weg doch zu Fuß zurückgelegt.

»Sie sind also eine Freundin von Jack Reilly?«

Regan lächelte. »Ja.«

»Ich erinnere mich an die Entführung Ihres Vaters.« Er schüttelte den Kopf. »Wie geht es ihm?«

»Besser denn je. Wir hatten großes Glück.«

Brier rückte die Polizeiberichte vor ihm sorgsam zurecht. »Und jetzt wohnen Sie im Settlers' Club?«

»Nur über das Wochenende. Ich bin mit dem Geschäftsführer befreundet.«

Ronald Brier verdrehte die Augen. »Dieser Thomas Pilsner ist nervöser als ein Sack Flöhe.«

»Er macht sich große Sorgen«, sagte Regan.

»So kann man es auch nennen.«

Regan beugte sich vor. »Erzählen Sie mir bitte, was Sie gestern Abend vorgefunden und ermittelt haben.«

»Wir bekamen den Anruf, dass der alte Knabe tot in der Wanne gefunden wurde. Keine Spuren eines gewaltsamen Eindringens in das Apartment. Keine Prellungen aufgrund von Schlagverletzungen. Kein Hinweis auf ein Verbrechen. Ihr Freund Pilsner erklärte, die Diamanten gestern noch gesehen zu haben. Natürlich könnte Pemrods Freund sie an sich genommen haben, dieser Ben Carney, der später einem Herzanfall erlag. Wie Ihnen vielleicht bekannt ist, wurde dessen Brieftasche gestohlen.«

»Da gibt es etwas, was Sie noch nicht wissen. Das rote Etui, in dem sich die Steine befanden, wurde heute Vormittag im Papierkorb in Thomas' Büro gefunden.«

»Ohne die Diamanten?«

Regan nickte.

»Halten Sie es für möglich, dass Ihr Freund etwas damit zu tun hat?«

»Auf gar keinen Fall.«

»Wer weiß? Die Steine sollten verkauft werden. Vielleicht hat Ben Carney sie nach dem Lunch in seine Brieftasche gesteckt und das leere Etui vor dem Hinausgehen in Pilsners Papierkorb geworfen. Sein Büro ist nicht weit vom Ausgang entfernt.«

»Also könnten dem Dieb von Carneys Brieftasche Edelsteine im Wert von vier Millionen Dollar in die Hände gefallen sein.«

»Nicht schlecht für einen simplen Taschendieb. Aber ich sollte Ihnen sagen, dass wir Pilsner im Auge behalten werden, damit er nicht in ein paar Monaten das Weite sucht.«

»Ich glaube nicht, dass es dazu kommt. Am Wochenende werde ich mit Leuten im Club sprechen und sehen, was ich in Erfahrung bringen kann. Ich habe so ein Gefühl, dass Nat Pemrods Tod mit dem Verschwinden der Diamanten zusammenhängt.«

Brier schwieg und sah sie abwartend an.

Regan zuckte mit den Schultern. »Ich vermag einfach

nicht an den Zufall zu glauben, dass die Diamanten an dem Tag gestohlen werden, an dem Pemrod tödlich im Bad verunglückt. Und dann bricht der Mitbesitzer der Steine auch noch tot auf der Straße zusammen.«

»Ben Carney ist an einem Herzschlag gestorben. Daran besteht kein Zweifel.«

»Wo befindet sich eigentlich Carneys Leiche?«

»Im Leichenschauhaus. Offenbar hat er eine Nichte in Chicago. Man versucht gerade, sie zu erreichen.«

»Könnten Sie mich anrufen, wenn Sie Kontakt zu ihr haben? Ich würde gern mit ihr sprechen.«

»Kein Problem.«

»Heute Abend gehe ich zu einer Party, die Nat Pemrods Nachbarin veranstaltet. Sie versucht, möglichst viele der Gäste von gestern Abend zusammenzubekommen. Vielleicht werde ich Sie bitten, einige von ihnen zu überprüfen.« Regan zog die rote Samtschatulle aus der Tasche. Sie steckte in einer Plastiktüte. »Können Sie die auf Fingerabdrücke untersuchen lassen?«

»Mit dem größten Vergnügen. Wir sind zu jeder Hilfestellung bereit.« Er schwieg kurz. »Es gibt keinerlei Beweise für die Existenz der Diamanten, Regan. Pilsner ist der Einzige, der sie gesehen hat. Vielleicht ist das alles nur viel Lärm um nichts. Und selbst wenn es sie gibt, könnten sie sehr viel weniger wert sein als vier Millionen Dollar.«

»Mag sein. Aber für die nächsten Tage spiele ich den Hausdetektiv des Clubs. Ich werde sehen, was ich herausbekommen kann.« Sie stand auf und streckte ihm die Hand entgegen.

»Jack Reilly ist ein großartiger Bursche.«

»Ich weiß«, lächelte sie.

22

Janey zog einen verführerisch duftenden Apfelkuchen aus dem Backofen. Ihre kleine Zweizimmerwohnung unweit des Settlers' Club war nahezu immer von appetitlichen Gerüchen erfüllt. Wenn nicht nach frisch gebackenen Kuchen oder Pasteten, dann nach Lasagne, Hühnerfrikassee, Fleischbällchen oder anderen Mahlzeiten, mit denen sie ihre Kunden verwöhnte.

Sie suchte sie gern in ihren Apartments auf, um ihre Kühlschränke und Tiefkühltruhen mit ihren gehaltvollen Plastikbehältern zu füllen. Es war eine angenehme Vorstellung, dass sie nach einem harten Arbeitstag nach Hause kamen und Janeys Köstlichkeiten in die Mikrowelle schoben. Und jetzt bereitete sie Leckereien für die Jubiläumsparty des Clubs vor, darunter eine riesige, mit Zuckerguss überzogene Torte, die auf einem mit roten Bändern dekorierten, weiß gedeckten Tisch ihren Platz finden sollte.

Alles, um Thomas ein bisschen aufzumuntern.

Gestern habe ich zwei Kunden verloren, schoss es ihr durch den Kopf. Nat Pemrod und Ben Carney waren regelmäßig von ihr bekocht worden. Gerade erst gestern hatte sie eine Mahlzeit in Bens Apartment gebracht, als er nicht da war. Und nun wird sie schlecht, dachte Janey.

Hinter ihr lag eine anstrengende Woche und wenn die

Kuchen und Torten fertig waren, wollte sie in den Club. Als sie den Apfelkuchen zum Abkühlen ans geöffnete Fenster stellte, klingelte das Telefon. Es war Mrs. Buckland, eine gute, aber anspruchsvolle Kundin.

»Heute bekomme ich unerwartet drei Gäste zum Dinner, Janey, und ich muss ihnen etwas vorsetzen.«

»Aber Mrs. Buckland …«, begann Janey.

»Ich weiß, dass Sie es schaffen, Janey. Warum empfehle ich Sie sonst allen meinen Freunden?«

Janey überlegte, was sie tun sollte. »Also gut, Mrs. Buckland«, sagte sie schließlich. »Wann brauchen Sie das Essen?«

»In zwei Stunden. Vielen Dank.«

Janey legte den Hörer auf die Gabel. »Ich kann jetzt nicht einkaufen gehen. Und dann die langwierige Kocherei. Ich habe einfach keine Zeit!«, jammerte sie laut, aber durchaus damenhaft.

Dann kam ihr eine Idee, über die sie zuerst gar nicht erst nachdenken wollte. Aber es war wie mit den meisten verrückten Einfällen: Wenn man zwei oder drei Minuten auf sie verwendet, nehmen sie eine verblüffende Logik an.

Das Essen, das sie gestern in Ben Carneys Apartment gebracht hatte, war mit Sicherheit nicht angerührt. Darüber hinaus würde sie vermutlich nie dafür bezahlt werden. Und sie hatte noch immer den Schlüssel.

Es war ein schmackhaftes Brathühnchen mit Kartoffelbrei und ihrer Spezialsauce. Als Beilage hatte sie Erbsen, Karotten und Mais zubereitet sowie eine kleine Limonentorte zum Dessert. Sie hatte alles so großzügig bemessen, dass es Ben Carney für zwei Mahlzeiten gereicht hätte, warum also nicht für vier Gäste, wenn diese einen weniger herzhaften Appetit hatten?

Nun, warum nicht? Sein Apartment befand sich in

einem Gebäude, das über keinen Portier verfügte. Aber natürlich würde sie zur Sicherheit klingeln. Sobald jemand öffnete, konnte sie immer noch erklären, sie wolle ihr Beileid ausdrücken.

Schnell band sie ihre Schürze ab, griff nach Mantel, Tasche, Bens Schlüsseln und dem feuerroten Thermobehälter mit ihrem Firmenlogo und lief zur Tür hinaus.

23

A*ction!«*, schrie Jacques Harlow seinen in der Bibliothek des Settlers’ Club versammelten Schauspielern zu.

Daphne Doody saß ein wenig abseits in einer Ecke und sah sehnsüchtig zu den Kolleginnen und Kollegen hinüber, die wirklich agieren durften. Als Double verdiente man zwar ein paar sehr willkommene Dollar, aber eigentlich stand man nur herum, während Kameras und Beleuchtung in Position gebracht wurden. Sobald das erledigt war, bekam man einen Tritt und die »echten Darsteller« übernahmen die Szene.

Es war entmutigend.

Ihr Blick fiel auf die Schafe, die so lange in Nats und Wendys Apartment gestanden hatten. Trotz des Altersunterschieds von zwanzig Jahren waren Daphne und Wendy gute Freundinnen gewesen. Sie hatten sich getroffen, um gemeinsam zu stricken, oder hatten Spaziergänge durch den Park unternommen, und manchmal war Wendy auf ein Glas Wein in Daphnes Apartment gekommen, wenn Nats Pokerrunde allzu laut und rüpelhaft geworden war.

»Wie kannst du es wagen, so mit mir zu sprechen!«, rief die Hauptdarstellerin und wich rücklings zum Kamin zurück. »Das macht mich unglaublich wütend!« Sie stieß gegen das Schaf Dolly, das daraufhin den Halt verlor und umstürzte.

Thomas Pilsner, der das Ganze von der Tür aus beobachtete, schrie schmerzgepeinigt auf.

»Schafft ihn hier raus!«, brüllte der Regisseur.

Thomas rannte durch die Halle, die wenigen Stufen hinab und zur Tür hinaus. Er hoffte auf einen Moment der Ruhe, aber da stand der Amateur-Fernsehproduzent Stanley Stock und richtete seine Kamera auf die Lastwagen der Filmgesellschaft. Thomas machte auf dem Absatz kehrt, um wieder hineinzugehen, als er Regan seinen Namen rufen hörte.

Fünf Minuten später fügte es sich auf geheimnisvolle Weise, in der die Dinge manchmal geschehen, ohne dass sich hinterher jemand erklären kann, wie es passierte, dass Thomas, Stanley, Regan und Daphne um einen Tisch im Speisesaal saßen, weitab von den Filmkameras.

»Keine Angst, Thomas, ich halte zu Ihnen«, versicherte Stanley Stock und bestrich ein Stück Weißbrot mit Butter. »Ich habe vor, einen netten Beitrag über Ihr hundertjähriges Jubiläum zu drehen. Ich möchte aufzeigen, dass der Club über eine hauseigene Butlerschule verfügt und dank einer hausinternen Partnerschaftsvermittlung über großartige Möglichkeiten des Kennenlernens verfügt, so dass es sich selbst Hollywood nicht nehmen lässt, in den Räumen zu filmen.«

»Danke, Stanley.«

»Obwohl einige Ihrer Nachbarn das natürlich anders sehen.«

»Wer?«

»Archibald Enders und seine Frau sind der Meinung, dass Sie den guten Namen des Gramercy Park in den Schmutz ziehen.« Er biss in das ofenwarme, knusprige Brot. »Sie wollen dafür sorgen, dass Sie Ihren Job als Geschäftsführer verlieren.«

»Erbärmliche Leute!«, knurrte Thomas.

»Thomas hat großartige Arbeit geleistet«, erklärte Daphne im Brustton der Überzeugung. »Keiner von uns möchte, dass der Club geschlossen wird. Seit Thomas Geschäftsführer ist, hat sich hier schon vieles gebessert.«

»Vielen Dank, Daphne«, lächelte Thomas. »Ich weiß, wie schwer es für Sie sein muss. Sie wohnen schon lange Jahre hier und waren mit Nat Pemrod befreundet.«

»Vor allem mit seiner Frau«, sagte Daphne. »Aber Nat war ein guter Mann.«

Regan kam eine Idee. »Sie waren doch gestern Abend auf der Party, Stanley, oder?«

»Stimmt. Und heute findet eine Art Wiederholung statt. Lydia hat alle Gäste erneut eingeladen.«

»Dann haben Sie gestern Abend sicher auch gefilmt?«

»Natürlich.«

»Glauben Sie, dass ich mir die Bänder ansehen könnte?«

»Wann?«

»So bald wie möglich. Haben Sie sie bei sich?«

»Nein. Sie sind in meinem Studio.«

»Kann ich sie mir nach dem Lunch ansehen?«

Stanley kniff die Augen zusammen, fasziniert von der Vorstellung, dass seine Bänder möglicherweise zur Aufklärung eines Verbrechens beitrugen. »Selbstverständlich.«

Wenn ich herausfinde, wer »Butterblume« ist, könnte das endlich ein wenig Licht in diesen Fall bringen, dachte Regan.

24

Nach wenigen Minuten fand sich Janey vor dem alten Brownstone-Haus wieder, in dem Ben Carney die letzten dreißig Jahre seines Lebens verbracht hatte. Nach seiner Scheidung wollte er näher am Club wohnen und war begeistert, ein Apartment nur wenige Blocks weiter südlich zu finden, das ihm erlaubte, die Strecke zwischen Club und Wohnung zu Fuß zurückzulegen.

Janey holte tief Luft, drückte auf die Klingel neben dem Schildchen mit dem Namen Carney und wartete. Die Luft war nasskalt und sie fröstelte unter ihrem blauen Wollmantel. Sie blickte die Straße entlang. Weit und breit niemand zu sehen. Janey zog den Schlüssel hervor und öffnete die Tür zu dem Flurbereich, in dem sich die Briefkästen befanden. In Ben Carneys Kasten war Post.

So weit, so gut, dachte Janey. Sie schloss die zweite Tür auf, trat ein, stieß die Tür hinter sich zu und eilte die Treppe hinauf. Ben Carneys Apartment lag im zweiten Stockwerk.

Janey blieb vor der Wohnungstür stehen, steckte den Schlüssel ins Schloss, drehte ihn um und stieß die Tür auf. Sie knarrte ein bisschen. Janey huschte in das Apartment, verriegelte die Tür hinter sich und atmete erleichtert auf. Ich kann kaum glauben, was ich hier mache, dachte sie.

In der Wohnung herrschte unheimliche Stille. Obwohl die Räume ordentlich und aufgeräumt waren, strahlten sie eine bedrückende, traurige Atmosphäre aus, als wüssten sie, dass der Bewohner nicht zurückkam. Gestern erst hatte sie Essen hergebracht …

Und jetzt nehme ich es wieder fort! Schnell verdrängte Janey diesen Gedanken und ging in die Küche. Sie war geräumig, altmodisch und besaß eine Speisekammer. Janey stellte ihren Thermobehälter auf den Fußboden und zog die Tür des Kühlschranks auf, um ihm die von ihr gekochte Mahlzeit zu entnehmen. Nachdem Brathühnchen, Kartoffelbrei, Gemüse und Sauce geborgen waren, öffnete sie auf der Suche nach weiterer Beute das Tiefkühlfach. Janey lachte. Ein Tupperware-Behälter voller Lasagne. Sie holte ihn heraus und bückte sich, um ihn auf die anderen zu stellen.

Plötzlich spürte sie, dass sie nicht allein war. Eine Hand schoss vor und sprühte ihr irgendein Reizgas in die Augen.

»Was soll das?«, schrie Janey und wehrte sich gegen den Angreifer. Aber sie war zu überrascht und ihre Augen brannten wie Feuer. Innerhalb von Sekunden wurde sie in die Speisekammer gestoßen, die Tür zugeschlagen und der Schlüssel herumgedreht.

»Lassen Sie mich raus!«, schrie sie und hämmerte mit beiden Fäusten gegen die Tür. Aber es war sinnlos. Wer sie auch immer in die Speisekammer gesperrt hatte, würde sie so leicht nicht wieder herauslassen. Sie konnte von Glück reden, dass er sie nicht wirklich verletzt hatte.

In nahezu kompletter Dunkelheit sank sie auf den Boden und machte sich die Aussichtslosigkeit ihrer Lage bewusst. O Gott, dachte sie. Wie soll ich diese Schmach nur überleben? Selbst wenn ich jemals befreit werde, wird mir Thomas mit Sicherheit den Laufpass geben! Tränen begannen über Janeys Wangen zu rinnen und sie schwor, nie wieder für Mrs. Buckland zu kochen.

25

Archibald Enders und seine Frau Vernella lebten seit langem glücklich am Gramercy Park. Mit ihren über siebzig Jahren hatten sie die ganze Welt gesehen, kehrten jedoch immer wieder gern in die Stadtvilla zurück, in der Archibald aufgewachsen war, und machten ihren Angestellten das Leben schwer. Wenn es nichts zu klagen gab, waren sie nicht glücklich.

Der eklatante Verfall des Settlers' Club direkt vor ihren Augen bot mehr als genug Anlass dafür.

Da er schon als kleiner Junge an der Hand seiner Nanny durch den Park spaziert war, später hier seine Ferien von der Privatschule verbracht hatte und nach dem Harvard-Studium als junger Börsianer im Unternehmen seines Vaters zu Teenachmittagen und Dinners in den Club eingeladen worden war, konnte sich Archibald an Zeiten erinnern, in denen sich der Club seiner Umgebung würdig erwiesen hatte. Aber seit einem Vierteljahrhundert ging es ständig bergab. Der erste Windzug des Kommerz war zu einem Wirbelsturm geworden. Und nun verwandelte der neue Geschäftsführer den Club nachgerade in ein Tollhaus.

In den Firmensitz einer Bude für Kuppelei! In den Drehort eines drittklassigen Films unter der Regie eines Knastbruders!

Und dann dieser Rummel gestern Abend mit Blaulicht, Polizeisirenen und den Scharen von sensationslüsternen Gaffern. Das Getuschel von Diamantenraub und Mord!

Keine besonders gute Werbung für einen Traditionsclub, der sich um neue Mitglieder bemühte. Der Settlers' Club musste seine Pforten schließen. Daran bestand kein Zweifel. Damit schon bald jemand einziehen konnte, der die Umgebung besser zu schätzen wusste.

Archibald Enders hatte auch schon eine Idee, wer das sein könnte.

Er telefonierte zum zweiten Mal an diesem Tag mit England.

»Thorn«, bellte er in die Muschel, »ich schlage vor, dass du heute schon nach New York kommst. Es gibt viel zu besprechen.«

26

Regan und Stanley Stock nahmen ein Taxi und fuhren zur umgestalteten Autowerkstatt.

Ich glaube, jetzt kann mich nichts mehr verblüffen, dachte Regan, als Stock sie ins Innere geleitete.

»Na, was sagen Sie?«, erkundigte er sich mit stolzem Lächeln. »Andere machen aus Lagerräumen Luxusapartments. Ich habe eine Tankstelle in ein behagliches Heim verwandelt.«

»Sie sind genial«, sagte Regan.

»Vielen Dank. Bitte setzen Sie sich doch.«

Noch immer verdutzt sank Regan auf die Couch. Sie hatte weiß Gott schon irre Behausungen gesehen, aber das hier schlug dem Fass den Boden aus.

»Möchten Sie einen Tee?«, fragte Stanley.

Tank voll, hätte Regan fast gesagt, gab sich dann aber mit einer Tasse Kräutertee zufrieden, der die Nebenhöhlen freimachte, wie Stanley versicherte. Regan wusste nicht recht, ob ihr in dieser Umgebung an freien Nebenhöhlen lag, aber der Tee schmeckte nicht schlecht.

Stanley Stock setzte sich und legte eins der Bänder von der Party in seinen Videorekorder ein. Auf dem riesigen Bildschirm erschienen Leute, die zwanglos miteinander plauderten. Die Butler reichten Häppchen herum.

»Backpflaumen im Speckmantel«, stellte Regan fest.

»Manche rümpfen die Nase, aber sie werden immer gern gegessen«, bemerkte Stanley und starrte bewundernd auf den Schirm.

Und wie sind einige von ihnen in Nat Pemrods Abfalleimer gelangt, fragte sich Regan. »Welchen Eindruck hatten Sie von den Gästen?«, wollte sie von Stock wissen.

»Fast ausnahmslos nette Leute. Nicht alle wollten gefilmt werden.«

»Wie viele wollten nicht vor die Kamera?«

»Etwa die Hälfte. Wie Sie sehen, habe ich die Partyatmosphäre recht gut eingefangen. Da unterhält sich Lydia mit Maldwin und den anderen Butlern in der Küche ...«

»Darunter ist ja auch eine *Butlerin*«, stellte Regan fest.

Stanley nickte. »Und eine ganz ausgezeichnete, wenn Sie mich fragen.«

Jetzt erschien ein Mann auf dem Bildschirm, der sich mit einer Frau unterhielt, die eine Snoopy-Tasche trug.

»Tolle Tasche«, grinste Regan.

Stock seufzte. »Sie hat sich den ganzen Abend daran festgehalten. Und sie regte sich ganz besonders auf, als das ganze Theater losging und wir hörten, dass Pemrod tot im Bad gefunden worden war.«

»Kannte sie ihn?«

»Sie hätte ihn auf einer der anderen Partys kennen gelernt, erzählte sie mir. Er bewunderte offenbar ihre Tasche.«

Könnte sie vielleicht »Butterblume« sein, fragte sich Regan. Oder war es eine der anderen Frauen?

Regan hatte nicht die Zeit, sich vier Stunden lang Videobänder anzusehen, aber immerhin gewann sie einen ersten Eindruck von den Leuten, die sie heute Abend auf der Party treffen würde. »Und was geschah, als die Polizei auftauchte?«, fragte sie Stanley Stock.

Er spulte zum Ende des Bandes vor, das einen Polizisten vor Pemrods Apartment zeigte. Dann wurde der Schirm schwarz.

»Das ist alles?«

»Ich hatte kein Band mehr.«

Na klar, dachte Regan.

»Aber sie hätten mich sowieso nicht in die Wohnung gelassen.« Stock schaltete das Gerät aus. »Hilft ihnen das weiter?«

»Ja, sicher«, erwiderte Regan aufrichtig.

»Ich filme immer, was ich kriegen kann, und schneide es dann auf die interessantesten Sequenzen zusammen.«

»Verstehe.« Regan lächelte ihn vertrauensvoll an. »Bringen Sie doch heute Abend bitte genügend Bänder mit. Ich bezahle sie Ihnen. Ihre Kamera könnte aufnehmen, was uns sonst vielleicht entgeht. Man weiß nie, was sich ergibt.«

Stanley Stock strahlte. Vielleicht ist das der Beginn einer wundervollen Fernsehkarriere, dachte er.

Regan verließ *Biggest Apple Production* und fuhr mit einem Taxi zurück. Es war vier Uhr und obwohl ein kalter Wind wehte, wurden die Tage länger. Der Frühling stand vor der Tür.

Natürlich ist noch der April zu überstehen, ging Regan durch den Kopf, der ärgste Monat. Wenn auch für manche der März schlimmer war. Für Nat Pemrod und Ben Carney beispielsweise.

Ich würde Thomas wirklich gern helfen, dachte Regan. Aber es sah ganz so aus, als hätte er alles nur noch schlimmer gemacht. Wenn einer von Lydias Gästen der Dieb der Diamanten und/oder Nat Pemrods Mörder war, dann weil Thomas Lydia gestattet hatte, Fremde zu ihren Partys einzuladen.

Aber es gab keinerlei Hinweise auf ein gewaltsames

Eindringen. Nat Pemrod musste seinen oder seine Besucher gekannt haben.

Regan zog ihr Notizbuch hervor. Sie musste unbedingt noch einmal mit Clara reden, ob diese etwas entdeckt hatte, was auf die Anwesenheit einer Frau im Apartment schließen ließ. Thomas Pilsner um eine Liste aller Bewohner des Clubs bitten. Mit dem Kellner sprechen, der Pemrod, Carney und Thomas den Lunch serviert hatte. Nat Pemrods Anwalt ausfindig machen. Näheres über sein Testament in Erfahrung bringen. Und schließlich: mit der Besitzerin der Snoopy-Tasche reden.

Das müsste eigentlich sehr interessant sein, dachte Regan, als sie sich zurücklehnte und aus dem Fenster blickte.

27

Als Maldwin Feckles mit seiner Truppe zurückkehrte, fand er Lydia Sevatura nach längerem Suchen im Bett vor. Sie hatte sich die Decke über den Kopf gezogen.

»Miss Lydia?«, fragte er besorgt, »soll ich Ihnen einen Tee bringen?«

»Ich glaube nicht, dass Tee meine Probleme lösen kann«, erklärte Lydia und kam unter dem Quilt hervor.

Maldwin setzte sich zu ihr aufs Bett. Das hätte ein Butler alter Schule nie getan, aber Maldwin vertrat die Auffassung, dass Butler im 21. Jahrhundert Mitgefühl für ihre Arbeitgeber aufbringen sollten. Er fühlte sich als Lydias Beschützer, Vertrauter, gewissermaßen als Seelenverwandter – auch wenn sie ihn gelegentlich zur Verzweiflung brachte. »Was ist denn los, Fürstin?«

»Burkhard hat angerufen.«

»Dieser Tunichtgut …«

»Warum bin ich nur auf ihn hereingefallen?«, klagte Lydia.

Eine gute Frage, dachte Maldwin, bemühte sich aber um eine nachdenkliche Miene. »Anfangs vermittelte Mr. Whittlesey durchaus den Eindruck eines sehr feinen und gebildeten Mannes.«

»Ein feiner Mann lässt nicht ständig die Dame blechen.«

»Stimmt.«

»Ein feiner Mann droht nicht mit Dingen, die ich vertraulich geäußert habe, und dreht sie mir im Munde um.«

»Dass Sie sich über Ihre Klienten lustig machen, meinen Sie?«

»Maldwin!«

»Verzeihung.«

»Er war nur an meinem Geld interessiert. Er hat geglaubt, mich übers Ohr hauen zu können, weil er ein College besucht hat und ich nicht. Aber ich bin nicht dumm.«

»Natürlich nicht, Miss Lydia.«

»Ich habe Angst, Maldwin.«

»Dafür gibt es keinen Grund«, sagte Maldwin, obwohl er anderer Meinung war.

»Wenn ich daran denke, wie viel Geld ich investiert habe … Ich will, dass wir beide New York erobern, unsere Finger in Sachen zwischenmenschliche Beziehungen und Butlerdienste am Puls des dritten Jahrtausend haben. Das alles kann Burkhard mit einem Schlag zunichte machen.«

»Das werden wir nicht zulassen«, erklärte Maldwin energisch.

Lydia setzte sich auf. »Wie war es in New Jersey?«

»Anstrengend. Ich fürchte, Vinnie und Albert fehlt es an Persönlichkeit für ein Leben auf dem privaten Dienstleistungssektor.«

»Das hätte ich Ihnen vorher sagen können.«

Maldwin Feckles ging nicht auf sie ein. »Ich dachte, es könnte mit ihnen klappen, schließlich geht meine Butlerschule mit der Zeit. Natürlich ist es heute unmöglich, Schüler zu finden, die irgendwann dem klassischen britischen Butler entsprechen – dem perfekten Jeeves, der selbst ein Aristokrat zu sein scheint.«

»Davon sind die beiden meilenweit entfernt«, stimmte Lydia zu. »Aber gute Haushaltshilfen sind schwer zu bekommen, wie man so schön sagt. Ich kann von Glück reden, Sie gefunden zu haben.«

Maldwin Feckles krümmte sich innerlich. Er hasste es, »Haushaltshilfe« genannt zu werden. Schließlich führte er den Haushalt, als wäre es sein eigener. Er räusperte sich. »Jedermann wird nobel geboren, hat Meister Eckhart gesagt. Bedauerlicherweise verlieren die meisten Menschen ihre edle Gesinnung bereits in der Kindheit.«

»Wer ist Meister Eckhart?«

»Ein kluger Mann.« Maldwin Feckles stand auf. »Wir werden uns durchsetzen. Am Sonntagabend wird Stanley Stocks Sendung ausgestrahlt und ich bin sicher, dass am Montag unser Telefon nicht zur Ruhe kommt. Das unerfreuliche Wochenende müssen wir eben überstehen, so gut es geht.«

»Und wenn Burkhard morgen auf unserer Party auftaucht?«

»Dann werden wir auch damit fertig. Jetzt sollten wir uns erst einmal auf den heutigen Abend konzentrieren.«

Lydia zog sich wieder die Decke über den Kopf. »Ich hätte das andere Apartment nehmen sollen, das ich mir angesehen habe. Dann brauchte ich mich nicht mit diesen Problemen herumzuschlagen!«

»Einmal getroffene Entscheidungen zu bedauern ist Zeitverschwendung«, erklärte Maldwin. »Und jetzt ziehen Sie sich an. Ihre Party heute Abend muss die bisher beste werden.«

28

Georgette saß in ihrer schäbigen Bleibe am Tisch und begutachtete ihre Beute aus Ben Carneys Apartment.

Viel war es nicht.

Sie konnte noch immer kaum glauben, dass diese Frau so einfach hereinspaziert war, um Carneys Kühlschrank zu plündern. Die hatte Nerven …

Nun, wenigstens hat sie mich nicht gesehen. Und wer weiß, wie lange sie da in der Speisekammer hocken muss, kicherte Georgette.

Sie hörte, wie der Schlüssel im Schloss gedreht wurde, und hob den Kopf. Blaise kam so mürrisch herein, wie er gegangen war.

»Was ist denn das?«, wollte er wissen und zeigte auf die Manschettenknöpfe, die ausländischen Münzen, die silberbeschlagene Bürste und den Kamm.

»Du solltest stolz auf mich sein«, sagte Georgette.

»Warum?«

»Erinnerst du dich an das Schlüsselbund, das ich Nat Pemrod gestohlen habe?«

»Ja.«

Aufgeregt rutschte Georgette auf ihrem Stuhl herum. »Ich hatte den Schlüssel zu Nats Apartment entfernt, aber heute habe ich noch einmal nachgedacht. Also ging ich nach Hause und betrachtete die anderen Schlüssel sehr genau. Und auf einem waren die Buchstaben B. C. eingraviert.«

Ausdruckslos sah Blaise sie an.

»Begreifst du denn nicht? Ben Carney! Nats bester Freund! Der gestern Abend gestorben ist. Deshalb ist Thomas Pilsner doch überhaupt in Pemrods Apartment gegangen.«

»Mir ist klar, wen du meinst.«

»Da ich annahm, dass es der Schlüssel zu Ben Carneys Apartment ist, habe ich seine Adresse herausgesucht und bin hingegangen. Und was soll ich dir sagen? Der Schlüssel passte!«

»Und warum hast du das getan?«

»Weil er tot ist. Ich dachte, dass die Diamanten vielleicht in seiner Wohnung versteckt sind. Man kann nie wissen, wie du weißt.«

»Das war ziemlich dämlich.«

»Warum?«

»Wenn man dich geschnappt hätte, wäre damit jede Chance dahin, in Pemrods Apartment nach den Steinen zu suchen. Und wenn die überhaupt irgendwo sind, dann da.«

»Ein Versuch kann nicht schaden«, zischte Georgette, eindeutig verärgert, dass Blaise sie nicht für ihren Einfallsreichtum lobte. Und jetzt muss ich ihm auch noch das andere erzählen, dachte sie. Da hilft alles nichts. »Als ich in Carneys Schlafzimmer gerade seine Sachen durchwühlte, kam jemand in die Wohnung.«

»Was?« Blaise wirkte besorgt.

»Keine Angst. Sie hat mich nicht gesehen. Ich habe ihr Reizgas in die Augen gesprüht und sie in die Speisekammer gesperrt.«

»Georgette! Bist du total durchgeknallt? Und was hat es dir gebracht? Ein paar Kinkerlitzchen und jemanden, der dich möglicherweise identifizieren kann.«

»Ich habe es dir doch schon gesagt. Sie hat mich nicht gesehen! Wenn ich die Diamanten gefunden hätte, würdest du dich anders anhören.«

Blaise setzte sich ihr gegenüber auf einen Stuhl und rieb sich müde die Augen. »Ich bin nur nach Hause gekommen, um meinen feinen Zwirn zu holen. Lydia gibt heute Abend schon wieder eine Party.«

»Zu der ich eingeladen bin.«

»Tatsächlich?«

»Ja, sie rief an und entschuldigte sich für das Durcheinander gestern. Daher lädt sie alle Gäste noch einmal ein. Kostenlos.«

»Mir gefällt das nicht«, sagte Blaise. »Die Sache fängt an, brenzlig zu werden. Ich glaube, wir sollten so schnell wie möglich aus der Stadt verschwinden.«

»Aber die Diamanten?«

Blaise dachte kurz nach. »Nach der Party gehen wir in Pemrods Apartment und suchen nach ihnen. Wenn wir sie nicht finden, sollten wir uns absetzen.«

»Und was wird aus deinem Butlerunterricht?«

»Der kann mir gestohlen bleiben! Ich will gar nicht wissen, wie man eine Zeitung bügelt, ein Bad einlässt oder das Silber putzt!«

Georgette hob die Bürste mit dem silbernen Rücken hoch, die sie auf Ben Carneys Ankleidetisch gefunden hatte, und lächelte ihn an. »Damit könntest du üben.«

»Sehr komisch.« Er griff nach ihren Händen. »Irgendetwas stimmt mit Lydia nicht, Georgette. Das spüre ich. Vermutlich veranstaltet sie diese Wiederholungsparty nur, damit die Polizei alle befragen kann.«

»Vielleicht sollten wir nicht hingehen.«

»Das würde uns nur verdächtig machen. Und ich würde sein Apartment wirklich gern durchsuchen. Dann verschwinden wir.«

Georgette sah sich um. »Diesem Stall hier weine ich keine Träne nach.«

»Ich auch nicht.«

»Und wenn man uns heute Abend schnappt?«

»Wir lassen uns nicht schnappen!«

Sie lachten.

29

Zusammengerollt lag Janey auf dem Fußboden der Speisekammer. Ihre Augen brannten und ihr war kalt. Sie dachte an ihren warmen Mantel, der kaum zwei Meter entfernt über einem der Küchenstühle lag. Sie vermochte noch immer kaum zu glauben, was ihr zugestoßen war.

Es kam ihr vor, als entglitte ihr gerade ihr Leben. Da arbeite ich so hart und dann passiert mir so etwas, dachte sie. Ein kleiner Fehler, ein dummer, kleiner Fehler. Etwas, womit sie sich eindeutig für »Mein peinlichstes Erlebnis« bewerben konnte.

Ob mich jemand finden wird, fragte sie sich. Aber möchte ich überhaupt gefunden werden? Selbst wenn ich pausenlos auf und ab springe, würde mich vermutlich niemand hören. Dieses Haus ist gebaut wie eine Festung.

Ihr Mobiltelefon klingelte zum dritten Mal. Es steckte in ihrer Tasche, die neben ihrem Mantel auf dem Küchenstuhl lag. Bei meinem Glück könnte das Mrs. Buckland sein, die wissen will, wo ihr Dinner bleibt. Aber sie wusste, dass Thomas anrief. Das tat er täglich mindestens zehnmal. Manchmal, wenn sie Essen auslieferte oder ihren betagten Kunden einen Besuch abstattete, rief sie nicht gleich zurück. Wie gestern Abend. Als er mich nötig brauchte, war ich nicht für ihn da.

Wird er für mich da sein? Bisher war er es immer. Aber wie sollte er darauf kommen, mich ausgerechnet hier zu suchen?

Und dann die Jubiläumsparty morgen Abend. Die wollte Janey unter keinen Umständen verpassen! Sie dachte an die tollen Desserts, die sie vorbereitet hatte, die mehrstöckige Torte, die allen den Atem verschlagen würde, all die Überredungskünste, mit denen sie Thomas helfen wollte, neue Clubmitglieder zu gewinnen. Tränen des Jammers und Selbstmitleids traten in ihre Augen.

Nachdem sie sich ihrem Schmerz hingegeben hatte, traf Janey eine Entscheidung. Ich muss positiv denken, sagte sie sich. Wenn ich hier rauskomme, ist mein Leben doch nicht zu Ende. Wie viele Prominente hatten nicht sehr viel größere Fehler begangen? Dann entschuldigten sie sich einfach, zumindest einige von ihnen, und gingen zur Tagesordnung über.

Einer Sache bin ich mir hundertprozentig sicher, dachte sie. Mir Tränengas in die Augen zu sprühen war kriminell. Der Täter oder die Täterin hat das Apartment durchsucht und bestimmt auch einige von Ben Carneys Sachen gestohlen.

Wenn ich hier rauskomme, werde ich der Polizei nach besten Kräften dabei helfen, den Schuldigen zu schnappen. Janey dachte konzentriert nach. Es war eindeutig eine Frau gewesen. Ich erinnere mich, dass ihre langen Haare meine Wange berührten, als sie mich in die Speisekammer stieß. Und dann ihr Parfum! Dieses Parfum würde ich überall wiedererkennen.

Diese Überlegungen munterten Janey so weit auf, dass sie die Hand ausstreckte und eine Schachtel aus dem Regal zog. Sie griff hinein, holte eine Handvoll Rice Crispies heraus und steckte sie in den Mund. Packen, festhalten und zermanschen, dachte sie. Genau das werde ich tun, wenn ich endlich weiß, wer mir das angetan hat.

Plötzlich erinnerte sie sich an ihren Lieblingsfilm *Meine Lieder – meine Träume* und begann leise zu singen: »When the dog bites, when the bee stings …«

30

Als Regan in Nat Pemrods Apartment zurückkehrte, blinkte der Anrufbeantworter. Sie hörte die Nachrichten ab.

»Hier Edward Gold. Wir haben auf Sie gewartet. Ist Ihnen und Ben etwas dazwischengekommen? Wir haben den Scheck für die Party morgen vergrößern lassen und ihn auf eine große Papptafel geklebt. Melden Sie sich bitte.«

Regans Augen wurden ganz groß. Sie setzte sich an den Küchentisch und spielte das Band noch einmal ab. Wer ist Edward Gold, fragte sie sich. Und warum hat er keine Telefonnummer genannt? War der Scheck für die Diamanten?

Regan rief die Auskunft an. Es gab drei Edward Golds in Manhattan. Einen erreichte sie, aber er hatte keinen Schimmer, was sie eigentlich wollte. Die anderen meldeten sich mit Eddie und Teddy auf ihren Anrufbeantwortern und irgendwie war klar, dass es sich bei keinem von beiden um den Mann handelte, den Regan suchte.

Regan sah sich um. Hier musste es doch irgendwo ein Branchenbuch geben! Sie fand es in einer Schublade, zog den schweren Band heraus, legte ihn auf den Tisch und schlug ihn auf. Es gab etliche Seiten mit Anzeigen von Uhrmachern, Goldschmieden, Juwelieren, für An- und

Verkauf und Reparaturen. Dann sah sie es: Edward Gold, Juwelier. Mit einer Adresse an der 47. Straße.

Regan griff nach dem Telefon und wählte. Eine Minute später sprach sie mit Edward Gold und erzählte ihm von Pemrods und Carneys Schicksal.

»Ich kann es kaum glauben«, sagte er. »Nat und Ben waren erst neulich hier. Wir haben die Steine begutachtet. Morgen wollten wir die Diamanten in den Settlers' Club bringen, damit jedermann ein Blick auf sie werfen kann. Wir haben den Scheck vergrößert und auf Karton ziehen lassen. Es sollte eine ganz tolle Sache werden.«

»Sie haben die Diamanten also gesehen?«

»Wie ich schon sagte, wir haben ihren Wert geschätzt. Sie sind prachtvoll! Ich habe sogar schon einen potenziellen Käufer. Er feiert bald seinen vierzigsten Hochzeitstag, und will sie zu Ohrringen für seine Frau umarbeiten lassen.«

»Nettes kleines Geschenk«, merkte Regan an.

»Und nun das. Ich kann es kaum fassen.«

»Kannten Sie Nat Pemrod näher?«, erkundigte sich Regan.

»Ich kannte die ganze Pokerrunde. Allesamt beeindruckende Persönlichkeiten. Könnten Sie einen wertvollen Diamanten in den Pott werfen und jahrelang dort lassen, damit der Letzte der Kartenrunde alle vier einsteckt? Diese Burschen hatten wirklich Humor. Zu bedauerlich, dass es sie nicht mehr gibt.«

»Wann haben Sie sie kennen gelernt?«

»Vor etwa zehn Jahren. Wir trafen uns auf einer Juwelenpräsentation. Sie befanden sich bereits alle im Ruhestand. Hin und wieder kamen sie auf einen kleinen Schwatz vorbei.«

Regan dachte an die »Butterblume« und fragte sich, ob Pemrod vielleicht mit Gold über sie gesprochen hatte.

»Was wird nun mit den Diamanten?«, fragte Edward Gold. »Die beiden waren ganz aus dem Häuschen, den Erlös dem Settlers' Club spenden zu können.«

Regan zögerte kurz. Der Mann schien in Ordnung zu sein. Sie blickte auf ihre Uhr. Halb fünf. »Ich bin mir nicht sicher«, sagte sie. »Wäre es vielleicht möglich, kurz bei Ihnen vorbeizukommen?«

»Jetzt?«

»Ich weiß, dass es Freitagnachmittag ist. Aber da morgen die Jubiläumsparty stattfindet, würde ich gern persönlich ein paar Worte mit Ihnen wechseln.«

»Kommen Sie, kommen Sie nur. Ich habe da eine Flasche, die ich mit Nat und Ben köpfen wollte. Wir sollten zusammen ein Glas auf die beiden trinken.«

31

Die letzte Szene ist mit Abstand das Mieseste, was ich in meinem ganzen Leben gesehen habe, dachte Daphne Doody. Wenn der Film tatsächlich aufgeführt wird und sich herumspricht, dass er im Settlers' Club gedreht wurde, kommt doch kein Mensch mehr her.

Die Crew veränderte Beleuchtung und Kameraposition. Daphne saß neben der Schauspielerin an der Bar, für die sie das Double spielte. Ihr Künstlername war Pumpkin Waters. Mit zwanzig ganz reizend, dachte Daphne, aber grotesk mit sechzig. Pumpkin fühlte sich Daphne eindeutig überlegen.

»Und wie steht's mit den Engagements?«, fragte Daphne.

Pumpkin bedachte sie mit einem vernichtenden Blick. »Ich bin immer gefragt.«

»Ich weiß, wie heikel das Älterwerden in dieser Branche ist. Vor allem für Frauen.«

Mit jedem Wort schien Daphne Pumpkin mehr auf die Palme zu bringen.

»Interessant, wie Sie die Schafe in den Dialog einbezogen haben. Nachdem Sie über sie gestolpert sind, meine ich.«

»Würden Sie mich bitte in Ruhe lassen?«, bat Pumpkin. »Ich möchte mich konzentrieren.«

Auf was, fragte sich Daphne. Sie stand auf. »Ich gehe kurz in Thomas Pilsners Büro. Wenn ich gebraucht werde, sollen sie einfach rufen.«

Pumpkin nickte stumm.

Daphne ging zu Thomas ins Büro, der gerade mit den Plänen für die Party beschäftigt war. Wie immer wirkte er aufgewühlt.

»Wie kommt der Film voran?«, wollte er wissen.

»Ich rechne nicht damit, dass er einen Oscar gewinnt.«

Thomas machte ein gequältes Gesicht. »Immerhin bringt er dem Club ein bisschen Geld ein.«

»Brauchen Sie vielleicht irgendwelche Hilfe für die Party?«, fragte Daphne.

Er schüttelte den Kopf. »Die Küche arbeitet bereits mit Hochdruck. Es gibt Horsd'œuvres, ein opulentes Buffet, Desserts. Janey backt eine wundervolle Torte.« Er streckte die Hand nach dem Telefon aus. »Langsam mache ich mir Sorgen. Ich kann sie schon seit Stunden nicht erreichen.«

»Vielleicht liefert sie aus.«

»Das ist heute nicht vorgesehen. Sie wollte nur Dinge für die Party vorbereiten.«

»Bestimmt sind Ihre Sorgen unbegründet. Es ist noch nicht einmal fünf. Wo steckt Regan Reilly?«

Thomas legte den Hörer auf. »Sie meldet sich noch immer nicht ... Regan ist gerade gegangen. Sie will zu dem Juwelier, der die Diamanten kaufen wollte.«

»Also hatten Nat und Ben den Verkauf bereits eingeleitet. Das ist ja wunderbar.«

»Nur, wenn wir sie wiederbekommen! Aber immerhin beweist das, dass die Steine existieren. Dass ich nicht verrückt bin.«

»Sie wissen, Thomas, dass mir diese Partnerschaftsvermittlung im Clubgebäude nie sonderlich gefallen hat. Ständig diese Fremden in den Fahrstühlen ...«

Thomas sank auf seinem Stuhl förmlich in sich zusammen. »Das habe ich aus mehreren Gründen gestattet, Daphne. Zunächst einmal dachte ich, dass einige der honorigen Leute, die Lydia da oben empfängt, vielleicht dem Club beitreten könnten. Wir brauchen dringend neue Mitglieder.«

»Ich weiß, ich weiß. Aber diese Lydia benimmt sich so grauenhaft neureich. Und ihr Butler, dieser Feckles, meint offensichtlich, dass er der Einzige in diesem Haus ist, der über einen gewissen Stil verfügt. Ich kann die beiden nicht ausstehen! Vermutlich hat sich einer von ihren Gästen mit Nats Diamanten aus dem Staub gemacht.«

»Hören Sie auf, Daphne!«, schrie Thomas. »Regan tut ihr Bestes, Licht in diese Angelegenheit zu bringen. Sie hat mich um eine Liste derjenigen gebeten, die im Club wohnen, damit sie alle befragen kann.«

»Mir ist gestern Abend absolut nichts aufgefallen. Sie hätten Kameras in den Lifts und Fluren anbringen sollen, wie ich Ihnen vorgeschlagen habe.«

»Ich habe die Ausgaben gescheut.«

Ein Produktionsassistent erschien auf der Schwelle. »Miss Doody, Sie werden gebraucht.«

Daphne drehte sich wieder zu Thomas um. »Geben Sie mir ein Zeichen, wenn ich Ihnen irgendwie behilflich sein kann.«

Ihre Hilfe ist genau das, was ich nicht brauche, dachte Thomas, setzte aber ein höfliches Lächeln auf. Nachdem Daphne Doody den Raum verlassen hatte, griff er erneut zum Telefon. Aber erneut hörte er die Ansage auf Janeys Mailbox. Irgendwas stimmt nicht, dachte er. Da bin ich mir ganz sicher. Wenn ich sie noch immer nicht erreicht habe, wenn Regan zurück ist, werde ich sie bitten, mit mir in Janeys Apartment zu gehen. Nach all den Katastrophen der letzten beiden Tage kann mich nichts mehr überraschen.

32

Die Cocktailparty im Paisley Hotel war in vollem Gange. Profis der Polizei und der Justiz trafen mit Krimiautoren zusammen und begrüßten diese herzlich. Man lobte die Vorträge und sprach bereits über interessante Themen, die für die nächste Konferenz in Frage kamen.

Luke war rechtzeitig auf der Party erschienen und hatte Nora getroffen, später wollten sie mit Freunden zum Dinner.

»Hast du etwas von Regan gehört?«, fragte er Nora.

»Seit heute früh nicht mehr.«

»Ich habe heute mit Austin gesprochen«, begann Luke und ließ sich vom Barkeeper ein Glas Wein reichen. »Ich habe ihm von Regans Ermittlungen im Settlers' Club erzählt. Er kennt offenbar jemanden, der am Valentinstag dort eine Single-Party besucht hat. Es stellte sich heraus, dass die Veranstalterin eine Frau ist, von der wir schon vor einem Jahr gehört haben. Erinnerst du dich, dass uns die Brüder Connolly von der alten Frau in Hoboken erzählten, die ihr ganzes Geld einer Nachbarin vermacht hat? Die Frau hatte bei den Connollys einen Vertrag für ihre bescheidene Bestattung abgeschlossen. Die Brüder gewährten ihr einen besonders günstigen Preis, fanden aber später heraus, dass sie ein paar Millionen Dollar auf der Bank hatte!«

»Natürlich erinnere ich mich«, erwiderte Nora. »Aber nirgendwo wird so viel geklatscht wie in der Bestattungsbranche.«

»Nun, diese junge Frau erbte ein Riesenvermögen und die Connollys bekamen kaum ihr Unkosten herein. Jetzt lebt sie in einem Penthouse-Apartment im Settlers' Club und leitet eine Partnerschaftsvermittlung. Aber als die Connollys dann für einen wohltätigen Zweck sammeln wollten, zeigte sie ihnen doch glatt die kalte Schulter.«

Nora zog die Brauen hoch. »Hat sich dieser Besucher der Valentinstagparty wenigstens amüsiert?«

»Kurz darauf hat er sich wieder mit seiner Frau versöhnt.«

»Es geht doch nichts über ein Happy End«, kommentierte Nora. »Aber vielleicht solltest du deine Neuigkeiten Regan mitteilen.«

»Das werde ich.«

Neben Luke und Nora stand jemand an der Bar, der im Ohrenaufsperren Übung hatte: die Reporterin, die auf Noras Einladung zur Cocktailparty gekommen war. Warum hat sie mir heute Vormittag nicht gesagt, dass ihre Tochter im Settlers' ermittelt, fragte sich Mary Ruffiner, während sie auf einen Drink wartete. Ich werde dort auf jeden Fall gleich noch einmal vorbeischauen.

Sie tippte Nora leicht auf die Schulter. »Läuft alles nach Ihren Wünschen?« Sie wandte sich Luke zu. »Und Sie müssen Regan Reillys Vater sein.«

33

Mit dem Namen Gold konnte ich vermutlich gar nichts anderes werden als Juwelier«, lachte Edward Gold, als er ihre Gläser mit Schnaps füllte. Sie befanden sich in einem hellen Büro über seinem Geschäft in der 47. Straße.

»Ich habe allerdings eine Freundin namens Taylor, die keinen Knopf annähen kann«, konterte Regan und nahm ihm lächelnd ein Glas ab.

»Nicht schlecht. Wenn ich es mir recht überlege, braucht mein Freund Baker auch einen Kompass, um die Küche zu finden.«

Sie stießen miteinander an. Regan machte sich nicht sonderlich viel aus Schnaps, glaubte aber, er könnte Edward Gold vielleicht redselig machen. Er sah aus wie Mitte sechzig, hatte eine schlohweiße Haarmähne, einen schmalen Schnurrbart und braune, lustig funkelnde Augen. Er war etwa einsachtzig groß und ziemlich dürr. Regan kam es so vor, als wäre er ständig in Bewegung. Alle paar Sekunden zupfte er die linke Schulter seines Pullovers zurecht.

»Auf Nat und Ben«, sagte Edward Gold ernst. »Mögen sie in Frieden ruhen.«

Bevor die Diamanten wieder da sind, werden sie kaum Ruhe finden, überlegte Regan, nahm einen winzigen Schluck, verzog unwillkürlich das Gesicht und räusperte sich. »Ich wollte es Ihnen nicht am Telefon sagen, Mr. Gold, aber die Diamanten sind weg.«

Edward Gold fielen fast die Augen aus dem Kopf. »Weg?«

Er sieht seinen Verdienst schwinden, dachte Regan. »Verschwunden«, bestätigte sie und erzählte ihm die ganze Geschichte. »Möglicherweise wurden sie zusammen mit Ben Carneys Brieftasche gestohlen. In diesem Fall wäre der Taschendieb ein ausgesprochener Glückspilz. Oder sie wurden gezielt aus Nat Pemrods Apartment entwendet. Deshalb dachte ich, es wäre ganz nützlich, mit Ihnen zu sprechen. Ich habe nur wenige Fragen …«

Kopfschüttelnd goss sich Gold einen neuen Schnaps ein und zupfte an seinem Pullover. »Schießen Sie los.«

»Haben Sie sich oft mit den vieren getroffen?«

»Alle paar Monate tauchte die ganze Truppe hier auf. Wir tranken ein Glas miteinander und gingen dann irgendwohin zum Lunch. Es war immer ein großer Spaß. Sie nannten sich ›die Farben‹.«

»Davon habe ich gehört.«

Gold nickte. »Nat, Ben, Abe und Henry. Kreuz, Pik, Herz und Karo! Freunde fürs Leben. Man hätte echt neidisch werden können. Natürlich habe auch ich Freunde, viele Freunde, aber die vier kannten sich mehr als ein halbes Jahrhundert. Das ist eine lange gemeinsame Geschichte. Sie haben gemeinsam Kinder und Enkel erlebt, Scheidungen, den Tod von Ehepartnern, gelegentliche Auseinandersetzungen. Aber jede Woche spielten sie Karten. Als Abe und Henry im letzten Jahr starben, hat das Nat und Ben tief getroffen. Sie trauerten sehr um ihre Freunde. Keiner von ihnen brauchte den Erlös der Diamanten wirklich und keiner wollte ihn allein ausgeben. Das hundertjährige Bestehen des Clubs schien die perfekte Lösung zu sein. Sie dachten, es wäre weitaus angenehmer, das Geld dem Settlers' Club zu spenden und zu bestimmen, wofür es verwendet wurde.« Gold wirkte aufrichtig betrübt. »Sie hatten sich sehr auf die morgige Party gefreut.«

»Könnten Sie mit anderen über die Diamanten gesprochen haben?«

Er schüttelte den Kopf. »Das wäre ihr Geheimnis, sagten sie. Aber Sie wissen, wie das mit Geheimnissen ist.«

»Nur allzu gut.«

»Ben hatte einen Spitznamen – die ›Quasselstrippe‹.«

»Tatsächlich?«

»Er konnte stundenlang an der Bar des Settlers' sitzen und schwatzen. Über Gott und die Welt. Nat gehörte eher zu den Stillen im Lande, auch wenn er gern Witze erzählte. Aber eigentlich waren Nat und seine Frau Wendy ruhig und friedlich. Vielleicht haben diese ganzen Schafe auf sie abgefärbt. Die haben Sie doch gesehen, oder?«

»O ja,«, lachte Regan.

»Verrückt, was? Manche Menschen fressen einen Narren an ihren Haustieren. Sie hingen an ihren Stofftieren.«

»An irgendetwas hängt jeder«, sagte Regan. »Soweit ich weiß, waren alle vier Clubmitglieder.«

»Das stimmt, allerdings hat nur Nat dort gewohnt. Aber der Club war ihr zweites Zuhause. Sie haben sich fast täglich dort getroffen. Schmeckt Ihnen der Schnaps nicht?«

»Doch, sehr gut.« Regan nippte an ihrem Glas. »Hat Nat Pemrod jemals etwas von einer Freundin erzählt?«

Verdutzt sah Edward Gold sie an. »Eine Freundin?«

»Wenn er sich mit einer Frau traf, könnte er ihr von den Diamanten erzählt haben«, wich Regan aus.

Gold wedelte abwehrend mit der Hand. »Nun ja, der

gute Nat hatte ein Faible für die Damen. Die Kellnerinnen beim Lunch waren immer ganz entzückt von ihm. Aber ich glaube nicht, dass er sich mit einer Frau traf. Wenn doch, hätte er mir nie davon erzählt.«

»Die Bekanntschaft könnte durchaus jüngeren Datums sein.«

»Oh, jetzt verstehe ich! Eine Freundin hätte mit Freude vernommen, dass er Diamanten zu verschenken hatte. Schließlich sind Diamanten die besten Freunde einer Frau«, lachte er, wurde aber schnell wieder ernst. »Das gehört sich nicht. Nat liegt noch nicht einmal unter der Erde.«

Regan staunte über die Wirkung, die der Schnaps auf ihn hatte. »Wissen Sie etwas über Ben Carney, das mir helfen könnte? Irgendwelche Gewohnheiten? Irgendetwas, was nicht wichtig erscheint, es aber doch ist?«

»Hmmmm«, sagte Edward Gold nachdenklich. »Einmal haben wir ihn zu Hause überfallen. Er hatte Geburtstag und wir wollten ihn überraschen. Er war im Bad und seine Putzfrau ließ uns herein. Auf dem Tisch im Esszimmer lag sein Tagebuch. Himmel, war ihm das peinlich. Die anderen haben ihn erbarmungslos damit aufgezogen.«

»Er hat Tagebuch geführt?«

»Zumindest bis zu unserem Besuch. An dem Tag hatte er ein Gedicht verfasst. Es war hundsmiserabel.«

»Seine Putzfrau war da?«, hakte Regan nach.

»Sie kam immer montags. Dann hätte er die ganze Woche Zeit, alles wieder einzusauen, sagte Ben immer.«

Ich muss in sein Apartment, dachte Regan. Wenn er dieses Tagebuch bis zu seinem Tod geführt hat …

»Ich werde die anderen Juweliere auf das Verschwinden der Steine aufmerksam machen«, sagte Gold. »Sie sind von hoher Qualität und leicht wiederzuerkennen.

Obwohl ich mir vorstellen könnte, dass sie ins Ausland geschafft und dort verkauft werden.«

»Vielen Dank.« Was soll's, dachte Regan und stürzte den Inhalt ihres Glases mit einem Zug hinunter. Als sie aufstand, brannte ihre ganze Mundhöhle.

»Halten Sie mich bitte auf dem Laufenden.« Gold schrieb seine Privatnummer auf eine Visitenkarte. »Ich wohne auf Long Island und bin während des Wochenendes zu Hause. Meine Frau und ich gehen nicht zu der Jubiläumsparty des Clubs.«

»Ich kann mir nicht vorstellen, dass Sie dort viel Spaß hätten«, sagte Regan.

Edward Gold erhob sich und kam um seinen Schreibtisch herum. »Wissen Sie, was das einzig Gute an der Sache ist, Miss Reilly? Ohne einander wären Nat und Ben verloren gewesen. So wie es ist, hat keiner von ihnen vom Tod des anderen erfahren. Können Sie sich das Treffen der vier im Himmel vorstellen?«

Regan lächelte. »Das ist ein tröstlicher Gedanke.«

»Ich wette, da oben finden bereits die ersten Kartenspiele statt. Vielleicht lassen sie mich nach meinem Tod endlich mitspielen.«

»Davon bin ich fest überzeugt.«

»Und noch eins: Wenn Sie die Steine finden, zahle ich Ihnen einen guten Preis. Der Scheck ist bereits ausgestellt.«

»Ich werde daran denken«, versicherte Regan. Wenn ich das Glück habe, sie zu finden, fügte sie im Stillen hinzu, als sie Edward Gold verließ.

34

Wenn sie nicht auf Reisen waren oder sich auf eine Abendveranstaltung vorbereiteten, nahmen Archibald und Vernella Enders gern um sechs Uhr einen Cocktail im Wohnzimmer. Dazu setzten sie sich in die beiden Armsessel im Erker und blickten auf den Gramercy Park hinaus. Im Sommer hechelten sie jeden durch, der draußen vorbeilief. Wenn die Tage kürzer wurden und sie die Leute nicht mehr genau erkennen konnten, mussten sie sich andere Objekte für ihre Häme suchen. Jetzt im März nahmen sie dankbar zur Kenntnis, dass aufgrund des nahenden Frühlings die Passanten wieder besser zu identifizieren waren.

»Heute habe ich einige Anrufe getätigt«, vertraute Archibald seiner Gattin an, mit der er seit über siebenundfünfzig Jahren verheiratet war.

Vernella nippte an ihrem Glas. Seit langem hatte sie das Aussehen eines Menschen, der permanent unter Magengeschwüren litt. Tiefe Falten zerfurchten ihr Gesicht. »Und?«

»Es sieht ganz so aus, als befinde sich der Settlers' Club in einem noch übleren Zustand, als wir befürchtet haben.«

»Na, prachtvoll«, antwortete Vernella abfällig. »Der Club ist mir ein Ärgernis, seit man in den sechziger Jahren diesen Hippys Zugang gewährt hat, die in ihren Flower-Power-Gewändern herumgesprungen sind. Was ist nur aus Sitte und Anstand geworden? Dem guten Geschmack? ›Pioniere mit Geist‹, dass ich nicht lache! Seit mehr als dreißig Jahren ist der Settlers' Club eine Schande für den Gramercy Park und jetzt ist der absolute Tiefpunkt erreicht!«

»Zerbrich dir nicht deinen hübschen Kopf, mein Engel«, riet Archibald. »In der Bank hörte ich, dass sie mit ihrer Jubiläumsparty neue Mitglieder gewinnen wollen. Doch das kann nicht gelingen und lange wird es nicht mehr dauern, bis ich das Haus kaufen kann.«

»Du willst das Haus kaufen?«

»Ja. Vetter Thorn braucht ein Domizil für seine Butlerschule. Das Haus wäre die perfekte Adresse. Gemeinsam mit unserem lieben Vetter werden wir wieder gesellschaftlichen Glanz nach New York zurückbringen. Dank Thorns Schule wird es in absehbarer Zeit wieder ausgezeichnete Butler geben. In dieser Branche ist ein eklatanter Niedergang zu beklagen. Das muss sich ändern.«

»Wir brauchen selbst einen Butler.«

»Haushaltshilfen sind ein leidiges Thema. Kaum eingestellt, kündigen sie auch schon wieder. Aber wir haben den ersten Zugriff auf Thorns Schüler und werden uns den besten sichern. Wie du weißt, trifft Thorn heute Abend ein.«

»Das Gästezimmer steht bereit.«

»Morgen Abend werden wir mit Thorn nicht nur auf den endgültigen Ruin des Settlers' Club anstoßen, weil die Party ein totaler Misserfolg wird, sondern auch auf die Schließung von Feckles' sogenannter Butlerschule, dieser Beleidigung für jeden Butler mit Selbstachtung.«

Vernella gluckste vor Lachen. »Ich wünschte, es wäre länger hell. Wir könnten unsere Ferngläser herausholen.«

»Du bist ein Teufelchen«, sagte Archibald und ergriff ihre knochige Hand. »Ein Teufelchen, in das ich mich rettungslos und für immer verliebt habe.«

»O Archie, ich bin doch kein Teufel, ich bete immer ganz artig.«

»Und wofür?«

»Dafür, dass die Party morgen Abend da drüben …«, angewidert zeigte sie auf den Settlers' Club, »ein komplettes und absolutes Desaster wird.«

Entzückt klatschte Archibald in die Hände. »Das wird ein Riesenspaß.«

35

Als Clara aus dem Settlers' Club nach Hause kam, war sie fix und fertig. Nichts wie raus aus diesem Kittel und hinein in meinen bequemen Hausmantel, dachte sie und schloss ihre Wohnungstür in Queens auf. War das ein Tag! Da versuche ich nur behilflich zu sein, aber als ich Pilsner dar rote Etui zeige, dreht er fast durch. Sie zog ihren Mantel aus und zuckte resigniert mit den Schultern.

Vielleicht nehme ich ein Bad, überlegte sie, erinnerte sich dann aber an Nat Pemrods Schicksal. Wahrscheinlich keine so gute Idee, entschied sie, ging ins Schlafzimmer, zog sich aus und schlüpfte in den fellgefütterten Hausmantel, den ihr ihre Schwester zu Weihnachten geschenkt hatte.

»Das ist besser«, sagte sie laut, öffnete eine Schublade und griff nach einem Paar Wollsocken. »Jetzt fühle ich mich gleich wohlig und behaglich.«

In der Küche wärmte sie ein chinesisches Fertiggericht auf und goss sich ein Glas Wein ein. Dann trug Clara ihr Tablett ins Wohnzimmer, setzte sich in ihren Lieblingssessel, legte die Beine auf den Polsterhocker und stellte mittels Fernbedienung den Fernseher an.

»Gott sei Dank ist Wochenende«, sagte sie zu dem Wetterfrosch, der für die nächsten Tage Schneefälle nicht ausschloss. »Das Wetter interessiert mich wenig, denn ich will nur eins: mich erholen.«

Sie verputzte das Chinagericht und trank ihren Wein.

Das Telefon klingelte. Es war ihre Schwester Hilda, die in der Bronx wohnte. Sie telefonierten jeden Abend miteinander.

»Was gibt es Neues?«, fragte Clara.

»Nicht viel. Und bei dir?«

»Große Aufregung im Club. Ein Mitglied wurde gestern Abend tot in der Badewanne gefunden.«

»O Gott.«

»Und dann werden irgendwelche Diamanten vermisst, aber ich habe die Schachtel gefunden, in der sie waren.«

»O Gott. Nimm dich bloß in Acht.«

»Gleich fängt meine Lieblingssendung an.«

»Die über Verbrechen, die niemand aufklären kann?«

Clara lächelte. »Genau die. Ich melde mich dann morgen bei dir.«

»Fein.«

Clara legte auf und stellte den Ton lauter. Wie gewöhnlich verfolgte sie die Sendung mit größtem Interesse und holte sich in der Werbepause ein weiteres Glas Wein. Am Ende, als jeder, der Kenntnis von einem sonderbaren Verbrechen hatte, dringend um einen Anruf gebeten wurde, griff Clara schnell nach dem Telefon.

»Eins-acht-null-null«, murmelte sie vor sich hin, als sie wählte. »Mein Name ist Clara und ich arbeite als Putzfrau im Settlers' Club am Gramercy Park in New York«, sagte sie, als die Verbindung hergestellt war. »Heute fand ich eine rote Schatulle, aus der Diamanten im Wert von vier Millionen Dollar verschwunden sind. Und der Mann, dem sie gehörten, erlitt gestern Abend einen tödlichen Unfall im Bad.«

»Einen Moment, Clara, wir schalten Sie auf Sendung. Können Sie alles bitte noch einmal wiederholen?«

»Aber gern!«

Einen Moment später sagte Clara langsam und deutlich: »Mein Name ist Clara und ich arbeite als Putzfrau im Settlers' Club …« Und was sie berichtete, wurde in Tausende von Wohnungen im Großraum New York übertragen.

36

Gegen halb sieben kehrte Regan in den Club zurück. Um acht sollte Lydias Party beginnen und dafür wollte sie noch einiges erledigen. Sie ging in Thomas' Büro und fand ihn blass und verstört vor.

»Was ist?«

»Seit heute früh meldet sich Janey nicht. Das ist völlig ungewöhnlich für sie.«

»Haben Sie versucht, sie telefonisch zu erreichen?«

»Selbstverständlich!«

Er tat Regan Leid. Er war zuvor schon beunruhigt gewesen, aber jetzt zeigte seine Miene nackte Verzweiflung.

»Sie wollte eigentlich am Nachmittag herkommen, um Tee mit mir zu trinken. Ihr muss etwas zugestoßen sein, Regan. Wenn etwas dazwischengekommen wäre, hätte sie mich angerufen.«

»Haben Sie einen Schlüssel zu ihrem Apartment?«

»Ja.«

»Sollten wir dort vielleicht mal nach dem Rechten sehen?«

»Ja.« Thomas Pilsner stand auf und holte sich seinen Mantel. »Wenn ich weiß, dass es ihr gut geht, werde ich mit allem fertig, Regan. Wenn man befürchtet, einen geliebten Menschen zu verlieren, kommt einem alles andere nebensächlich vor.«

Sie verließen den Club und bemerkten nicht, dass die Reporterin Mary Ruffiner gerade aus einem Taxi stieg.

»Was hat der Juwelier gesagt?«, fragte Thomas abwesend.

»Dass er die Diamanten geschätzt hat. Auf der Party sollte der Scheck übergeben …«

»Glauben Sie, dass Janeys Verschwinden etwas mit der ganzen Sache zu tun hat?«

»So etwas dürfen Sie nicht denken, Thomas. Warten Sie's ab. In wenigen Minuten sind wir in ihrer Wohnung.«

Jetzt oder nie, dachte Mary Ruffiner. »Miss Reilly!«, rief sie, als Regan und Thomas die Straße hinunterliefen.

Regan drehte sich um. »Ja?«

Die Reporterin streckte ihre Hand aus. »Meine Name ist Mary Ruffiner. Gerade komme ich von der Cocktailparty dieser Konferenz der Krimiautoren, die Ihre Mutter so hervorragend organisiert hat. Ich habe Sie erkannt, weil heute ein Foto von Ihnen in unserer Zeitung veröffentlicht wurde.«

»Tatsächlich?« Regan schüttelte ihre Hand. »Das ist mein Freund Thomas Pilsner, Miss Ruffiner.«

»Hallo«, murmelte Thomas.

Regan spürte seine Unruhe. Sie war auch nervös. »Verzeihung, aber wir sind ein wenig in Eile …«

»Ich will Sie auch nicht lange aufhalten. Ich bin Reporterin bei der *New York World* und würde gern eine Geschichte über das hundertjährige Bestehen des Settlers' Club schreiben.« Sie blickte Thomas an. »Sie sind doch der Geschäftsführer, oder?«

»Ja.« Thomas zögerte. »Kann ich Sie vielleicht später anrufen? Oder morgen?«

»Später wäre besser«, erklärte Mary Ruffiner kühl und reichte ihm ihre Karte. »Am leichtesten erreicht man mich über Mobiltelefon. Es ist mir wirklich wichtig, mit Ihnen zu sprechen.« Sie wandte sich Regan zu. »Werden Sie sich noch einen der Vorträge auf der Konferenz anhören?«

»Ich versuche es«, erwiderte Regan wahrheitsgemäß.

»Gut. Dann hoffe ich, Sie beide bald wiederzusehen.«

Regan und Thomas verabschiedeten sich und liefen ein paar Blocks nach Süden. Janey wohnte in der vierten Etage eines Mietshauses ohne Fahrstuhl. Vor dem Gebäude drückten sie auf die Klingel mit der Aufschrift 4A. Keine Reaktion. Thomas holte tief Luft, schloss die Tür auf und rannte – zwei Stufen auf einmal nehmend – die Treppen hinauf. Regan folgte ihm auf den Fersen.

Vor Janeys Apartment sprach Thomas ein lautloses Gebet und öffnete die Tür. Das Wohnzimmer lag direkt vor ihnen, rechts die Küche und das Bad. Nirgendwo eine Spur von Janey.

»Ich muss schon sagen, dass ich einigermaßen erleichtert bin«, stellte Pilsner fest. »Aber wo kann sie sein?«

Regan blickte sich in dem kleinen Wohnraum um. Er war sauber und aufgeräumt. Die Möbel wirkten einfach, aber geschmackvoll. Einige der gerahmten Fotografien zeigten Janey und Thomas. Auf einem Teewagen standen Karteikästen. Regan machte einen Schritt darauf zu.

»Sie führt genau Buch über alles, was sie für ihre Kunden kocht«, verkündete Thomas.

Regan griff nach einem Zettel, der auf dem Teewagen lag. Es war eine Liste mit der Überschrift »Lieferungen am Donnerstag, 11. März«. Überrascht sah sie Thomas Pilsner an. »Sie hat auch für Ben Carney gekocht?«

»Sein Lieblingsgericht war ihr Brathühnchen. Er konnte essen wie ein Scheunendrescher. Heute früh sagte sie noch, es täte ihr Leid, dass er das Huhn nicht mehr essen konnte, das sie gestern für ihn gebraten hatte.«

Thomas folgte Regan in die Küche. Auf dem Fensterbrett stand ein Apfelkuchen. Schokokekse lagen in ordentlichen Reihen auf Küchenpapier. Auf der Arbeitsfläche warteten etliche Kuchen und Torten darauf, dekoriert zu werden.

»Dieses Zeug hätte sie nie stundenlang offen stehen lassen«, bemerkte Thomas. »Wenn sie etwas hasste, dann weiche, lasche Kekse.«

In der Ecke des Küchentresens stand das Telefon. Der Anrufbeantworter blinkte.

»Wollen Sie die Nachrichten abhören?«

Thomas nickte. »Wir haben keine Geheimnisse voreinander.«

Alle Nachrichten hatte Thomas aufgesprochen, nur eine nicht. »Hier Buckland, Janey. Es ist sechs Uhr. Wo bleiben Sie denn mit dem Essen? In einer Stunde kommen meine Gäste! Was soll ich denen denn vorsetzen? Ich bin sehr ungehalten! Rufen Sie unverzüglich zurück!«

»Gibt es hier irgendwo ihre Nummer?«, fragte Regan.

Thomas suchte die Karteikarte mit der Aufschrift Buckland heraus. Regan wählte die Nummer und nannte der gereizten Mrs. Buckland ihren Namen.

»Wir wissen nicht, wo sie ist«, sagte Regan. »Und wir sind sehr besorgt.«

»Sie sind besorgt? Haben Sie eigentlich eine Ahnung, wie man sich vorkommt, wenn man seinen Dinnergästen ledigliche eine Packung Kartoffelchips anbieten kann?«

Regan versuchte, sich ihre Verärgerung nicht anmerken zu lassen. »Wann haben Sie zuletzt mit Janey gesprochen, Mrs. Buckland?«

»Gegen eins. Ich rief sie an und sagte ihr, dass es sich um einen Notfall handelt. Anfangs schien sie nicht recht zu wollen, aber ich erinnerte sie an all die neuen Kunden, die ich für sie geworben habe. Da war sie bereit, ein Dinner für mich vorzubereiten.«

»Und was wollte sie kochen?«

»Brathuhn. Ich muss sagen, dass ihr das ganz ausgezeichnet gelingt. Ihre Pute gerät meistens ein bisschen zu trocken, aber das Brathuhn ist fabelhaft. Am zweiten Tag schmeckt es sogar noch besser.«

»Ich bin mir sicher, dass Sie ebenso wie wir hoffen, dass Janey nichts zugestoßen ist, Mrs. Buckland. Und wenn ich Ihnen einen kleinen Tipp geben darf … Warum laden Sie Ihre Gäste nicht einfach in ein Restaurant ein?«

»Wissen Sie, wie teuer das werden kann?«

»Bestimmt finden Sie etwas zu erträglichen Preisen«, entgegnete Regan.

»Nun, wenigstens brauche ich dann nicht abzuwaschen.« Mrs. Buckland klang schon ein wenig versöhnlicher. »Hoffentlich ist mit Janey alles in Ordnung.«

»Danke für Ihr Verständnis. Wir melden uns wieder bei Ihnen.« Sie legte den Hörer auf. »Janey wollte ihr heute Nachmittag ein Brathuhn liefern.«

Sie sahen sich an und wussten, dass sie beide das Gleiche dachten.

»Doch nicht meine Janey«, protestierte Pilsner. »Nie würde sie Ben Carneys Huhn weiterverscherbeln.«

»Laut dieser Buckland schmeckt es am zweiten Tag noch besser als am ersten.«

»Herr im Himmel, warum?«, stöhnte Thomas.

»Rufen wir doch einfach in seiner Wohnung an.«

Pilsner suchte seine Karteikarte heraus und Regan wählte. Es meldete sich niemand.

»Und wenn sie nun in Carneys Wohnung gegangen ist und … Großer Gott, es kann alles Mögliche geschehen sein«, jammerte Thomas.

»Die Polizei hat Schlüssel zu Carneys Apartment.«

»Es bleibt uns nichts anderes übrig, als sie einzuschalten«, ächzte Pilsner. »Wir haben keine andere Wahl.«

Als sie fünf Minuten später die Wohnung verließen, um sich vor Carneys Haus mit einem Streifenpolizisten des 13. Reviers zu treffen, folgte ihnen Mary Ruffiner auf den Fersen.

37

Maldwin Feckles und seine Schüler hatten sich auf die Festlichkeiten des Abends gut vorbereitet. Sie steckten in ihren dunklen Anzügen und harrten der Dinge, die da kommen sollten. Die Horsd'œuvres brauchten nur noch in den Ofen geschoben zu werden. Auf den Tischen standen Cracker, Käsehäppchen, Selleriestangen und Obst. Im Kühlschrank kühlte der Sekt.

»Mit dieser Party legt sich unsere Fürstin der Liebe aber schwer ins Zeug, was, Maldwin?«, bemerkte Vinnie und fuhr sich mit einem Kamm durch die Haare.

»Man sollte sich niemals und auf keinen Fall in der Küche kämmen«, rügte Feckles. »Jetzt würde ich gern noch ein paar Dinge mit Ihnen durchgehen, während wir auf die Ankunft der Gäste warten. Wir wollen schließlich unsere Zeit nicht verschwenden. Setzen wir uns ins Wohnzimmer.«

Vinnie, Albert, Blaise und Harriet nahmen auf den Zweisitzern Platz. Maldwin stellte sich ans Fenster und inspizierte seine kleine Schar. Es war nicht unbedingt ein erhebender Anblick. Er räusperte sich. »Wissen Sie, was ein stummer Diener ist?«

»Ein Butler mit Halsentzündung«, rief Vinnie.

Maldwin runzelte die Stirn. »Vinnie!«

»Ein stummer Diener ist ein halbhoher Kleiderständer,

auf den man abends die Sachen hängt, die man am Tag getragen hat. Man kann ihn in jedem gut geführten Haushalt antreffen«, führte Harriet eifrig aus.

»Sehr gut, Harriet«, sagte Maldwin.

Sie strahlte ihn an.

»Die anderen sollten den theoretischen Infoblättern wirklich mehr Aufmerksamkeit schenken, die ich verteile. Doch nun zu etwas anderem. Wie Sie wissen, wird auch der Fernsehproduzent Stanley Stock heute Abend unter den Gästen sein. Ich werde ihm vorschlagen, Sie alle zu fragen, warum Sie ein erstklassiger Butler werden wollen. Wer weiß? Vielleicht sehen Ihre künftigen Arbeitgeber zu.«

»Wie aufregend!«, rief Harriet. »Kann ich als Erste interviewt werden?«

Ich glaube, mein Schwein pfeift, dachte Blaise. Ich will jedenfalls nicht vor der Kamera ausgefragt werden. Schon gestern hatte ich Mühe, mich unsichtbar zu machen.

»Maldwin, ich müsste kurz mit Ihnen reden«, meldete sich Lydias Stimme über die Sprechanlage.

Maldwin sah auf seine Armbanduhr. »Sie können sich ausruhen, bis die ersten Gäste eintreffen. Aber denken Sie daran: Diese Party ist wichtig!« Er stolzierte aus dem Raum.

»Und was wirst du dem Fernsehfuzzi sagen?«, fragte Albert Vinnie.

»Ich habe nicht den blassesten Schimmer.«

38

Vor Bens Wohnhaus stand ein Streifenwagen mit eingeschaltetem Blaulicht. Als Regan und Thomas um die Ecke bogen, erkannte Thomas den Ernst der Situation. Ein kleiner Seufzer kam über seine Lippen.

Schnell lief Regan zum Polizeiauto und stellte sich vor. Sprachfetzen drangen aus dem Funkgerät. Die ersten Schaulustigen begannen sich zu versammeln.

Officer Dowling, ein sympathischer, junger Cop, stieg aus und ging mit Regan und Thomas zur Haustür. Sie klingelten, aber es rührte sich nichts. Dowling öffnete die Tür, und die drei eilten die Stufen zu Ben Carneys Apartment hinauf.

Als Dowling die Tür aufmachte und das Licht einschaltete, hielten alle den Atem an. Das Apartment war offensichtlich durchwühlt worden. Im Wohnzimmer hatte jemand alle Schubladen aufgezogen und ihren Inhalt auf dem Fußboden verstreut.

»O mein Gott!«, schrie Thomas.

»Sieht ganz nach unbefugtem Eindringen und Diebstahl aus.« Dowling schaltete sein Funkgerät ein und erstattete den Kollegen Bericht.

Fassungslos liefen Regan, Thomas und Dowling über den Flur und öffneten Türen. Auch die beiden Schlafräume waren durchsucht worden. »Die Küche muss da hinten liegen«, sagte Regan, durchquerte das Esszimmer und betätigte die Schwingtür zur Küche. Sie knipste Licht an.

»Janeys Mantel!«, schrie Thomas. »Und der Lieferbehälter!« Er rannte auf den Mantel zu und streichelte ihn zärtlich. »O Janey! Janey!«

»Hier!«

Thomas sah aus, als hätte er einen Geist erblickt. Oder zumindest gehört. Auch Regan schaute verblüfft um sich.

»Janey? Wo bist du?«

»In der Speisekammer!«

Inzwischen betrat auch Officer Dowling die Küche. Thomas wollte die Tür zur Speisekammer öffnen, aber sie war verschlossen.

»Wir müssen Werkzeug holen, um die Tür aufzubrechen«, erklärte Dowling.

»Keine Angst, Janey, wir holen dich bald raus«, rief Pilsner. »Aber was machst du eigentlich da drinnen?«

»Das ist eine lange Geschichte«, schluchzte Janey.

»Hängt es irgendwie mit dem Brathuhn zusammen?«

»Ja«, antwortete sie kaum hörbar.

Thomas drehte sich zu Regan um. Lautlos formten seine Lippen die Worte: Die kleinen Sünden bestraft der liebe Gott sofort …

39

Das wäre im Kasten«, rief Jacques Harlow, als Pumpkin und ihr Partner Lothar die Schafe gemeinsam aus dem Raum getragen hatten. »Ab zum nächsten Drehort.«

»Zum nächsten Drehort?«, erkundigte sich Daphne verwundert. »Ich dachte, das hier war's.«

»Nein. Wir ziehen weiter in mein Loft. Dort filmen wir die entscheidende Szene, in der Pumpkin und Lothar beschließen, nach Australien auszuwandern und dort eine Schaffarm zu kaufen.«

»Brillante Idee!«, rief Pumpkin vom Flur aus.

»Nein, Pumpkin, Sie sind brillant. Eine glänzende Schauspielerin. Ihre doppelbödige, vielschichtige Darstellung wird die Kritiker von den Stühlen hauen«, erklärte Harlow und wedelte mit seiner Zigarettenspitze. »Als Sie das Schaf packten und umarmten, war ich total und absolut fasziniert.«

»Das liegt an Ihrer phantastischen Regie!«, zirpte Pumpkin und tänzelte auf Harlow zu, um ihn zu umarmen. »Dank Ihres Vertrauens konnte ich mich ganz in die Szene versenken.«

»Nun, dank Ihrer Versunkenheit fiel mir der perfekte Schluss für die Geschichte ein. Aber jetzt lasst uns die Lastwagen beladen. Und vergesst die Schafe nicht.«

Daphne Doody hörte den beiden größten Scharlatanen

zu, die ihr in der Filmbranche je untergekommen waren, und wurde von Wort zu Wort verdrossener. Aber als sie hörte, dass sie mit Nats und Wendys Schafen abziehen wollten, sprang sie auf. »Sie dürfen die Schafe nicht mitnehmen. Sie gehörten einem Ehepaar, das inzwischen verstorben ist, aber wollte, dass die Tiere in der Bibliothek aufgestellt werden.«

»Wir bringen sie wieder«, erklärte Jacques Harlow.

»Trotzdem finde ich, dass es nicht richtig ist. Der Geschäftsführer ist im Moment nicht da, also können wir ihn nicht fragen.«

Harlow ging auf Daphne zu, ergriff ihre Hand und küsste sie. »Wenn ich es mir recht überlege, würde ich Ihnen gern eine richtige Rolle übertragen. Das heißt, wenn Sie überhaupt wollen …«

»Was soll ich denn spielen?«, fragte Daphne zögernd.

»Die blendend aussehende und wohlhabende Besitzerin der Schaffarm, die gerade nach New York gezogen ist.«

»In Ordnung«, sagte Daphne schnell.

Harlow schnappte seinem stets präsenten Assistenten seinen Spazierstock aus der Hand, reckte ihn hoch in die Luft und schrie: »Auf geht's!«

40

Treten Sie zurück«, rief der Polizeitechniker Janey zu. »Ich breche jetzt die Tür auf.«

»Womit?«, schrie Janey.

»Mit einer Axt.«

»Einer *Axt*?«

»Ja. Aber einer wirklich schönen Axt.«

»Sehen Sie sich bloß vor«, jammerte Janey, fügte dann aber noch schnell ein »Bitte« hinzu.

»Ich bemühe mich. Wie viel Platz haben Sie da drinnen?«

»Nicht viel.«

Thomas stöhnte. Zusammen mit Regan stand er an der Schwingtür zum Esszimmer. Das Apartment wimmelte von Streifenbeamten, Kriminalpolizisten und Technikern.

»Also, packen wir's.« Der Mann hob die Axt hoch über den Kopf und hieb damit auf die Tür ein. Mit einem Knirschen drang Metall in das massive Holz.

Das ist also das Ende von Ben Carneys persönlichem Fort Knox, dachte Regan.

Es dauerte eine Weile, bis endlich ein paar Stücke aus der Tür geschlagen waren, und weitere Minuten, bis Janey vorsichtig durch die gezackte Öffnung kletterte und in Thomas' ausgebreitete Arme rannte.

Beifälliges Gemurmel breitete sich in der Küche aus. Einer der Polizisten begab sich ins Wohnzimmer, um den dort versammelten Nachbarn und dem Hausverwalter die gute Nachricht zu überbringen.

Diskret wandte Regan sich ab, als sich Thomas und Janey einer leidenschaftlichen Umarmung hingaben. Jetzt wirkt sie überhaupt nicht mehr so lammfromm wie heute Vormittag, dachte Regan. Stille Wasser sind halt tief.

»Miss«, begann ein Kriminalpolizist unsicher, als Janey und Thomas schließlich voneinander abließen. »Ich müsste Ihnen dringend ein paar Fragen stellen.«

»Darf ich vielleicht zuvor kurz das Bad aufsuchen?«

»Selbstverständlich.«

Während Janey mit ihrer Handtasche in den Flur entschwand, beschloss Regan, einen schnellen Blick ins Schlafzimmer zu werfen. Nach der Entdeckung von Janeys Zwangslage hatte sie keine Gelegenheit gehabt, nach Ben Carneys Tagebuch zu suchen.

Im Schlafzimmer herrschte das reine Chaos. Die Schranktüren standen offen. Der Inhalt des Nachttisches ergoss sich auf den Fußboden. Überall waren Fotos, Bücher, Kleidungsstücke und Papiere verstreut. Regan hob ein paar Papiere auf, diverse Hosen und Hemden und bemerkte dann ein Notizbuch unter dem Bett.

Sie schlug es auf. Es war Carneys Tagebuch! Es begann mit dem 1. Januar. Hastig blätterte sie durch die Seiten. Die letzte Eintragung trug das Datum vom Mittwoch, dem 10. März. Vor zwei Tagen. Unglaublich. Der Eintrag war nur kurz.

»Morgen wollen wir Thomas unsere Entscheidung mitteilen. Am Sonnabend steigt dann die große Party. Ich sagte Nat, dass ich gern eine Bekannte einladen würde, und er erzählte mir, dass er sich von seiner Freundin trennen will. Wegen ihres Altersunterschieds sei es ihm peinlich, sie zur Party mitzunehmen. ›Na und‹, sagte ich. ›Was macht das schon aus?‹«

Regan blätterte zurück und fand weitere kurze Einträge, die jedoch nicht viel besagten. Aber die Notiz vom 28. Februar war aufschlussreich.

»Heute war ich mit Nat bowlen. Wir kamen auf den *Sadie Hawkins Day* zu sprechen, an dem die Frauen traditionsgemäß die Initiative ergreifen und die Männer in ein Restaurant oder zum Tanzen ausführen. Vielleicht lädt mich ja irgendeine nette Dame mal ein, mit ihr auszugehen. Er lachte und ich wusste, dass da etwas im Busch war. Schließlich gab er zu, sich seit einiger Zeit mit jemandem zu treffen. Dieser Schlawiner! Er könne sie gut leiden, aber da gäbe es ein kleines Problem. Wenn man ihr zu nahe käme, rieche ihr Parfum ein bisschen penetrant. Dann kauf ihr doch ein neues, riet ich ihm. Vielleicht lerne ich auch demnächst jemanden kennen, sagte ich, und dann können wir zu viert zu der Jubiläumsparty gehen. Dann meinte er, er hätte Gewissensbisse. ›Weshalb?‹, fragte ich ihn. ›Wegen Wendy? Aber sie würde sich doch wünschen, dass du glücklich bist.‹ Aber er schüttelte den Kopf und wollte nicht mehr darüber reden. Also beließ ich es dabei. Aber ich finde noch immer, dass wir als Quartett eine tolle Sache wären.«

Regan überflog die restlichen Seiten. Nirgendwo der Name der Freundin, auch keine weiteren Hinweise auf sie. O Mr. Carney, warum haben Sie Nat nicht nach ihrem Namen gefragt?

Enttäuscht warf Regan das Notizbuch aufs Bett und ging ins Wohnzimmer. Beschützend hatte Thomas seinen Arm um Janeys Schulter gelegt, als sie die Fragen des Polizisten beantwortete. »Ihr Parfum war ziemlich aufdringlich«, sagte Janey gerade.

Verdutzt hielt Regan inne. Parfum? Aber dann hörte

sie eine Stimme im Flur neben der Tür und drehte sich schnell um. Mary Ruffiner unterhielt sich mit einem Polizisten: »… also kam sie her, um das Essen wieder abzuholen, das sie gestern geliefert hatte?«

Ich weiß schon, welche Schlagzeile morgen in der Zeitung steht, dachte Regan.

41

Als Thorn seine Siebensachen beisammen hatte, wurde ihm klar, dass er die Abendmaschine nach New York nicht mehr erreichen konnte. Stattdessen würde er nach London fahren, in seinem Lieblingsrestaurant zu Abend essen, die Nacht in einem Hotel verbringen und sich morgens rechtzeitig zum Start der ersten Maschine zum Flughafen begeben.

Das war doch eine wesentlich zivilisiertere Art des Reisens.

Ein Nachteil des Lebens auf dem Lande bestand darin, dass man stets langfristig vorausplanen musste. Dennoch hätte ihn nichts auf der Welt dazu bewegen können, daran etwas zu ändern. Seine Butlerschule befand sich auf einem prachtvollen Landsitz und hatte damit die perfekte Adresse für eine solche Institution.

Schon Stunden vor Tagesanbruch lag Thorn hellwach in seinem Bett im Andrews Hotel. Erregt warf er sich so rast- und ruhelos herum, bis Decken und Laken einem wirren Knäuel glichen. Die Neuigkeit, dass sein Cousin Archibald den Settlers' Club kaufen wollte, war fast zu wundervoll, um tatsächlich wahr sein zu können. Thorn hatte sich zwar vorgenommen, Maldwin Feckles gründlich das Geschäft zu vermiesen, aber dass er nun seine eigene Butlerschule in exakt dem Gebäude eröffnen konnte, in dem dieser Feckles gescheitert war, überstieg seine kühnsten Träume.

Plötzlich schoss Thorn kerzengerade im Bett hoch. Er hatte einen glänzenden Einfall. Er würde am Morgen seinen Freund in New York anrufen. Er knipste das Licht an, griff nach Stift und Hotel-Notizblock, die neben dem Telefon bereitlagen, und notierte hastig ein paar Ideen. Dann legte er den Block in die Nachttischschublade.

Zufrieden seufzend schaltete er das Licht wieder aus. Innerhalb weniger Minuten schlief er tief und fest.

42

Auf der anderen Seite des großen Teichs kam das Telefon im Settlers' Club nicht zur Ruhe. Pausenlos riefen Mitglieder an, die Clara im Fernsehen gehört hatten und nun ihr Befremden über dieses Verhalten äußerten. Rechts neben dem Eingang befand sich eine Art Mehrzweckraum für Post, Telefon und Gästeempfang. Wer gerade Dienst hatte, bediente das Telefon, begrüßte die Gäste und sah für gewöhnlich nebenbei ein bisschen fern. Als Regan, Thomas und Janey aus Ben Carneys Apartment zurückkamen, weilte Will Callan vor Ort, ein langjähriger Angestellter, der noch keine Lust auf den Ruhestand hatte.

»Hier ist buchstäblich die Hölle los, Boss.« Callan streckte Thomas Pilsner einen Stapel Notizzettel entgegen.

»Warum?«

»Clara hat sich ein tolles Ding geleistet.«

»Was heißt das?«

»Ich wollte meinen Ohren nicht trauen. Ich sitze hier, arbeite und höre plötzlich Claras Stimme. Verblüfft drehe ich mich zum Fernseher um – es läuft gerade eine dieser Sendungen über wahre Verbrechen. Und da steht Clara und plaudert genüsslich alles aus, was gestern Abend hier passiert ist. Junge, Junge, denke ich noch und im nächsten Moment fängt auch schon das Telefon an zu klingeln.«

Thomas Pilsner holte tief Luft und wandte sich Regan und Janey zu. »Diese törichte Frau! Noch mehr von dieser Art und Güte und ich drehe durch. Ich würde wirklich gern einen Blick auf mein Horoskop für heute werfen.«

Janey streckte den Arm aus und streichelte seine Hand. »Es ist zum Teil meine Schuld.«

Das lässt sich nicht leugnen, dachte Regan. Sie blickte auf ihre Armbanduhr. »Ich würde gern nach oben gehen, um die Lage zu peilen, wie man so schön sagt. Es ist schon neun, also hat Lydias Party vor einer Stunde angefangen.«

Thomas Pilsner wedelte mit seinen Zetteln. »Erst einmal werde ich Clara die Meinung sagen und mich bei allen melden, die um Rückruf gebeten haben. Danach werden Janey und ich in aller Ruhe im Speisesaal etwas essen. Warum trinken Sie nicht ein Glas mit uns, wenn Sie die Party hinter sich haben?«

»Nachdem ich den ganzen Nachmittag in dieser engen Speisekammer eingesperrt war, komme ich mir so frei und beweglich vor, dass ich am liebsten tanzen würde«, stellte Janey fest.

Thomas Pilsner machte ein gequältes Gesicht. »Morgen auf der Party werden wir tanzen. Und wenn der ganze Schnee verbrennt«, fügte er noch hinzu.

»Wenigstens sind die Filmleute abgezogen«, verkündete Will Callan. »Himmel, waren die nervig. Sie haben sogar Nat Pemrods Schafe mitgenommen. Ich wollte sie daran hindern, aber Daphne sagte, das ginge in Ordnung. Nach dem Ende der Dreharbeiten wollen sie sie zurückbringen.«

»Die Schafe sind weg?«, schrie Thomas entsetzt. »Aber ich brauche sie morgen zur Party. Ich muss mit Daphne reden.«

Callan nickte und zwinkerte ein paarmal mit den Augen.

»Würden Sie mich bitte mit ihr verbinden?«

»Sie ist mit den Filmfritzen verschwunden.«

»Irgendwann muss sie ja zurückkommen. Sagen Sie ihr bitte, dass ich unbedingt mit ihr sprechen möchte.«

Nickend reckte Callan den Daumen.

»Okay, Thomas, ich muss wirklich los«, sagte Regan. »Wir sehen uns dann später.«

In Nat Pemrods Apartment zog Regan schnell die Hose und den Pullover aus, die sie schon seit dem Morgen trug. Irgendetwas sagte ihr, dass sie auf der Party schon etwas passender gekleidet sein sollte. Sie ging ins Bad, machte sich frisch, erneuerte ihr Make-up und schlüpfte in einen schwarzen Rock nebst schwarzer Lederjacke. In weiteren zwei Minuten war sie fertig.

Vorsicht ist die Mutter der Porzellankiste, sagte sie sich, als sie die Wohnung verließ und die Tür zweimal abschloss.

Sie überquerte den Flur und klingelte. Einer der Butlerschüler öffnete, verbeugte sich leicht und ließ sie eintreten.

Lydia kam herbeigeeilt. Sie trug ein tief ausgeschnittenes, pinkfarbenes Seidenkleid, das perfekt zum Raum zu passen schien. Als sie Regan mit zwei Wangenküssen begrüßte, wurde die in eine wahre Duftwolke gehüllt.

Na toll, dachte Regan. Jetzt werde ich jeden für verdächtig halten, der Parfum aufgetragen hat. »Und wie geht's so?«, fragte sie Lydia.

»Sie würden nicht glauben, was ich heute alles zu tun hatte«, antwortete Lydia und lachte, als wäre es die komischste Bemerkung der Welt.

Regan lächelte. »Ich war auch nicht ganz untätig.«

»Kommen Sie, kommen Sie. Ich möchte Sie mit meinen Gästen bekannt machen.«

Regan sah etwa fünfzehn Leute, Viele von ihnen kannte sie von Stanley Stocks Video. Zu ihrer Überraschung bat Lydia um allgemeine Aufmerksamkeit, indem sie mit einem Löffel gegen ihr Glas klopfte. »Nun ja, ich möchte Sie noch einmal ganz herzlich begrüßen«, begann sie, als das Geplauder verstummt war. »Es freut mich sehr, dass Sie meiner erneuten Einladung Folge geleistet haben. Die gestrige Party fand wegen des Todes meines geschätzten Nachbarn ein ebenso abruptes wie trauriges Ende. Inzwischen wurde festgestellt, dass aus seinem Apartment Diamanten verschwunden sind. Daher sind wir heute nicht nur zusammengekommen, um einander kennen zu lernen, sondern wenn möglich auch um meiner Freundin bei ihren Ermittlungen zu helfen.« Lydia Sevatura streckte die Hand aus, als wollte sie die Siegerin eines Schönheitswettbewerbs bekannt geben. »Begrüßen Sie die Privatdetektivin Regan Reilly!«

Alle Augen richteten sich auf Regan, Lydia klatschte laut und anhaltend.

Noch direkter wäre kaum möglich, dachte Regan. »Vielen Dank, Lydia. Und auch Ihnen danke ich für Ihre Aufmerksamkeit. Ich bin wirklich auf Ihre Mithilfe angewiesen. Manchmal bemerken wir etwas, halten es aber nicht für wichtig, bis wir länger darüber nachdenken. Deshalb möchte ich Sie alle fragen, ob Ihnen gestern etwas aufgefallen ist. Irgendetwas. Vielleicht haben Sie auf dem Flur etwas bemerkt oder unten in der Halle. Mir ist klar, dass es Ihnen vor allem um eine vergnügliche Party ging. Aber möglicherweise haben Sie beim Betreten oder Verlassen des Gebäudes etwas bemerkt. Vielen Dank.«

Als Regan ihre Ansprache beendet hatte, begannen die Gäste wieder miteinander zu plaudern.

»Und nun viel Spaß, amüsieren Sie sich«, rief Lydia und stellte den CD-Player lauter.

Ein Mann mit schlecht sitzendem Toupet kam so hastig auf Regan zugeeilt, dass sein Getränk aus dem Glas schwappte.

»Sie müssen etwas gesehen haben. Setzen wir uns doch kurz«, stellte Regan fest und zeigte auf einen Zweisitzer.

Er nahm neben ihr Platz und sah ihr tief in die Augen. »Normalerweise bevorzuge ich Blondinen, aber ich glaube, Sie könnten mir gefallen.« Schnell trank er einen Schluck aus seinem Glas.

Das ist ja schlimmer als jeder Alptraum, dachte Regan. »Nun, eigentlich befinde ich mich im Moment in festen Händen.«

»Was Ernstes?« Seine Augen wurden noch größer.

»Ernst genug. Darüber hinaus lebe ich in Kalifornien.«

Er streckte den Arm aus und tätschelte ihre Hand. »Dorthin muss ich gelegentlich aus geschäftlichen Gründen.«

Regan schüttelte den Kopf. »Tut mir Leid, aber ich bin zur Zeit wirklich liiert. Und nun erzählen Sie mir bitte, was Ihnen gestern aufgefallen ist.«

»Nichts.« Er stand auf und strebte schnurstracks dem Buffet zu.

Was würde wohl Jack zu seinem Rivalen sagen, schoss es Regan durch den Kopf. Dann erspähte sie die Frau mit der Snoopy-Tasche. Sie fing ihren Blick ein und die Frau kam zögernd auf sie zu.

»Setzen Sie sich doch einen Moment zu mir. Was für eine interessante Tasche.«

Das Alter der Frau lag irgendwo zwischen vierzig und scheintot. Regan hatte den befremdlichen Eindruck, dass sie Snoopy sogar ähnlich sah.

»Ich werde oft auf die Tasche angesprochen«, sagte die Besitzerin.

Regan beugte sich vor und berührte Snoopys Nase. Sie

entdeckte einen darunter liegenden Reißverschluss, bevor die Frau die Tasche schnell an sich zog.

»Fassen Sie Snoopy bitte nicht an«, sagte sie. »Ich möchte nicht, dass er sich von Ihnen irgendwelche Bazillen einfängt.«

Schreck lass nach, dachte Regan.

»Ich habe gestern Abend nicht viel bemerkt. Aber es tut mir Leid, dass Nat Pemrod gestorben ist. Er war ein netter Mann.«

»Kannten Sie ihn näher?«, erkundigte sich Regan.

»Er war auf Lydias Valentinstagsparty. Er unterhielt sich eine Weile mit mir und betonte, wie sehr ihm meine Tasche gefalle. Er habe eine Vorliebe für Schafe, erzählte er mir, und besitze ein paar lebensgroße Exemplare, die er mir zeigen wollte. Dann ging ich ins Bad und als ich wieder herauskam, war er fort.« Bei den letzten Worten begann ihre Stimme zu zittern. »Vermutlich fand er mich nicht gerade sympathisch.«

»Wahrscheinlich war er nur müde«, widersprach Regan.

»Die Party stand kurz vor dem Ende. Vermutlich habe ich mich zu lange im Bad aufgehalten.«

»Haben Sie ihn denn auf den folgenden Partys nicht wiedergesehen?«

»Ich war erkältet. Eine Grippe«, sagte die Frau und sah Snoopy an. »Du auch, oder?« Sie wandte sich wieder Regan zu. »Gestern Abend habe ich erstmals wieder an einer Party teilgenommen.«

Eine prächtige Zeugin, dachte Regan. Sie sah die Frau förmlich vor sich, wie sie sich im Zeugenstand erst einmal mit Snoopy beriet. »Waren die heutigen Gäste alle auch auf der Party am Valentinstag?«

Snoopys Frauchen blickte sich um. »Zum größten Teil.«

»Nette Leute, oder?«, hakte Regan nach.

»Sie sind ganz in Ordnung. Aber ein paar der Frauen übergießen sich offenbar mit Parfum. Wie wollen sie nur einen Mann kennen lernen, wenn man in ihrer Nähe kaum atmen kann?«

»Wer hat dieses übertriebene Faible für Parfum?«, wollte Regan wissen.

Die Frau zeigte zur Tür. »Eine der Frauen will gerade gehen.«

43

Jack Reilly wurde wach und sah auf seine Armbanduhr. Noch rund zwei Stunden bis zur Landung in London. Die Kabinenbeleuchtung war ausgeschaltet, nur sehr wenige Passagiere hatten ihre Leselampen angeknipst. Die meisten schliefen in unterschiedlichsten Positionen auf den unbequemen Sitzen der Touristenklasse.

Er dachte an Regan. Wenn ich nicht allzu spät zurückkomme, rufe ich sie sofort an, sagte er sich. Irgendwie gefiel es ihm nicht, sie allein in diesem Apartment im Settlers' Club zu wissen. Ich hätte ihr davon abraten sollen, ging ihm durch den Kopf.

Seufzend beugte er sich vor, griff in seine Tasche unter dem Sitz und holte die Akten des Falles hervor, an dem er zusammen mit Scotland Yard arbeitete. Ein in New York polizeilich gesuchter Mörder war in London ausfindig gemacht worden. Die britischen Kriminalpolizisten hatte ihn festgenommen und seine Wohnung durchsucht. Dabei waren U-Bahn-Pläne und Aufnahmen von New York gefunden worden, wie auch etliche Telefonnummern.

»Du solltest herüberkommen, um dir das Zeug anzusehen«, hatte Ian Welch am Telefon gesagt, Chefinspektor von Scotland Yard und Jacks Freund.

Jack unterstützte seinen Freund Welch gern, wünschte sich aber, der Zeitpunkt wäre ein günstigerer gewesen.

Doch was soll's, sagte er sich. Am Sonntag bin ich schließlich wieder in New York.

Dennoch wurde er beim besten Willen ein gewisses Unbehagen nicht los. Es passte ihm ganz und gar nicht, dass Regan allein in dieser Clubwohnung war.

44

Tut mir Leid«, schluchzte Clara ins Telefon. »Ich mache es bestimmt wieder gut.«

»Und wie?«, fauchte Thomas Pilsner. »Wissen Sie denn nicht, dass es einem Menschen oder einer Institution so gut wie unmöglich ist, einen einmal ruinierten Ruf wiederherzustellen?«

»Meiner Tante ist es gelungen«, triumphierte Clara.

»Wie das?«

Clara lehnte sich auf ihrem Sessel zurück. »Als sie vor langer Zeit irgendwo als Zimmermädchen arbeitete, verschwand plötzlich Schmuck. Die alte Dame, der er gehörte, behauptete steif und fest, dass nur meine Tante Gladys ihn gestohlen haben konnte. Prompt wurde ihr gekündigt. Aber ein paar Monate später fand sich der Schmuck wieder an. Die alte Dame war offenbar schon ein bisschen schusselig und hatte total vergessen, wo sie ihn versteckt hatte!«

»Aber das kann man doch nicht miteinander vergleichen«, wandte Thomas Pilsner ein.

»Aber es war grauenhaft. In nur einem Monat magerte Tante Gladys buchstäblich ab. Erst als ihr Ruf wiederhergestellt war, langte sie wieder so herzhaft zu wie zuvor.«

»Ich habe nicht angerufen, um die Lebensgeschichte Ihrer Tante Gladys zu erfahren, Clara. Ich habe angerufen, um Sie dringend zu ersuchen, Vorgänge im Club für sich zu behalten. Es ist möglich, dass Reporter auf Sie zukommen. Bitte äußern Sie kein Sterbenswörtchen mehr. Habe ich mich verständlich ausgedrückt?«

»Ja, Mr. Pilsner. Es tut mir wirklich sehr Leid und ich werde es wieder gutmachen.«

»Und wie?«

»Morgen findet doch die große Jubiläumsparty statt. Ich komme und arbeite umsonst. Gratis!«

Na und, dachte Thomas mürrisch. Aber Clara meinte es nur gut. »Einverstanden, Clara. Ich bin mir sicher, dass wir Ihre Hilfe brauchen können.«

»Ich bin ganz früh da. Frisch und ausgeschlafen.«

Sie legte auf. Thomas Pilsner wandte sich zu Janey um. »Lass uns einen Happen essen gehen.«

»Zunächst solltest du die Mitglieder anrufen, die sich beschwert haben.«

Thomas verzog das Gesicht und griff erneut zum Telefon. »Mir bleibt aber auch nichts erspart.«

45

Als Regan auf der Party auftauchte und Fragen zu stellen begann, floh Georgette ins Bad. Wusste ich's doch, dass wir eine erbärmliche Pechsträhne haben, dachte sie. Das kann nicht gut enden.

Seufzend betrachtete sie sich im Spiegel, öffnete den Reißverschluss ihrer Handtasche und holte ihre Bürste hervor. Während sie sich ausgiebig mit ihren Haaren beschäftigte, dachte sie nach. Als sie sich die Lippen nachzog, beschloss Georgette, dass sie nicht einfach gehen konnte. Das sähe allzu verdächtig aus. Aber nach heute ist Schluss. Blaise und ich werden in Pemrods Apartment nach den Diamanten suchen, und wenn wir sie nicht finden, schreiben wir die Sache in den Wind und verschwinden morgen aus der Stadt. Sonst handeln wir uns nur weiteren Ärger ein.

Sie verließ das Bad und stieß fast mit Blaise zusammen, der unvermutet mit einem Tablett voller Gläser vor ihr auftauchte. »Immer mit der Ruhe«, flüsterte er ihr zu. »Bald sind wir auf und davon.«

Lächelnd nahm sie ein Glas Sekt und ging wieder in den Wohnraum. Auf diese Partys kann ich echt gut verzichten, dachte sie. Was bringt es schon, diesen Versagern immer wieder zu erklären, dass man mit ihnen partout nicht ins Kino will? Oh, verdammt … Nun kommt auch noch diese Regan Reilly auf mich zu und tut scheißfreundlich.

»Und?«, lächelte Georgette. »Schon irgendetwas Wissenswertes in Erfahrung gebracht?«

Regan zuckte mit den Schultern. »Die Dame, mit der ich gerade gesprochen habe, war gestern gar nicht auf der Party.«

»Ich weiß, ich habe mich kurz mit ihr unterhalten. Sie ist eine Freundin unserer Gastgeberin aus New Jersey. Sie rief an und wollte ein paar Tage in New York verbringen, daher hat Lydia sie kurzerhand eingeladen. Ach, übrigens – ich heiße Georgette.«

»Nett, Sie kennen zu lernen. Und wie ist es mit Ihnen? Haben Sie gestern vielleicht etwas Auffälliges bemerkt?«

Georgette warf ihre Haarmähne in den Nacken, trat von einem Fuß auf den anderen und senkte die Stimme. »Offen gestanden ist es mir selbst ein Rätsel, warum ich immer wieder zu diesen Partys komme, Miss Reilly. Der Typ mit dem Mop auf der Glatze, der sich vorhin auf Sie stürzte, wollte gestern allen Ernstes von mir wissen, ob ich im Mondschein gern am Strand entlangspaziere.« Sie kicherte in ihr Glas. »Oder lieber auf Schaffellen vor dem Kamin liege.«

»Auf Schaffellen?«, wiederholte Regan.

»Ja. Ist das zu fassen? Wenn ich nur daran denke, bekomme ich eine Gänsehaut.«

»An ihn oder die Schaffelle?«, fragte Regan.

»An ihn! Gegen Schafe habe ich absolut nichts.«

Regan lachte. »Und warum kommen Sie immer wieder her?«

Oh, verdammt, dachte Georgette wieder. Sie lässt nicht locker. »Ich habe das ganze Paket gebucht und wollte nichts davon verfallen lassen. Schließlich kann man nie wissen, wann und wo das Schicksal zuschlägt. Die Suche nach dem Richtigen ist doch wie die Suche nach der berühmten Nadel im Heuhaufen.«

»Und welcher Typ Mann könnte Ihnen gefallen?«

»Oh, er sollte offen, liebenswert und fürsorglich sein. Und Humor haben, das ist mir sehr wichtig. Das Leben bringt so viele Probleme mit sich. Da ist es nötig, als Ausgleich hin und wieder zu lachen, stimmt's nicht, Miss Reilly?«

»Wie Recht Sie haben. Ihr Parfum gefällt mir. Was ist das?«

»Es heißt ›Lethal Injection‹«, lachte Georgette verlegen. »Mein Exfreund hat es mir geschenkt.«

»Warum haben Sie sich getrennt?«

Georgette machte eine abfällige Handbewegung. »Er war eine Niete. Er wollte sich nur von mir aushalten lassen.«

Einer der Butler stieß unabsichtlich mit Georgette zusammen. »Oh, Verzeihung«, sagte er und streckte ihnen einen Teller mit Pflaumen im Speckmantel entgegen.

»Vielen Dank.« Regan griff nach einer Backpflaume und steckte sie in den Mund. »Die schmecken ja ganz ausgezeichnet.«

»Sie gehen auch weg wie warme Semmeln«, antwortete der Butler und entfernte sich wieder.

»Also ist Ihnen gestern Abend nichts Besonderes aufgefallen?«, fragte Regan Georgette noch einmal.

»Nein. Im Grunde war alles genau wie heute. Allerdings ist gestern ständig dieser Typ mit der Kamera herumgelaufen. Den heutigen Abend scheint er lieber mit den Butlern in der Küche zu verbringen.«

Er hat gestern bereits mehr als genug vom Partybetrieb aufgenommen, dachte Regan und wandte sich nach einer kurzen Entschuldigung den anderen Gästen zu. Als sie Snoopys Frauchen gegenüber erwähnte, dass eine der parfümierten Frauen gestern nicht einmal an der Party teilgenommen hatte, zuckte die mit den Schultern. »Manchmal bringe ich Dinge durcheinander.«

Die meisten Frauen sind stark parfümiert und geschminkt, stellte Regan fest. Schließlich ist die Party so etwas wie ein Balztanz. Man stellt sich möglichst vorteilhaft zur Schau.

»Amüsieren Sie sich auch gut?«, wollte Lydia wissen und zog Regan beiseite.

»Ich hätte gern die Namen und Adressen aller Anwesenden, Lydia«, sagte Regan leise. »Ich würde auch gern wissen, wer von den gestrigen Gästen heute durch Abwesenheit glänzt. Ich möchte sie überprüfen lassen. Ganz diskret und unauffällig.«

Lydia kniff leicht die Augen zusammen. »Darum möchte ich auch dringend bitten, Regan. Die Partys sind schließlich mein Lebensunterhalt.«

»Es wird niemand etwas erfahren«, versicherte Regan. »Vergessen Sie nicht, dass es hier auch um den Settlers' Club geht. Und ich brauche auch die Namen und Adressen der Butler.«

Lydia Sevatura holte tief Luft. »Das wird Maldwin aber gar nicht gefallen.«

»Wenn er und seine Schüler nichts zu verbergen haben, sollte das doch kein Problem sein. Es handelt sich um eine Routinemaßnahme. Jetzt gehe ich wieder zu Thomas Pilsner hinunter.«

»Ich stelle die Liste zusammen und schiebe Sie Ihnen später unter der Tür durch«, versprach Lydia.

»Je eher, desto besser. Ich möchte so bald wie möglich mit allen sprechen.«

46

An einem kerzenbeleuchteten Tisch im eleganten Speisesaal erholten sich Thomas und Janey von den Strapazen des Tages. Vor ihnen standen Salatschüsselchen und Teller mit Pasta und sie ließen sich gerade die letzten Gläser ihrer Flasche Wein schmecken. Vor dem Essen hatte Thomas die gefürchteten Anrufe bei den Mitgliedern hinter sich gebracht und ihnen versichert, dass die Party selbstverständlich wie geplant stattfinden würde. Er hatte Janey auch eine kalte Kompresse auf die Stirn gelegt und sie auf die Couch genötigt. Als sie sein Apartment verließen, trug sie seine Sonnenbrille. Ihre Augen waren vom Reizgas rot und geschwollen.

Als Regan den Speisesaal betrat, entdeckte sie die beiden an einem Ecktisch unter dem Ölgemälde des Clubgründers. Er muss im Grab rotieren, dachte Regan.

»Na, konnten Sie etwas erschnüffeln?«, fragte Thomas und wischte sich mit der Serviette über die Lippen. Auf dem Rückweg von Ben Carneys Wohnung hatten sie über den Duft, den Janey wahrgenommen hatte, ebenso gesprochen wie über die Hinweise auf Parfum in Carneys Tagebuch.

Regan lächelte resigniert. »Die meisten Frauen da oben sind in wahre Duftwolken gehüllt. Und keiner will etwas bemerkt haben.« Sie wandte sich dem Kellner zu, der sie erwartungsvoll ansah. »Ich möchte bitte ein Glas Rotwein.«

»Tut mir Leid, dass ich Sie nicht begleiten konnte«, sagte Janey. »Aber mir war absolut nicht danach und ich sehe schauerlich aus.«

»Kein Problem. Es wäre Lydia ohnehin nicht recht gewesen. Sie will unter allen Umständen den Eindruck vermeiden, einer ihrer Gäste könnte verdächtig sein, und wenn Sie mit verquollenen Augen, die vom Reizgas herrührten, auf einer Single-Party aufgekreuzt wären, hätte das schon einen sonderbaren Eindruck gemacht.«

»Oder man hätte gedacht, ich wäre verzweifelt.«

»Das auch«, stimmte Regan zu.

»Aber ich bin nicht verzweifelt. Ich habe schließlich Thomas.« Sie griff nach seiner Hand und er strahlte.

Und du solltest ihn dir warm halten, dachte Regan. Irgendwas sagt mir, dass der Settlers' Club deinetwegen morgen in den Zeitungen steht. Und nicht gut wegkommt. Während sich Thomas und Janey tief in die Augen blickten, nahm Regan einen Schluck Wein aus dem Glas, das der Kellner vor sie hingestellt hatte. »Ich habe mir die Namen der verschiedenen Parfummarken notiert. Morgen ziehe ich los und kaufe jeweils eine Flasche. Dann werden wir sehen, ob Sie einen Duft als den wiedererkennen, den Sie heute gerochen haben.« Regan machte eine kurze Pause. »Der oder die Unbekannte, der Ben Carneys Apartment durchsucht hat, muss nicht unbedingt mit der Frau in Verbindung stehen, mit der sich Nat Pemrod traf. Das könnte lediglich ein zufälliges Zusammentreffen sein.«

»Die Kosmetikindustrie wird begeistert sein, wie viele Leute sich besprühen«, merkte Thomas an.

»Man könnte sagen, die ganze Sache stinkt.« Janey leerte hastig ihr Glas und begann zu kichern.

Dein wievieltes Glas ist das, fragte sich Regan und lächelte Janey an. Aber vermutlich wäre ich auch ziemlich aufgekratzt, nachdem ich Stunden in einer dunklen Speisekammer eingesperrt war, ohne zu wissen, wann ich befreit werde.

»Clara will uns morgen helfen. Als Wiedergutmachung für ihren unsäglichen Anruf in dieser Fernsehsendung«, erklärte Thomas.

»Ich würde gern noch einmal mit ihr sprechen«, sagte Regan.

»Selbstverständlich.«

Nach ein paar Minuten belangloser Plauderei stand Regan auf. »Für mich wird es Zeit. Wir sehen uns dann morgen.«

»Wir servieren ein ausgezeichnetes Frühstück hier im Speisesaal. Warum lassen Sie sich nicht ein bisschen verwöhnen?«

»Klingt verlockend.« Als Regan den Raum verließ, sah sie auf ihre Uhr. Es war eine halbe Stunde vor Mitternacht. Jetzt bin ich seit fast vierzehn Stunden hier und mir bleiben nur noch zwei Tage für die Aufklärung dieses Verbrechens.

Der beiden Verbrechen, fügte sie innerlich hinzu. Mit jeder Minute wurde ihre Gewissheit größer, dass Nat Pemrod ermordet worden war. Deshalb musste sie unbedingt mit Clara reden. Sie war sich sicher, dass Clara unwissentlich über die Information verfügte, die ihr weiterhelfen konnte.

Als Regan aus dem Fahrstuhl trat und auf Nat Pemrods Apartment zuging, hörte sie noch immer zahlreiche Stimmen hinter Lydias Tür. Offenbar fanden einige nie ein Ende.

Fünfzehn Minuten später lag sie im Bett des Gästezimmers und stellte den Wecker auf sieben Uhr. Ich möchte früh raus, um mich hier gründlich umzusehen, dachte sie. Ganz bestimmt gibt es hier irgendetwas, das mir weiterhilft. Regan knipste das Licht aus und bettete ihren Kopf auf das Kissen. Innerhalb von fünf Minuten war sie eingeschlafen.

47

Action!«, rief Jacques Harlow Daphne zu.

Sie befanden sich in seinem sparsam möblierten, hohen, zugigen Loft an einer gottverlassenen Straße im südlichen Manhattan. Harlow hatte seine Assistenten angewiesen, eine Nebelmaschine anzuwerfen, während Daphne im Halbdunkel auf dem Fußboden hockte und laut über die Vorzüge und Nachteile eines Verkaufs ihrer Farm nachdachte. Rechts und links standen die Pemrodschen Schafe und lauschten andächtig.

»Mein Blick schweift über das Heideland«, hauchte Daphne, »und mein Herz beginnt zu singen ...«

»Moment!«, schrie der Kameramann.

»Moment? Was heißt das?«, knurrte Harlow. »Der Regisseur hat das Sagen. Er allein befindet darüber, wann gefilmt wird und wann die Szene im Kasten ist. Wie können Sie sich darüber hinwegsetzen?«

»Sie riskieren, eine Menge Filmmaterial zu vergeuden. Etwas in den Augen der Schafe blendet entsetzlich.«

»Dann drehen Sie die Viecher eben ein bisschen zur Seite und ziehen Sie ihnen das Fell in die Stirn«, forderte Harlow ungeduldig.

Beflissen eilten zwei Produktionsassistenten auf die Tiere zu. Als sie Dolly so drehten, dass sie Daphne ansah, fiel eins ihrer Augen heraus und rollte davon. Während sie hastig auf dem Boden herumkrochen und nach ihm suchten, begann Harlow erneut zu schreien. »Lassen Sie das! Die Schafsaugen interessieren mich nicht. Für mich zählt nur, was sich in den Augen meiner Schauspielerin abspielt. Drehen Sie das andere Schaf um, damit wir endlich zur Sache kommen können!«

Mit Bähbäh an einer und Dolly an der anderen Seite wollte Daphne erneut anfangen. Die beiden Schafe sahen aus, als brannten sie darauf, endlich zu erfahren, was sie zu sagen hatte.

»Action!«, brüllte Jacques Harlow zum zweiten Mal.

Während der nächsten sechs Minuten gab sich Daphne dem Schicksal ihrer Schaffarm mit all ihrem Herzblut und ihrem ganzen darstellerischen Können hin. Schließlich ließ sie schluchzend den Kopf sinken wie Scarlett O'Hara in *Vom Winde verweht.*

»Schnitt!«, schrie Harlow mit bebender Stimme. Er wischte sich eine Träne aus dem Auge und lief auf Daphne zu, um sie in die Arme zu schließen. »Sie haben mich zu Tränen gerührt«, wisperte er ihr ins Ohr, während die gesamte Crew in Applaus ausbrach. »Sie sind eine hinreißende Schauspielerin. In meinem nächsten Film übernehmen Sie die Hauptrolle. Ich mache Sie zum Star.«

Daphne Doody brachte keinen Ton heraus. Seit Jahren war sie nicht mehr so glücklich gewesen. Ihr privates wie berufliches Leben hatte dazu keinen Anlass geboten. Und nun sah es plötzlich so aus, als täte sich für sie eine ganz neue Welt auf. »O Jacques«, wisperte sie schließlich ergriffen und legte ihren Kopf an seine Schulter.

Kochend vor Wut saß Pumpkin in einer Ecke. Sie stand auf. »Können wir jetzt vielleicht meine Schlussszene drehen?«

»Nein!«, fauchte Harlow. »Daphne wird ihren Monolog noch einmal wiederholen. Sie ist in Hochform und ich möchte so viel wie möglich davon einfangen.«

»Wenn das so ist, rauche ich erst mal draußen eine Zigarette«, kündigte Pumpkin an und machte auf dem Absatz kehrt.

Jacques Harlow warf Daphne einen schelmischen Blick zu. »Wie wäre es, wenn wir Pumpkin zu Ihrem Double machen?«

Daphne lachte, während Harlow zu seinem Regisseurstuhl zurückkehrte. Zärtlich tätschelte sie Bähbähs und Dollys Rücken. »Könnt ihr euch vorstellen, wie überrascht Mommy und Daddy darüber wären, dass ihr Filmstars geworden seid?«

48

Als im Wohnzimmer ein Buch aus dem Regal polterte, fuhr Regan abrupt aus dem Schlaf hoch. Ihr Herz begann heftig zu klopfen. Was war denn das, fragte sie sich, setzte sich auf und lauschte. Alles blieb still. Der Wecker auf dem Nachttisch zeigte auf elf nach zwei.

Regan stand auf, schlüpfte in ihren Morgenrock, ging langsam zur Tür und spitzte die Ohren. Sie hörte, wie Dielen knarrten. O mein Gott, dachte sie. Da ist jemand! Dann erkannte sie an einem gedämpften Flüstern, dass es sich um mehr als eine Person handeln musste.

Die Kehle wurde ihr eng. Da draußen sind zwei Fremde und ich habe nichts, womit ich mich verteidigen könnte. Und gestern ist in diesem Apartment ein Mord geschehen. Auf keinen Fall darf ich das Zimmer verlassen. Wer weiß, wer vor der Tür auf mich lauert? Ich muss dringend abschließen. Ihre Finger tasteten nach dem Türknauf und darunter. Aber da war weder Riegel noch Schloss. O Gott! Ich muss unbedingt Hilfe rufen, sonst ende ich noch wie Nat Pemrod.

Sie schlich ins Bett zurück und packte ihr Handy, das gerade aufgeladen wurde. Mit zitternden Fingern drückte sie die Zahlen des Notrufs, 911. »Ich bin im Settlers' Club am Gramercy Park«, flüsterte sie. »Im Nebenraum sind Eindringlinge. Bereits in der letzten Nacht ist hier eingebrochen worden.«

»Wie lautet die Adresse?«, fragte eine Stimme so ungerührt, als würde Regan eine Pizza bestellen.

»Der Club liegt direkt am Gramercy Park. 21. Straße.«

»Haben Sie nicht die genaue Adresse?«

»Nein. Vermutlich ist gestern Nacht hier sogar ein Mord geschehen …« Sie hatte die Worte kaum ausgesprochen, da ging die Tür des Gästezimmers auf. Jemand schrie unterdrückt auf. Die Tür flog wieder zu und Regan hörte Füße über den Flur eilen.

»Bitte … der Settlers' Club … Schicken Sie einen Streifenwagen vorbei«, flehte Regan. Sie ließ das Mobiltelefon fallen und rannte auf den Flur. Jetzt fiel die Hintertür ins Schloss und Regan lief auf die Küche zu. Wenn ich doch nur einen kurzen Blick auf die Einbrecher werfen könnte, dachte sie, als sie weiter durch die Dunkelheit hastete. Sie stieß die Küchentür auf und knipste Licht an. Niemand war zu sehen, aber sie hörte Schritte auf der Hintertreppe.

Sie verließ die Küche, rannte über den Korridor und nahm den Hörer des Haustelefons ab. Eine verschlafene Stimme meldete sich. »Ja, bitte?«

»Hier Regan Reilly. Ich befinde mich in Nat Pemrods Apartment. Hier wurde gerade eingebrochen, aber sie haben die Flucht ergriffen. Jetzt laufen sie die Treppe neben dem Versorgungsfahrstuhl hinunter.«

»Um Himmels willen!«

»So tun Sie doch endlich was!«, schrie Regan.

»Gerade blinkt das Alarmlicht für die Hintertür auf. Vermutlich sind sie dort hinaus.«

»Die Hintertür?«, wiederholte Regan verdrossen.

»Sie wird nur im Notfall benutzt.«

Regan schüttelte den Kopf. »Nun, hier handelt es sich um einen solchen. Die Polizei muss gleich hier sein.«

»Ich schicke sie sofort zu Ihnen hinauf, Ma'am.«

»Danke.« Regan legte den Hörer auf und ging daran, überall Licht anzuschalten. Im Wohnzimmer herrschte das reine Chaos. Offenbar habe ich geschlafen wie eine Tote, dachte sie.

Bücher und Bilder waren über den gesamten Fußboden verstreut und Nat Pemrods Schreibtischschubladen aufgebrochen. Wahrscheinlich stand das Gästezimmer als Nächstes auf ihrem Programm. Sie erschauderte unwillkürlich. Und wenn ich nicht rechtzeitig wach geworden wäre? Dann könnte ich mich wahrscheinlich glücklich schätzen, nur mit Reizgas besprüht worden zu sein wie Janey.

Ich sollte Thomas informieren. Sie kehrte zum Haustelefon zurück.

»Könnten Sie bitte Thomas Pilsner in Kenntnis setzen?«, fragte Regan.

»Ist bereits geschehen. Ich wollte Sie gerade anrufen. Die Polizei ist auf dem Weg zu Ihnen.«

Als Regan die Tür öffnete, verließ Thomas gerade den Fahrstuhl. Er trug einen edlen Leinen-Morgenrock und lederne Slippers, die auf einen erlesenen Geschmack schließen ließen. Direkt hinter ihm tauchten Polizisten mit plärrenden Funkgeräten auf.

»Regan!«, schrie Thomas und umarmte zum zweiten Mal innerhalb von sechs Stunden ein Opfer krimineller Aktivitäten.

»Es hätte sehr viel schlimmer ausgehen können«, beruhigte Regan ihn. »Vermutlich haben sie nicht damit gerechnet, dass ich im Gästezimmer schlafe.«

Die beiden Polizisten stellten sich Regan vor. »Wir waren schon gestern hier«, erklärte Officer Angelo und sah Thomas an. »Und wie geht es Ihnen heute?«

»Besser«, versicherte Thomas, als er und Regan den Polizisten ins Wohnzimmer folgten. »Aber ich danke Ihnen für die Nachfrage.«

»Sie sind durch die Hintertür entkommen«, sagte Regan und berichtete den Polizisten, was vorgefallen war.

»Keine Anzeichen für ein gewaltsames Eindringen?«, wollte Officer Angelo wissen.

»Ich habe zumindest keine entdeckt.«

»Genau wie gestern Nacht.«

»Was ist denn hier passiert?« Mit Maldwin Feckles im Schlepptau kam Lydia ins Wohnzimmer geeilt. Beide trugen Schlafanzüge unter ihren Morgenröcken. Wie nicht anders zu erwarten, war Lydias Aufzug einer Las-Vegas-Revue durchaus würdig.

»Miss Lydia hat mich geweckt, als sie auf dem Flur ungewöhnliche Geräusche hörte«, klärte Maldwin sie auf.

»Hallo? Hallöchen ...« Jetzt hatte Daphne Doody ihren Auftritt. »Ich komme gerade von meinen Dreharbeiten zurück und hörte unten, dass hier oben erneut Fremde eingedrungen sind.« Sie musterte das durchwühlte Wohnzimmer missbilligend. »Wann hat das endlich eine Ende?«

Dabei weiß sie noch nicht einmal, was sich in Ben Carneys Wohnung abgespielt hat, dachte Regan.

Da Daphnes Frage rein rhetorisch war, fühlte sich niemand zu einer Antwort genötigt. Aber Maldwin schien unbedingt etwas sagen zu müssen.

»Vielleicht sollte ich uns allen einen Tee kochen.«

»Aber nicht hier«, protestierte einer der Polizisten. »Wir befinden uns am Tatort eines Verbrechens.«

»Das war auch nicht meine Absicht, Sir«, beschied ihn Maldwin formvollendet. »Meine Küche und meine ganz speziellen Teekannen befinden sich auf der anderen Seite des Flurs.«

»Das ist eine ausgezeichnete Idee«, zirpte Lydia. »Brauchen Sie vielleicht Hilfe?«

»Keineswegs. Kommen Sie einfach herüber, wenn Sie hier fertig sind.«

Der Anblick, wie er sich in seinem Morgenrock verbeugte, brachte Regan fast zum Lachen.

»Haben Sie die Schafe mitgebracht?«, fragte Thomas Daphne brüsk.

»Es wird Sie vielleicht überraschen …«, begann Daphne.

»Ich nehme an, das heißt nein.«

»Meine Darstellerkarriere hat einen neuen Schub erhalten.«

»Konnten Sie Bähbäh als neuen Agenten gewinnen?«

»Das kann ich nun absolut nicht komisch finden. Aber die Schafe treten auch in dem Film auf. Da wir morgen weitere Szenen zu drehen haben, verbringen die Schafe die Nacht im Loft des Regisseurs.«

»Vor Beginn der Party sind sie wieder hier«, knurrte Thomas.

»Sie werden hier sein.«

»Ehrenwort?«

»Großes Ehrenwort.«

»Warum gehen Sie nicht schon hinüber in Lydias Apartment?«, schlug Regan vor. »Ich komme gleich nach. Ich möchte nur noch kurz mit den Polizisten sprechen.«

»Eine Tasse Tee würde mir wirklich gut tun«, erklärte Daphne.

Als die vier abgezogen waren, wandte sich Offier Angelo Regan zu. »Die Täter scheinen ungemein entschlossen zu sein. Ich kann Ihnen nicht raten, eine weitere Nacht hier zu verbringen.«

»Das habe ich auch nicht vor.«

»Wo wollen Sie unterkommen?«

»Ich schätze, dass ich bei Lydia und Feckles ein Plätzchen finden werde«, sagte Regan und zeigte über den Flur.

Angelo lächelte. »Sie sind ein Glückspilz.«

49

Wenn das so weitergeht, werden wir nie reich«, schluchzte Georgette, als sie auf ihrem schäbigen Bett in Blaises Armen lag.

»Das ist nur Regan Reillys Schuld. Wer hätte gedacht, dass sie in Pemrods Bude übernachtet?«

»Bei unserer Unterhaltung hat sie nichts davon erwähnt.«

»Nun, halte dich künftig ein bisschen zurück. Ich finde, du wurdest ein bisschen sehr geschwätzig.«

»Ihr gefiel das Parfum, das du mir geschenkt hast.«

»Verzichte künftig darauf.«

Georgette hob den Kopf und blickte Blaise in die Augen. »Warum?«

»Ist dir das wirklich nicht klar?«

»Ich habe keinen Schimmer.«

»Hast du schon mal davon gehört, dass an einem Tatort Spürhunde eingesetzt werden?«

»Klar.«

»Sie reagieren auf Gerüche. Stell dir Regan Reilly als eine Art Spürhund vor.«

Georgette legte ihren Kopf auf das Kissen zurück. »Ich werde es nicht mehr benutzen, bis wir New York verlassen haben. Ich wünschte, wir könnten jetzt sofort verschwinden.«

»Nun, das können wir nicht. Als ich Regan Reilly von Mord reden hörte, war mir klar, dass wir fürs Erste hier bleiben müssen. Wenn wir jetzt das Weite suchen, ist das zu verdächtig. Dann würde man nach uns suchen. Und ich habe keine Lust, für etwas den Kopf hinzuhalten, das ich nicht getan habe.«

»Und ich habe keine Lust, zu dieser Jubiläumsparty zu gehen«, maulte Georgette. »Die Diamanten finden wir doch nie. Was hat es also für einen Sinn?«

»Der Sinn besteht darin, dass wir erst abhauen können, wenn es wirklich vorbei ist. Ich muss noch ein paar Wochen Butlerunterricht abreißen, dann hauen wir ab. In der Zwischenzeit denk du ein bisschen über deinen Freund Nat Pemrod nach. Überlege, woher die Glassteine kommen können und was er mit den Diamanten gemacht hat.«

»Er machte gern Witze.«

»Es ist ja auch ungeheuer komisch, Diamanten im Wert von ein paar Millionen Dollar zu verstecken.«

Georgette blickte zur Zimmerdecke hinauf. »Sein Mörder könnte wissen, was er mit ihnen gemacht hat.«

Blaise strich ihr über die Haare. »Aber wer könnte das sein?«

»Woher soll ich das wissen?«, fragte Georgette gereizt. »Du glaubst doch nicht etwa, dass er mir etwas vorgemacht hat, oder?«

50

Als Jack Reilly in London landete, war es kurz nach sieben Uhr morgens. In New York also zwei Uhr nachts, ging ihm durch den Kopf. Ich hoffe, dass Regan tief und ruhig schläft. Da er kein Gepäck aufgegeben hatte, strebte er zügigen Schritts hinaus zu den Taxis.

Fünfundvierzig Minuten später stand er an der Rezeption seines Hotels in der Nähe von Scotland Yard.

»Sie haben Glück«, lächelte der junge Mann hinter dem Tresen. »Der bisherige Gast Ihres Zimmers ist heute so früh abgereist, dass es Ihnen bereits sauber und geputzt zur Verfügung steht.«

»Wundervoll«, sagte Jack. Er wusste, dass das Zimmer formal erst um drei Uhr nachmittags bereitstehen musste, aber er sehnte sich nach einem Bad und wollte so schnell wie möglich zu Scotland Yard. Aus irgendeinem unerklärlichen Grund war er unruhig. Mit ein bisschen Glück kann ich heute alles hinter mich bringen und am Abend wieder zurückfliegen, dachte er.

Da er nur eine Reisetasche bei sich hatte, lehnte er das Angebot eines Gepäckträgers dankend ab und nahm seinen Schlüssel entgegen. Aber als er in der fünften Etage ankam, stand der Wagen mit frischen Handtüchern und Putzmitteln direkt neben der geöffneten Tür seines Zimmers.

Mit einem »Hallo« trat er ein.

»Hallo, mein Lieber«, antwortete eine muntere Stimme und ein nicht mehr ganz junges Zimmermädchen steckte den Kopf aus dem Bad.

»Tut mir Leid, aber unten hieß es, das Zimmer wäre fertig.«

»So? Nun, hexen kann ich noch nicht, aber ich bin mächtig am Üben. In zwei, drei Minuten bin ich verschwunden.«

»Vielen Dank. Ich möchte noch schnell duschen, bevor ich mich in die Arbeit stürze.«

»Sie arbeiten also auch am Sonnabend?«

Lächelnd stellte Jack seine Tasche ab. »Ja.«

»Irgendwie muss man schließlich seine Brötchen verdienen«, erklärte sie schmunzelnd. »Aber was soll's. Hier bin ich erst einmal fertig. Ich wünsche Ihnen einen schönen Tag.«

»Ich Ihnen auch«, sagte Jack und bemerkte dann Geld und einen Zettel auf der Kommode. »Einen Moment«, rief er, als sie bereits zur Tür hinauswollte. »Ich glaube, das Geld da ist für Sie.«

»Danke, mein Lieber.« Sie lief zur Kommode und sah, wie kärglich das Trinkgeld ausgefallen war. »Das reicht ja noch nicht mal für den Zucker im Kaffee«, stellte sie fest, steckte es aber dennoch ein und griff nach dem Zettel. »›Danke für den großartigen Service. Es kam mir vor, als hätte ich meinen eigenen Butler‹«, las sie laut vor, sah Jack an und verdrehte die Augen. »Vielleicht sollte ich auf Butler umschulen.«

Jack lächelte. »In New York hat gerade eine Butlerschule mit dem Unterricht begonnen.«

Das Zimmermädchen wedelte geringschätzig mit der Hand. »Hier gibt es reichlich Butlerschulen. Zu viele, wenn Sie mich fragen. Die Konkurrenz ist immens. Aber mir kann es egal sein. Ich habe es in den so genannten feinen Häusern nie ausgehalten. Ein bisschen zu steif für meinen Geschmack.« Sie ging wieder zur Tür. »Ciao, mein Lieber.«

»Ciao«, rief Jack, holte seinen Rasierapparat aus der Reisetasche und eilte ins Bad.

51

Tee, Miss Regan?«, fragte Maldwin Feckles und geleitete sie in den Wohnraum, in dem Lydia, Daphne und Thomas bereits bei der zweiten Tasse saßen. Inzwischen war es halb vier Uhr morgens.

»Danke, Maldwin, sehr gern«, sagte Regan und nahm neben Daphne auf einem der Zweisitzer Platz.

»Und wie steht es da drüben?«, erkundigte sich Daphne.

»Die Polizei ist gegangen. Sie haben Fingerabdrücke genommen und die Wohnungstür mit einem besonderen Vorhängeschloss gesichert. Wir sollten unbedingt gleich morgen früh die alten Schlösser austauschen lassen, Thomas.«

»Selbstverständlich, Regan. Wollen Sie heute Nacht vielleicht lieber auf meiner Couch schlafen?«

»Oh, Sie könnten natürlich auch bei mir unterschlüpfen«, bot Daphne an, »aber mein Apartment befindet sich in einem grauenhaften Zustand. Die Vorbereitung für die Dreharbeiten war ziemlich hektisch. Überall liegen Sachen herum …«

»Sie bleiben natürlich hier!«, erklärte Lydia energisch. »Neben der Küche gibt es ein kleines Mädchenzimmer mit einem Schlafsofa. Es ist garantiert sicher und steht ganz zu Ihrer Verfügung.«

»Vielleicht sollte ich Ihr Angebot annehmen«, lächelte Regan.

»Der Raum ist ein bisschen eng, daher wollte ich nicht, dass Maldwin dort einzieht. Aber für ein paar Tage reicht er völlig aus.«

Thomas hatte die anderen inzwischen über den Einbruch bei Ben Carney informiert. Natürlich mit einer beschönigenden Erklärung für Janeys Eindringen in das Apartment. »Sie kann es nun einmal nicht ertragen, gutes Essen vergammeln zu lassen …«

»Nach all diesen beunruhigenden Vorkommnissen wäre es vielleicht angebracht, mehr Sicherheitskräfte im Haus zu haben«, regte Daphne an.

»Wir können doch keine bewaffneten Wachleute über die Flure patrouillieren lassen«, widersprach Lydia. »Der Club erhebt immerhin einen Anspruch auf Kultiviertheit.«

»Wenn man tot ist, nutzt einem die ganze Kultiviertheit nichts«, fauchte Daphne.

»So etwas können wir uns einfach nicht leisten«, rief Thomas Pilsner erregt. »Wenn nicht ein Wunder geschieht und wir die Diamanten finden oder sich irgendeine Filmproduktion entschließt, *Ben Hur* im Settlers' Club neu zu verfilmen, stecken wir in großen Schwierigkeiten. Unter Umständen bleibt uns keine andere Wahl, als die Segel zu streichen.«

»Meine Partnerschaftsvermittlung!«, stöhnte Lydia auf.

»Meine Butlerschule«, ächzte Feckles erstickt.

»Und was ist mit mir?«, begehrte Thomas auf. »Für mich ist das hier nicht nur irgendein Job. Es war mein Traum, den Club zu neuem Leben zu erwecken. Ihn zu einem Hort der feinen Lebensart und der schönen Künste zu machen. Ich konnte mir sogar schon vorstellen, dass Interessenten bald fünf Jahre lang warten müssen, um dem Club beitreten zu können!«

»Fünf Jahre würde ich brauchen, um in New York ein anderes anständiges Apartment zu finden«, erklärte Daphne mit gefährlich schwankender Stimme. »Mir gefällt es hier und ich möchte bleiben. In den letzten zwanzig Jahren war der Club mein ganzes Leben …«

»Wir sollten jetzt nicht die Nerven verlieren«, unterbrach Regan. »Es hat wenig Sinn, wenn wir hier herumstreiten. Wir wollen alle das Gleiche. Ich schlage vor, dass wir uns mit vereinten Käften bemühen, die Party morgen Abend zu einem großen Erfolg zu machen. Schließlich wird der Club hundert Jahre alt. Wenn ich mich nicht irre, kommt auch Stanley Stock mit seiner Kamera?«

Lydia nickte. »Es wird ihn ziemlich ärgern, dass er die ganze Aufregung hier verpasst hat.«

»Wir brauchen keine Negativreklame«, rügte Thomas. »Wir wollen nur positive Berichte über den Club.«

»Ich werde meine Eltern bitten, zur Party zu kommen«, sagte Regan. »Meine Mutter leitet gerade eine Konferenz für Krimischriftsteller und vielleicht kann sie ein paar ihrer Freunde mitbringen.«

Thomas schien gerührt. »Eine ausgezeichnete Idee, Regan.«

»Die Jubiläumsparty muss unbedingt ein Erfolg werden. Unterdessen arbeite ich eng mit der Polizei zusammen. Wir müssen diejenigen, die in Nat Pemrods Wohnung eingedrungen sind, unbedingt fassen. Sie könnten durchaus sehr gefährlich sein. Also halten Sie Ihre Türen gut verschlossen.«

»Was für ein Tag«, seufzte Daphne. »Obwohl er für mich so schlecht auch wieder nicht war.«

Thomas Pilsner stand auf. »Vor allem sollten wir eins nicht vergessen. Die Schafe müssen vor Beginn der Party wieder im Club sein. Vielleicht bringen sie uns Glück.«

52

Clara stöhnte laut auf, als ihr Wecker klingelte. Aber es ist allein meine Schuld, dass ich an einem Sonnabend so früh aufstehen muss. Was ist nur in mich gefahren, bei diesem Fernsehsender anzurufen und dann auch noch anzubieten, gratis zu arbeiten? Sie machte den Wecker aus und legte sich noch mal kurz aufs Ohr. Es wäre zu schön, wenn mir einer von Feckles' Butlerschülern jetzt eine Tasse Kaffee bringen könnte. Das würde mir das Aufstehen erheblich erleichtern.

Nun, einen Butler werde ich in diesem Leben kaum haben, sinnierte Clara, als sie zögernd die behagliche Bettdecke aufschlug. Ich kann lediglich darauf hoffen, als Rockefeller wiedergeboren zu werden. Sie ging in die Küche, stellte die Kaffeemaschine an und marschierte ins Bad. Das warme Wasser der Dusche prasselte wohltuend auf ihren Rücken und die Arme, die so viele Stunden damit beschäftigt waren, den Schmutz anderer Leute wegzuputzen.

In ihren Morgenrock gehüllt lief sie in die Küche zurück und goss sich die erste Tasse Kaffee des Tages ein, die sie stets trank, während sie sich anzog. Ich trödele herum, dachte sie. Für eine zweite Tasse bleibt mir keine Zeit. Schließlich habe ich versprochen, schon früh im Club zu sein.

Zwanzig Minuten später verließ sie ihre Wohnung in Stretchhosen, einem molligen Pullover und ihrem Wintermantel. Ihren Kittel zog sie immer erst im Club an.

Es ist bereits Mitte März, aber die Luft fühlt sich an, als wäre der Frühling noch Monate entfernt, dachte sie, als sie ihre Handschuhe überstreifte. Es würde wieder ein grauer, kalter Tag werden. Wie üblich ging sie die sechs Blocks zur U-Bahn zu Fuß. So früh am Sonnabend waren die Straßen nahezu menschenleer. Am Zeitungskiosk des Bahnhofs fiel ihr Blick auf die *New York World*. Clara erstarrte.

»Settlers' Club: Freundin des Geschäftsführers stiehlt totem Mitglied das Essen«, lautete die Schlagzeile.

Clara schnappte sich ein Exemplar vom Stapel und begann zu lesen.

»Und wie steht es mit dem Bezahlen, Lady?«, erkundigte sich der Verkäufer.

Ohne die Augen von der Zeitung zu nehmen, zog Clara zwei Münzen hervor und warf sie auf den Tresen. Eine landete zwischen den Schokoriegeln, aber Clara bemerkte es nicht.

»Verbindlichen Dank, junge Frau.«

»Keine Ursache«, murmelte Clara und lief kopfschüttelnd weiter. Und da regten sie sich auf, weil sie beim Fernsehen angerufen hatte! Fast war sie versucht, umzudrehen und sich wieder ins Bett zu legen.

Ratternd und rumpelnd fuhr der Zug Richtung Gramercy Park ein. Was soll's, dachte sie, als er hielt. Ich werde mal nicht so sein und dem armen Thomas unter die Arme greifen. Sie stieg ein, setzte sich und verbrachte die gesamte Fahrt nach Manhattan mit intensivem Studium des Artikels.

53

Die Mädchenkammer war wirklich nicht gerade groß. Sogar so klein, dass die Tür gegen das Sofa stieß, wenn man sie öffnet. Aber Regan machte es nichts aus. Als sie sich zum zweiten Mal in dieser Nacht ins Bett legte, war es vier Uhr morgens. Sie zog sich die Decke über die Ohren und drehte das Gesicht zur Wand.

Aber sie kam nicht so schnell zur Ruhe wie in Nat Pemrods Gästezimmer, sondern fiel in einen unruhigen Schlaf, begleitet von seltsamen Träumen, an die sie sich später kaum erinnern konnte. Erst als es draußen hell wurde, schlief sie endlich wirklich ein.

Zehn Minuten nach neun klingelte ihr Mobiltelefon. Regan öffnete sie Augen und blickte verwirrt um sich. Dann erinnerte sie sich an die Ereignisse der letzten vierundzwanzig Stunden. Sie griff nach dem Handy, das auf dem Nachttisch neben dem Bett lag. Die Nummer auf dem Display war die ihrer Eltern.

»Hi.«

Sie merkte selbst, wie verschlafen sie klang.

»Alles in Ordnung mit dir, Regan?«, fragte Nora besorgt.

»Ja, ich bin nur noch nicht richtig wach.«

»Dann hast du also auch noch nicht die Zeitung gesehen?«

»Nein. Aber jetzt bin ich immerhin hellwach. Wie schlimm ist es?«

»Ziemlich schlimm.«

»Auf welcher Seite?«

»Titelseite.« Nora las die Schlagzeile vor.

»Damit ist der Tag für Thomas gelaufen.«

»Der Artikel erweckt den Eindruck, als wäre im Settlers' Club die Hölle los.«

»So ist es auch, Mom«, erwiderte Regan kleinlaut.

»Was soll das heißen?«

»Heute Nacht wurde in Nat Pemrods Apartment eingebrochen.«

»Um Himmels willen, Regan! Dir ist doch hoffentlich nichts passiert?«

»Nein.« Regan schilderte ihrer Mutter ausführlich die Vorkommnisse und schloss mit: »Ich habe im Mädchenzimmer der Wohnung gegenüber geschlafen.«

»In der diese Butlerschule ihren Sitz hat und Single-Partys veranstaltet werden?«

»Woher weißt du das?«

»Das steht auch in der Zeitung.«

Seufzend rieb sich Regan die Augen. »Ich kann kaum erwarten, sie zu lesen. Es wundert mich, dass Thomas noch nicht hier aufgetaucht ist. Wart's ab, wenn diese Reporterin über euch Krimiautoren berichtet, wirst du dein blaues Wunder erleben. Sie tat übrigens ganz so, als wäret ihr beide Busenfreundinnen.«

»Sie wollte eigentlich über unsere Konferenz berichten, fand aber offenbar die Vorgänge im Settlers' Club wesentlich interessanter. Hör dir das an: ›Während Nora Regan Reilly eine Konferenz für Autoren fiktiver Verbrechen leitet, ist ihre Tochter Regan in der stinkfeinen Gegend um den Gramercy Park mit realen Ermittlungen beschäftigt. Keine leichte Aufgabe.‹«

Regan setzte sich auf. »Da kann ich ihr nur zustimmen.«

»›Nach Gründen für den Aufenthalt ihrer Tochter in New York befragt‹«, zitierte Nora weiter, »›sprach Reilly senior von einem Ermittlungsauftrag, weigerte sich aber, Einzelheiten preiszugeben …‹«

»So viel zu vertraulichen Mitteilungen«, murrte Regan.

»Warum nennt sie mich ›senior‹? Das finde ich grässlich.«

»Wenigstens hat sie mich nicht als Reilly junior bezeichnet.«

»Doch hat sie.«

»Warum stehe ich nicht einfach auf und hole mir selbst eine Zeitung? Aber sag mal, Mom, könntest du nicht mit einigen deiner Freunde bei der heutigen Party vorbeischauen? Wir wollen das Jubiläum so interessant wie möglich gestalten, um von den unerfreulichen Vorgängen abzulenken, auch wenn das nach den Veröffentlichungen kaum noch möglich sein wird. Wir müssen uns ernsthaft um Schadensbegrenzung bemühen.«

»Wann beginnt die Party?«

»Um sieben.«

»Das könnte klappen. Unsere Cocktails nehmen wir um halb sechs und danach kann jeder tun, was er will, bis wir uns morgen zum Brunch wieder zusammenfinden. Ich werde sehen, wer sich zum Mitkommen überreden lässt. Aber jetzt möchte dein Vater noch kurz mit dir sprechen.«

»Gib ihn mir.«

»Hallo, Schatz«, sagte Luke. »Sei bloß vorsichtig, hörst du?«

Sie lachten. Es war ein alter Familienscherz. Nachdem Regan einmal im Schnee ausgerutscht war, hatte sich Nora über ihre auf dem Bürgersteig liegende Tochter gebeugt und gesagt: »Sei bitte vorsichtig.«

»Zu spät, Mom«, war damals Regans Antwort gewesen.

»Wie auch immer«, fuhr Luke fort. »Gestern sprach ich mit Austin über deine Ermittlungen. Auch über die junge Frau, die letztes Jahr von ihrer Nachbarin in ihrem Testament bedacht wurde.«

»Ja?«, Regans Antennen fuhren aus.

»Die alte Frau hat ihr eine Menge Geld vererbt.«

»Ich weiß.«

»Offenbar hat sie sich nach dem Tod der Nachbarin nicht viel Freunde gemacht. Sie erteilte den Connolly-Brüdern eine Absage, als die sie um eine Spende für einen wohltätigen Zweck baten. Sie fanden diese Frau geizig und sagten, sie hätte Hoboken gar nicht schnell genug verlassen können.«

»Geizig zu sein ist kein Verbrechen«, stellte Regan fest.

»Stimmt. Aber man fragt sich doch unwillkürlich, ob es da nicht vielleicht irgendeine Beeinflussung der Nachbarin gegeben hat ...«

Und ich befinde mich in ihrer Wohnung. Könnte Lydia etwas mit der ganzen Sache zu tun haben? »Vielleicht sollte ich die Connollys anrufen«, sagte Regan. »Hast du ihre Nummer parat?«

»Natürlich.« Luke las sie ihr vor. »Vielleicht bringt es etwas.«

»Mich kann nichts mehr überraschen«, sagte Regan. »Wir sehen uns heute Abend.«

»Sei bitte vorsichtig.«

Regan lächelte. »Mach ich, Dad.« Sie schaltete das Handy aus, zog sich ihren Morgenrock an und ging in die Küche. Maldwin Feckles holte gerade die Kaffeetassen aus dem Schrank.

»Ich muss mich entschuldigen, dass ich Ihnen keinen Kaffee gebracht habe, aber ich glaube, heute haben wir alle verschlafen. Er ist gleich fertig.«

»Das macht doch nichts«, erwiderte Regan. »Ich gehe schnell in Pemrods Apartment hinüber, um zu duschen.«

»Nehmen Sie sich eine Tasse Kaffee mit.«

»Gern, vielen Dank. Ist Lydia schon wach?«

»Nein, aber ich werde sie gleich wecken. Um zehn Uhr kommt ihre Pediküre.«

Ich wünschte, mir würde auch jemand die Füße massieren, dachte Regan. »Grüßen Sie sie von mir, wir sehen uns dann später.«

Maldwin goss aromatisch duftenden Kaffee in eine Tasse. »Mit Milch und Zucker?«

»Nur ein wenig Milch, bitte. Wissen Sie was, Maldwin? Sie sollten an meinem Wohnort in Kalifornien wirklich auch eine Butlerschule eröffnen.«

Feckles Hand zuckte, Milch kleckerte auf den Tisch. »Verzeihung«, murmelte er hastig.

»Was ist? Haben Sie etwas gegen Kalifornien?«, scherzte Regan.

»Zu sonnig«, sagte er, goss eine zweite Tasse ein und stellte sie auf Lydias Tablett.

Warum war er nur so nervös, fragte sich Regan, als sie den Flur überquerte, das Vorhängeschloss öffnete und das Apartment betrat, das sie mittlerweile für eine Art Vorhof der Hölle hielt.

54

Verloren und vergessen standen Dolly und Bähbäh in einer Ecke von Jacques Harlows Loft. Überall im Raum standen oder lagen Kameras, Scheinwerfer und Kabel herum. Auf seinem Hochbett, das man nur mittels Leiter erklimmen konnte, schlief Harlow und schnarchte, als wollte er einen ganzen Wald abholzen. Die Dreharbeiten hatten sich bis spät in die Nacht hingezogen. Erst gegen Mittag würde die Crew wieder erscheinen.

Graues Morgenlicht drang durch die hohen, schmierigen Fenster und die Uhr auf dem Kaminsims zeigte 9.59 Uhr.

Durchdringendes Klingeln durchschnitt die Luft und wies auf einen Besucher vor der Haustür hin. Es dauerte geraume Zeit, bis es schließlich in Harlows Bewusstsein drang und ihn weckte. Er sprang aus dem Bett und lief zur Gegensprechanlage.

»Was gibt es?«, knurrte er.

»Gute Nachrichten, Boss«, rief einer seiner Assistenten, ein windiger, kleiner Bursche namens Stewie, den es nach Hollywood zog.

»Sie sollten auch gut sein, wenn Sie mich schon aus dem wohlverdienten Schlaf reißen.«

»Lassen Sie mich rein.«

Harlow drückte auf den Knopf und wartete. Eine halbe

Minute später öffnete er die Tür und sah Stewie die Treppe heraufsprinten, in einer Hand Tüten mit Kaffeebechern und Bagels, in der anderen eine Zeitung.

»Sensation, Sensation – hier lesen Sie alle Einzelheiten«, krähte Stewie und schob Harlow die *New York World* unter die Nase.

»Welche Sensationen? Welche Einzelheiten?«

»Über die Probleme des Settlers' Club. Der Artikel enthält auch einen Absatz über unseren Film, und dass wir den Club als Drehort genutzt haben.«

»Meinen Film.«

»Wie Sie meinen …« Stewie stellte seine Tüten auf den Tisch.

Harlow vertiefte sich eine knappe Minute in die Meldung und schleuderte das Blatt von sich. »Seit wann sind Sie der Produzent?«

»Ich wäre in der Produktion tätig, habe ich zu ihr gesagt.«

Jacques schlug die Augen zur Decke und hob die Zeitung wieder auf. »Ah, hier steht etwas über mich. ›Der unkonventionelle und innovative Regisseur Jacques Harlow lässt seinen Schauspielern freie Hand bei der Gestaltung der Story. Wie verlautet, wurden zwei ausgestopfte Schafe, die dem verblichenen Clubmitglied Nat Pemrod gehörten, in die Story einbezogen und an den nächsten Drehort mitgenommen. Thomas Pilsner, dessen Freundin ein Fertiggericht aus dem Apartment eines anderen verstorbenen Mitglieds namens Ben Carney entwendet hat, zeigte sich ungehalten darüber, dass die Schafe ohne seine Erlaubnis entfernt wurden. Vielleicht hatte seine Freundin vor, aus ihnen einen Lammbraten zuzubereiten.‹«

»Trinken Sie Ihren Kaffee.«

Harlow nahm einen Schluck. »Nur gut, dass wir die

Viecher mitgenommen haben. Sonst wären wir möglicherweise gar nicht erwähnt worden.«

»Gut ist vor allem, dass ich den Club entdeckt habe«, erklärte Stewie und begann, im Raum herumzustolzieren. Als er an Dolly und Bähbäh vorbeikam, versetzte er Bähbäh einen Schlag auf den Kopf. Er bemerkte nicht, dass eins von Bähbähs Augen herausfiel und unter die Heizung rollte. »Boss, irgendwas sagt mir, dass wir die heutigen Dreharbeiten so zügig wie möglich hinter uns bringen sollten, um an der Jubiläumsparty teilzunehmen. Irgendwas sagt mir, dass da heute noch so einiges passiert. Es könnte uns eine Menge Publicity einbringen.« Er verstummte. »Warum starren Sie so vor sich hin?«

»Irgendwas sagt mir, dass wir uns unter allen Umständen die Schafe sichern sollten. Wir könnten sie als Firmenlogo verwenden. Und uns künftig *Two Sheep Productions* nennen.«

»Sollten wir versuchen, sie zu kaufen?«

»Ich glaube schon.«

»Und wenn sie nicht verkaufen wollen?«

Jacques Harlow sah ihn durchdringend an. »Wir machen ihnen ein Angebot, das sie nicht ausschlagen können.«

55

Überall in der Stadt las man von den Ereignissen im Settlers' Club. Besonders amüsierte sich Lydias Exfreund Burkhard Whittlesey über den Artikel, als er sich in einem der billigsten und miesesten Fitnesscenter von New York auf einem am Boden befestigten Fahrrad abstrampelte. Ein anderes Studio konnte er sich im Moment nicht leisten. Aber da er entschlossen war, wieder Lydias Gunst zu erringen, musste er sich fit halten. Sie war sein Garant für ein angenehmes Leben. Ich hätte sie besser behandeln sollen, dachte er. Ich war vielleicht eine Spur zu selbstsicher.

Auf lange Sicht kam für ihn natürlich nur eine Frau mit wirklicher Klasse in Frage. Schließlich war er ein gut aussehender Bursche von nicht unerheblichem Charme. Deshalb ließ er keine der wirklich bedeutenden Zusammenkünfte in New York aus. Stets war er auf der Suche nach der größeren, noch besseren Chance.

Seit dem College-Abschluss hatte er es geschafft, seinen Namen buchstäblich auf jede Einladungsliste setzen zu lassen. Er beherrschte auch die Kunst, zu den Begrüßungscocktails der Wohltätigkeitsdinner in den großen Hotels aufzutauchen und in seinem Smoking emsig Ausschau nach betuchten Ladys zu halten, um rechtzeitig zu verschwinden, bevor man sich zu Tisch setzte. Falls er tatsächlich jemanden kennen lernen sollte, würde er einen dringenden Termin vorschützen Aber könnte man sich nicht bald anderswo wiedersehen? Doch bisher hatte sich nichts ergeben. Jede bemittelte Frau fand sehr schnell heraus, dass er ein mittelloser Mann war.

Würde Burkhard nur die Hälfte der Energie, mit der er nach einer Frau suchte, die ihn versorgte, auf eine richtige Arbeit verwenden, hätte er längst Geschäftsführer einer der führenden Firmen des Landes sein können. Aber jeder Job, den er hoffnungsvoll anging, löste sich binnen kurzer Zeit in Luft auf. Aktien, die er empfahl, stürzten in den Keller, Geschäfte, die er anleierte, hielten nicht ganz, was er versprochen hatte. Inzwischen war er fünfunddreißig und fing langsam an, sich ernste Sorgen um seine Zukunft zu machen. Sein Mitbewohner – dessen Name auf dem Mietvertrag für ihre schäbige Einzimmerwohnung stand – hatte beschlossen, nach New Mexico in eine Kommune zu ziehen. In weniger Wochen würde Burkhard auf der Straße sitzen.

Immer schneller trat er in die Pedale. Der Club hat in der Tat einen Sack von Problemen, dachte er. Das wird heute Abend eine richtig nette Jubiläumsparty werden. Mir ist egal, was Lydia gesagt hat. Ich gehe hin und wickele sie mit meinem Charme ein. Zeige mich ihr von meiner besten Seite. Und wenn sie nicht anbeißt, drohe ich einfach, mit den Reportern zu plaudern.

Im ungünstigsten Fall wird sie mir einen Scheck ausschreiben, damit ich den Mund halte.

Burkhard Whittlesey stieg vom Rad und strebte den Duschen zu. Der pelzige Schimmelbelag am Abfluss drehte ihm den Magen um. Ich werde zu Hause duschen, entschied er. Danach mache ich einen kleinen Spaziergang in der Nähe des Gramercy Parks, um mich innerlich auf heute Abend vorzubereiten.

Lydia war seine letzte Chance. Wenn die sich in Luft auflöste, blieb ihm keine andere Wahl, als bei seinen Eltern in der finstersten Provinz unterzuschlüpfen und sich mit dem Schlagen von Brennholz ein paar Dollar zu verdienen. Dazu durfte es unter keinen Umständen kommen.

Als er das Fitnesscenter verließ und endlich wieder frische Luft atmete, lächelte er. Es muss und wird gut gehen, schmunzelte er in sich hinein. Damit es sich Burkhard Whittlesey gut gehen lassen konnte.

56

Regan war gerade mit dem Anziehen fertig, als es klingelte. Na bitte, dachte sie, schon geht's los. Vor der Tür stand Clara.

»Thomas meinte, Sie wollen mit mir sprechen«, erklärte sie und trat über die Schwelle.

»Und ich muss unbedingt mit *ihm* reden. Wissen Sie, ob er heute schon die Zeitung gelesen hat?«

»Er ist fix und fertig«, sagte Clara voller Mitgefühl. »Und seine Freundin schluchzt, als wolle sie Steine erweichen.«

»Sie weint?«

»Können Sie das denn nicht verstehen? Glaubt man diesem Artikel, geht es im Club zu wie in einem Tollhaus.«

Regan sah sie nur schweigend an.

»Okay, es war keine allzu gute Idee, bei diesem Sender anzurufen. Wenigstens steht davon nichts in der Zeitung.«

»Das muss nicht so bleiben.«

»Miss Reilly!«

»Entschuldigung. Ich würde mit Ihnen gern ein paar Worte über Nat Pemrod wechseln, Clara.«

»Der arme, arme Mann.«

»Haben Sie von dem Einbruch heute Nacht gehört?«, Regan führte Clara ins Wohnzimmer.

»Thomas hat mir davon erzählt. Nun sehen Sie sich dieses Chaos an! Mr. Pemrod hat seine Bücher gehegt und gepflegt, aber nun sind sie über den ganzen Boden verstreut.« Clara schüttelte den Kopf. »Furchtbar, wirklich furchtbar. Und dann die Schafe. Jahrelang standen sie hier im Wohnzimmer. Und nun haben die verrückten Filmleute sie einfach entführt. Miss Doody hätte diesen Spinnern nie gestatten dürfen, sie mitzunehmen.«

»Sie hat versprochen, dass sie heute Abend wieder da sind.«

»Trotzdem hatte sie kein Recht dazu. Sie waren für Nat und Wendy so etwas wie Kinder.«

»Wie lange haben Sie hier geputzt, Clara?«

»Fast auf den Tag genau zehn Jahre.«

»Also kannten Sie die Pemrods recht gut?«

Clara nickte. »Ein reizendes Ehepaar. Wenn auch für meinen Geschmack ein bisschen zu sehr in Schafe vernarrt. Aber jedem das seine.«

»Wendy Pemrod ist in England aufgewachsen, sagte mir Thomas, in einer Gegend, die für ihre Schafzucht berühmt ist.«

»Nun ja, ich bin neben einem Hundeasyl groß geworden. Aber deshalb umgebe ich mich doch nicht mit einer Meute von Stoffhunden.«

Regan ging nicht weiter auf diesen Punkt ein. »Wie ich hörte, haben sie sich sehr geliebt.«

»Wollen Sie wissen, was ihr Lieblingslied war? *›I only have eyes for you‹*. Mr. Pemrod sang es ihr ständig vor. Und dann konnten sie sich vor Lachen fast ausschütten. Er machte zu gern Scherze. Wenn Sie mich fragen, war er ein echter Spaßvogel.«

»Gibt es für Sie irgendeinen Hinweis darauf, dass Nat Pemrod im letzten Monat eine Freundin hatte?«

Nachdenklich sah Clara sie an, drehte sich um und verließ das Wohnzimmer. Regan folgte ihr. »Vor etwa drei Wochen hat er sich neue Sachen gekauft. Er kam mit Einkaufstüten zurück und war beim Friseur gewesen. Seit Jahren hätte er sich nicht mehr rasieren lassen, sagte er und erzählte, dass der Friseur ein Riesentheater veranstaltet und ihm sogar die Nasenhaare gezupft und die Brauen gestutzt hatte. Aber als er in der letzten Woche ausging und ich ihn scherzhaft fragte, ob er sich wieder die Nasenhaare entfernen lassen wollte, erklärte er mir, dass er derartige Faxen nicht mehr nötig hätte.«

Da muss er beschlossen haben, sich von ihr zu trennen, dachte Regan. »Aber von einer Freundin hat er Ihnen nichts erzählt?«

»Nein! Vielleicht wäre es ihm auch seltsam vorgekommen, weil er zuvor nur von Wendy geredet hat. Ganz so, als würde sie noch leben. Aber wenn ich es mir jetzt recht überlege, hat er ein paar Wochen lang kein Wort über sie verloren. Doch dann, in der letzten Woche, drehte sich wieder alles um Wendy. Ich glaube, er hat ihren Tod nie verwunden.«

Auf der Schwelle des Schlafzimmers blieb Clara stehen. »Nach ihrem Tod hat er alles so gelassen, wie es war. Es würde mich nicht überraschen, wenn das eine mögliche neue Freundin abgeschreckt hätte.« Sie bewegte sich auf das Bad zu. »Er hat das alles ihren Wünschen entsprechend umbauen lassen.« Abrupt blieb sie stehen und fuchtelte wild mit den Armen. »Es ist doch etwas anders, Miss Reilly!«

»Was?«

»Wendys Handtücher fehlen!«

»Wendys Handtücher?«

»Ja. Sie haben sonst immer dort gehangen.«

Clara zeigte auf den leeren Handtuchhalter an der Wand. »Bei der Aufregung gestern ist mir das gar nicht aufgefallen. Mr. Pemrod hat die Tücher nie benutzt, wollte aber, dass sie immer parat hingen. Ich habe sie hin und wieder gewaschen, damit sie frisch und sauber aussahen.«

»Handtücher mit Schafapplikationen?«, fragte Regan.

»Genau.«

»Eine der Applikationen habe ich neben der Duschkabine auf dem Fußboden gefunden.«

»Vermutlich hat sie sich gelöst.«

»Die Handtücher sind also verschwunden«, dachte Regan laut nach, »und eine Applikation lag auf dem Boden. Warum sollte jemand am Abend von Nat Pemrods Tod die Handtücher entfernen?«

Verdutzt sah Clara sie an. »Und vergessen Sie nicht, dass Mr. Pemrod immer nur geduscht hat, nie gebadet. Jeden Abend zwischen zehn und halb elf ging er duschen, wie er mir sagte.«

»Folglich wollte derjenige, der hier eindrang, während Pemrod unter der Dusche stand, es so aussehen lassen, als wäre er in der Wanne ausgerutscht. Doch um damit Erfolg zu haben, musste die Duschkabine trockengewischt werden. Und dafür griff man nach den Handtüchern und ging so heftig zu Werke, dass …«

»Sich die Schaf-Applikation löste!«, beendete Clara Regans Satz hastig. »Nat muss ermordet worden sein!«

»Clara, Sie müssen unbedingt nach den Handtüchern Ausschau halten. Vielleicht hat der Eindringling sie irgendwo im Clubgebäude versteckt.«

»Hier trieb ein Mörder sein Unwesen, Miss Reilly! Ein Mörder!«

»Das können wir noch nicht mit Sicherheit sagen, Clara.«

»O doch. Warum sollten die Handtücher wohl sonst verschwunden sein?«

Gute Frage, dachte Regan. »Bitte, Clara, rufen Sie bloß nicht …«

»Keine Angst! Ich rufe nicht beim Fernsehen an. Aber ich werde den Club bis in den letzten Winkel nach den Handtüchern durchstöbern.« Clara umklammerte Regans Hand. »Ich möchte dazu beitragen, dass der Mörder gefunden wird. Nat hat mir in gewisser Weise meine Arbeit erleichtert. Der Mann benutzte nie die Badewanne!«

57

Jack wühlte sich bei New Scotland Yard stundenlang ohne Erfolg durch U-Bahn-Pläne, Fotos und sonstige Papiere, die in der Wohnung des Verdächtigen gefunden worden waren.

»Warum machen wir nicht erst einmal eine Pause und gehen ins *Finnegan's Wake* hinüber, um einen Happen zu essen?«, schlug sein Freund Ian schließlich vor.

Jack sah auf seine Armbanduhr. Es war schon nach zwei Uhr. Um sechs ging ein Flug nach New York. »Klingt gut«, stimmte er zu. Regan rufe ich auf dem Weg zum Flughafen an, nahm er sich vor.

Sie setzten sich an einen Ecktisch und bestellten Kartoffel-Hackfleisch-Auflauf und Bier.

»Du willst also unter keinen Umständen eine Nacht dranhängen?«, erkundigte sich Ian. »Wir könnten einen netten Zug durch die Gemeinde machen.«

Lächelnd schüttelte Jack den Kopf. »Vielen Dank, Ian, aber ich muss wirklich zurück.«

»Und das nicht aus beruflichen Gründen, wie ich vermute«, schmunzelte Ian.

»Du vermutest richtig.« Jack trank einen Schluck Bier und erzählte Ian von Regan und ihrer Ermittlungsarbeit im Settlers' Club. »Verblüffenderweise hat jemand in einem der Apartments eine Butlerschule eingerichtet. Als ich das dem Zimmermädchen meines Hotels gegenüber erwähnte, sagte sie mir, dass es hier eine Menge Konkurrenz unter Butlerschulen gibt.«

Ian verdrehte die Augen. »Viele davon sind sich spinnefeind. Vor allem einen Burschen haben wir ins Visier genommen. Einen gewissen Thorn Darlington. Er führt die größte Butlerschule und macht eine Menge Ärger.«

»In welcher Hinsicht?«

»Er hält sich offenbar für den Einzigen auf der Welt, der dazu befähigt ist, künftige Butler im richtigen Tee-Eingießen zu unterrichten. Die meisten anderen Butlerschulen mussten inzwischen wieder schließen. Meist unter merkwürdigen Umständen. Ein Besitzer starb bei einem nächtlichen Autounfall. Eine andere Schule brannte aus, weil Fett in der Küche Feuer gefangen hatte. In einer weiteren Schule holten sich die Schüler eine Lebensmittelvergiftung. Unnötig zu sagen, dass sich daraufhin kaum noch jemand zum Unterricht anmeldete. Aber Darlingtons Schule blieb seltsamerweise von jeglichem Unheil verschont.«

»Glaubst du, dass er dahinter steckt?«

»Vieles deutet auf ihn, aber wir können nichts beweisen. Wie wir hörten, will er nun in New York eine ähnliche Institution eröffnen.«

Jack runzelte die Stirn. »Die Butlerschule befindet sich genau gegenüber dem Apartment, in dem Regan zur Zeit wohnt.«

»Das ist ja hochinteressant«, sagte Ian. »Vielleicht hat dieser Thorn Darlington auf irgendeine Weise davon Wind bekommen.«

Plötzlich empfand Jack so etwas wie Unbehagen. »Ich bin froh, dass ich heute schon zurückfliege.«

»Das wäre ich auch, wenn sich meine Freundin in einer solchen Situation befände.«

»Nun, sie kann durchaus gut für sich selbst sorgen …«, begann Jack.

Ian hob die Hand. »Verstehe. Aber wenn man jemanden liebt …«

»Liebt? Davon habe ich nichts gesagt.«

»Das brauchst du auch gar nicht. Jetzt zahle ich erst einmal und dann werde ich im Büro einen kurzen Blick auf Darlingtons jüngste Aktivitäten werfen. Inzwischen packst du im Hotel deine Sachen und in einer halben Stunde schicke ich dir ein Auto, das dich zum Flughafen fahren wird. Ich gebe dem Fahrer alles Informationsmaterial mit, das ich über Darlington zusammenstellen kann.«

»Vielen Dank, Ian.«

»Keine Ursache. Und wenn du das nächste Mal kommst, bring diese Regan Reilly mit. Ich würde sie zu gern kennen lernen.«

»Mach ich.« Jetzt brannte er förmlich darauf, so schnell wie möglich nach New York zurückzukehren.

58

Jack brauchte nicht lange zum Packen. Dann rief er Regan von seinem Handy aus an. Es klingelte dreimal, bis sie sich meldete.

»Guten Morgen, Liebling.«

»Hallo, Jack.« Sie hörte sich erleichtert an.

»Wie geht es dir denn so ohne mich?«

»Wo soll ich da anfangen? Vielleicht damit, dass heute Nacht hier eingebrochen wurde. Aber als man meine Anwesenheit bemerkte, sind sie getürmt.«

Jacks Finger krampften sich um das Telefon. »Es hat mir von Anfang an nicht gefallen, dass du da wohnst.«

»Und jetzt bin ich mir fast sicher, dass Nat Pemrod ermordet wurde.«

»Ich befinde mich praktisch schon auf dem Weg zum Flughafen.«

»Tatsächlich?«

»Ich bin hier fertig. Aber ich habe etwas erfahren, das die Probleme des Clubs noch vergrößern könnte. Ein gewisser Thorn Darlington, der die größte Butlerschule in England besitzt, will eine Filiale in New York eröffnen. Und er ist jemand, der mit Konkurrenten nicht zimperlich umgeht.«

»Na, großartig. Diese Neuigkeit wird Maldwin Feckles begeistern.«

»Ian sucht mir gerade ein paar Informationen über ihn zusammen. Sei bitte vorsichtig, bis ich zurück bin.«

Regan lächelte. Die Bedeutung der Formulierung »Sei bitte vorsichtig« kannte er noch nicht. Sie würde sie ihm irgendwann persönlich anvertrauen. »Versprochen. Und ich habe dir ein paar Geschichten zu erzählen, die du kaum glauben wirst. Gestern war der absolute Höhepunkt. Heute hat es der Settlers' Club allen Ernstes auf die Titelseite der *New York World* geschafft.«

Jack seufzte. »Ich bin wirklich froh, dass ich bald wieder bei dir bin.«

»Ich auch. Wie du weißt, steigt heute Abend die große Jubiläumsparty.«

»Vergiss nicht, mir einen Tanz zu reservieren.«

Regan lachte. »Etliche von Lydias Singles wollen auch kommen. Ich bin überzeugt, dass sie sich um dich reißen werden.«

»Vielen Dank! Ich werde ihnen sagen, dass meine Tanzkarte voll ist.«

Das Zimmermädchen klopfte kurz an Jacks Tür und kam dann hereingestürmt. »Oh, Sie sind ja da, mein Lieber.«

»Das hört sich so an, als wäre deine Tanzkarte bereits voll.«

»Sehr witzig. Also dann bis heute Abend.«

Lächelnd beendete Regan das Gespräch. »War das Ihr Freund?«, erkundigte sich Clara, die plötzlich hinter ihr stand.

»Ja«, erwiderte Regan, obwohl sie ihn noch nie so genannt hatte.

»Sie hatten den gleichen seligen Gesichtsausdruck wie Mr. Pemrod, wenn er von Wendy sprach.«

Na, wundervoll, dachte Regan. Dann will ich nur hoffen, dass ich nicht wie er ende …

59

Vielleicht ist es das Beste, wenn wir uns trennen«, schluchzte Janey in ihren Haferbrei.

Schnell griff Thomas Pilsner nach ihrer Hand. »Vielleicht sollten wir eine Partnerberatung aufsuchen.«

»Eine Partnerberatung? Wozu hätten wir die denn nötig?«

»Weil du dich von mir trennen willst.«

»Will ich gar nicht. Ich bin nur verzweifelt, weil ich dich in Unannehmlichkeiten gebracht habe.«

»Vergiss es! Das bringen wir schon hinter uns. Und jetzt greif endlich zu. Du musst etwas essen.« Entschlossen rückte Thomas seinem Fünf-Minuten-Ei zu Leibe. »Wir brauchen Kraft, um den heutigen Tag durchzustehen.«

»Wenn doch nur Mrs. Buckland gestern nicht angerufen hätte. Dann wäre das alles nicht passiert.«

»Es bringt doch nichts, im Nachhinein zu jammern, Janey. *Wenn* Ben Carney nicht gestorben wäre, *wenn* Nat Pemrod noch am Leben wäre, *wenn* sie uns doch nur die Diamanten vor ihrem Tod übergeben hätten …«

»Hallo, ihr Lieben.« Regan stand neben dem Tisch.

»Regan!« Thomas blickte auf. »Setzen Sie sich zu uns.«

»Nur ganz kurz.« Regan nahm Platz. Sie saßen am selben Tisch wie am Abend zuvor und der Speisesaal wirkte irgendwie wie eine Trauerhalle. Aber heute Abend wird hier wieder mehr Leben herrschen, hoffte Regan. Sie hob den Kopf, blickte das Gemälde des Clubgründers an und war sich sicher, dass sich sein Gesichtsausdruck über Nacht in eine ausgesprochen missbilligende Miene verwandelt hatte. Das kann man ihm nicht verübeln, dachte sie. »Ich habe mit Clara geredet.«

»Mit dem anderen Tunichtgut«, stellte Janey fest.

»So etwas darfst du nicht sagen, Liebling. Clara war schlimmer«, erklärte Thomas schnell. »Sie hat unsere Probleme in alle Welt hinausposaunt. Als du in Carneys Apartment gingst, wusstest du nicht, dass …«

»Ich wusste sehr wohl, was ich tat, Thomas!«

Regan nahm sich ein Croissant und trank einen Schluck Kaffee. Sie hatte nicht die geringste Lust, in eine Auseinandersetzung der Turteltauben hineingezogen zu werden.

»Das wusstest du natürlich«, bestätigte Thomas. »Aber du konntest nicht wissen, dass du heute auf der Titelseite der *New York World* erscheinst.«

»Machen Sie sich doch keine Sorgen wegen der Zeitung«, empfahl Regan.

»Haben Sie die schon gesehen?«, fragte Thomas.

»Nein. Aber meine Mutter hat angerufen und das Wichtigste vorgelesen.«

Janey stöhnte auf. »Ich könnte Mrs. Buckland glatt umbringen.« Dann nahm ihr Gesicht einen fast entsetzten Ausdruck an. »Sie hat den Artikel in der Zeitung bestimmt auch gelesen! Und nicht nur sie! Das könnte mein Ruin sein!«

»Nicht nur deiner«, bemerkte Thomas trocken.

»Also, ich muss jetzt los«, verkündete Regan. »Ich will diese Parfums besorgen. Werden Sie später noch hier sein, Janey?«

Sie nickte. »Ich helfe Thomas, Luftballons für die Party aufzublasen.«

Keine schlechte Möglichkeit, die Spannung, die zwischen Thomas und Janey herrschte, abzubauen, dachte Regan. Wenn sie fertig sind, können sie sich die Ballons um die Ohren hauen. »Die Polizei will Lydias Gäste ein bisschen unter die Lupe nehmen. Wenn Sie eines der Parfums, die ich anschleppe, als das Ihrer Angreiferin wiedererkennen, sind wir schon wieder einen Schritt weiter«, sagte Regan an Janey gewandt.

Beunruhigt verzog Thomas das Gesicht.

»Was ist?«, fragte Regan.

»Heute früh schien Janey ein bisschen erkältet. Ihre Nase war ganz verstopft. Vermutlich liegt das daran, dass sie gestern den ganzen Nachmittag auf dem kalten Fußboden gehockt hat. Nach dem Frühstück besorge ich dir gleich Vitamin C, Janey.«

»Ich werde nicht lange weg sein«, versicherte Regan. »Mit ein bisschen Glück bleibt Ihr Geruchssinn intakt, bis ich wieder da bin.«

»Ich gebe mir alle Mühe.« Dann leuchteten Janeys Augen auf. »Gerade musste ich an einen Vers denken, der mir schon immer gefallen hat.«

»Und wie lautet der?«

»Was uns Rose heißt, wie es auch hieße, würde lieblich duften.«

»Wundervoll«, murmelte Regan. Dann erinnerte sie sich an den Namen des Parfums, das sich ihr besonders eingeprägt hatte: »Lethal Injection«. Ich bin gespannt, in welcher Art Flasche es angeboten wird, dachte sie.

60

Auf dem 13. Revier begrüsste Detective Ronald Brier Regan wie eine gute, alte Bekannte. Auf seinem Schreibtisch lag die *New York World*.

»Wie ich hörte, hatten Sie eine unruhige Nacht.«

»Das kann man wohl sagen«, nickte Regan und deutete auf die Zeitung. »Warten Sie nur, bis die Reporterin hinter den unwillkommenen Besuch in Pemrods Apartment kommt.«

»Das ist bereits geschehen.«

»Ehrlich?«

»Sie war heute früh hier, um ein bisschen nachzubohren. Als sie die Berichte über den Einbruch las, war sie ziemlich schockiert.«

»Na, dann kann ich mir schon vorstellen, was morgen in der Zeitung steht«, sagte Regan.

»Ich auch. Aber es gibt auch Positives zu berichten. Wir arbeiten mit Hochdruck an der Überprüfung der Fingerabdrücke, die wir gestern Abend in Carneys und Pemrods Wohnungen sichern konnten.«

»Und sind auch welche auf dem roten Etui, in dem die Diamanten waren?«

Er schüttelte den Kopf. »Noch sind unsere Fachleute nicht fertig. Aber es sieht so aus, als gäbe es auf ihm keinerlei brauchbare Abdrücke.«

Regan zog diverse Listen aus der Handtasche.

»Hier sind die Namen der Gäste, die an den Single-Partys teilgenommen haben, der Butlerschüler und all der Leute, die im Club wohnen. Ich hoffe, Sie können allen ein wenig auf den Zahn fühlen. Auch Lydia Sevatura, der Leiterin des Partnervermittlung. Es hat seinerzeit Aufsehen erregt, dass sie von ihrer Nachbarin Millionen erbte.«

Brier nahm ihr die Listen ab. »Da Sie von ihr weder Geburtsdatum noch Versicherungsnummer haben, wird es gewisse Zeit dauern. Aber da sie das Apartment gemietet hat, sollten wir eigentlich etwas in Erfahrung bringen können.«

»Nach dem Einbruch erscheint es mir noch dringlicher, die Namen zu überprüfen«, erläuterte Regan. »Ich bin mir fast sicher, dass Nat Pemrod ermordet wurde.«

Brier musterte sie schweigend.

»Mir ist bewusst, dass es zunächst nicht danach aussah. Aber ein paar Dinge kommen mir verdächtig vor. Das Verschwinden der Diamanten beispielsweise. Dann das Eindringen in Carneys und Pemrods Apartments, die gemeinsam Besitzer der Steine waren. Und jetzt hörte ich von der Putzfrau, dass Nat Pemrod nie badete, sondern nur duschte, und dass einige Handtücher fehlen, die er nie benutzte, weil sie seiner verstorbenen Frau gehörten.«

»Handtücher sind verschwunden?«, fragte Brier.

»Er hat jeden Abend zu einer bestimmten Zeit geduscht. Vielleicht hat der Mörder mit den Handtüchern die Duschkabine trockengewischt, um den ›Unfall‹ im Whirlpool glaubhafter wirken zu lassen.«

»Jetzt ist es zu spät, dort noch nach Spuren zu suchen«, seufzte Brier.

»Ich weiß. Warten wir ab, was Ihre Leute über die Menschen auf meinen Listen herausfinden. In der Zwischenzeit gehe ich ein paar weiteren Hinweisen nach.«

61

Georgettes Stimmung ließ zu wünschen übrig. Blaise war zu seinem Butlerunterricht gegangen und sie konnte nur Däumchen drehen, bis sie abends zur Party aufbrechen würde. Zum Shoppen fehlte ihr das nötige Geld und für ihre Runden durch die Coffee Shops die rechte Lust.

Das Leben war ein Jammertal.

Sie schaltete den Fernseher an und begann aufzuräumen. Wenn wir doch nur die Diamanten hätten, dachte sie. Auf dem Tisch lagen die vier Glassteine aus Nat Pemrods Samtetui. Georgette wollte sie schon in den Mülleimer werfen, doch irgendetwas hielt sie davon ab.

Sie setzte sich aufs Bett, schloss die Finger fest um die Steine und begann zu summen. Sie hatte einen leichten Hang zum Übersinnlichen und war im Lauf der Jahre bei diversen Medien gewesen. Jetzt erhoffte sie sich von ihren Beschwörungen die Erleuchtung, wo sich die echten Diamanten befanden.

»Ommmmm«, summte sie mit vibrierender Stimme und schloss die Augen. »Ommmmm.«

Nichts geschah.

Georgette öffnete die Augen und starrte die Steine an. Sie kniff die Augen fester zusammen und wiegte sich rhythmisch hin und her. »Ommmmmm.«

Aus dem »Ommmm« wurde ein lautes »Auuuu«, als sie

mit dem Kopf gegen die Wand prallte. Sie rieb sich den schmerzenden Schädel und zog ihren Teddybär an sich, der sie durch dick und dünn begleitet hatte.

»Was sollen wir nur tun, Butterblume?« Lächelnd erinnerte sie sich daran, dass sie Nat Pemrod gebeten hatte, sie »Butterblume« zu nennen. Er war ein richtig netter Bursche gewesen. Anders als der alte Zausel unten in Florida, der sofort nach den Bullen geschrien hatte, als er sie mit ein paar seiner Schmuckstücke ertappte. Nein, Nat war von anderem Kaliber. Schon seine Liebe zu den Schafen bewies, dass er ein gutes Herz hatte.

Liebevoll betrachtete Georgette ihren Teddy. »Er hatte Dolly und Bähbäh und ich habe dich.«

Der Bär erwiderte ihren Blick. Mit einem Auge, das andere war dem Zahn der Zeit zum Opfer gefallen.

»Mein armer Kleiner.« Impulsiv drückte Georgette einen der Glassteine in die leere Augenhöhle. Er passte! »So ist es besser. Lass mich schnell ein bisschen Klebstoff holen.« Sie wollte aufstehen, als ihr ein Gedanke durchs Hirn schoss.

»Dolly und Bäbäh!«, schrie sie verblüfft und starrte die Glassteine in ihrer Hand an. »Das hier sind die Augen von Dolly und Bäbäh! Jetzt weiß ich, wo die Diamanten stecken!« Sie dachte an Nat Pemrods Lieblingslied *I only have eyes for you* und schlug mit der flachen Hand aufs Bett. »Was sagt man dazu? Ist das nicht typisch für den guten alten Spaßvogel Nat?«

Sie sprang auf, holte sich ihr Mobiltelefon und rief Blaise an, erreichte aber nur seine Mailbox. »Wahrscheinlich lernt er gerade, wie man eine Glühbirne austauscht«, murmelte sie verdrossen. Als seine Ansage auf der Mailbox endete, schrie sie förmlich ins Handy: »Ich weiß, wo die Diamanten sind! Ruf mich an, bevor es zu spät ist!«

62

Müde und mürrisch kletterte Thorn Darlington auf dem John F. Kennedy Airport aus seinem Flieger. Archibald Enders hatte einen Wagen geschickt, um ihn abzuholen. »Vetter Thorn« hieß es schlicht auf dem Schild, das der Chauffeur den Ankommenden entgegenhielt.

Merkwürdige Art von Humor, dachte Darlington. Er winkte und ging auf den Fahrer zu.

»Vetter Thorn?«, erkundigte sich der Chauffeur.

»Für einige bin ich das. Kümmern wir uns jetzt erst einmal um mein Gepäck.«

Eine gute Viertelstunde später saß Darlington auf dem Rücksitz einer Stretch-Limousine und rollte Manhattan entgegen. »Ich würde gern ungestört ein Telefongespräch führen, wenn sich das machen lässt«, sagte er zum Fahrer.

Dieser nickte und drückte auf die Taste, die eine Trennscheibe zwischen ihnen hochfahren ließ. Darlington zog sein Handy heraus und wählte. Wie üblich meldete sich am anderen Ende nur die Mailbox.

»Hoffentlich sehen wir uns heute Abend«, sagte er. »Ich wohne direkt gegenüber, im Haus meines Cousins Archibald Enders. Er glaubt, ich wäre auf seine Anregung nach New York gekommen, um den Untergang des Settlers' Club zu feiern. Von meinen eigenen Plänen für das Gebäude, in dem sich Maldwin Feckles' Butlerschule befindet, hat er keinen blassen Schimmer. Rufen Sie mich bitte zurück!«

Schmunzelnd schaltete Thorn Darlington sein Mobiltelefon aus.

Einfach perfekt, dachte er. Aber in meiner Familie war man schon immer schlauer als in der von Vetter Archie.

63

Regan blätterte im Branchenbuch und entdeckte eine Parfümerie unweit der Seventh Avenue und in der Nähe des Hotels, in dem die Tagung der Kriminalschriftsteller stattfand. »Wir bieten eine überwältigende Auswahl an Düften«, hieß es in der Anzeige des Geschäfts, das sich *Our Scents Make Sense* nannte. »Kommen Sie, lassen Sie sich verführen.«

»Schon unterwegs«, murmelte Regan und schlug das Buch zu.

Sie verließ den Club, winkte ein Taxi heran und stand wenig später vor einem handtuchschmalen Geschäft, in dessen winzigem Schaufenster zahllose Parfumflakons aufgereiht waren. Sie öffnete die Tür und eine scheppernde Glocke kündigte ihren Eintritt an.

Eine Frau um die sechzig mit platinblonden, hochtoupierten Haaren stand links hinter einem langen Verkaufstresen. Selbst aus sechs Meter Entfernung waren ihre pechschwarzen Lidstrichbalken gut zu erkennen. Sie trug einen Leopardenoverall und acht Zentimeter lange Fingernägel. Wahrscheinlich hat sie den Job bekommen, als *Cats* abgesetzt wurde, dachte Regan.

Tausende unterschiedlicher Gerüche wetteiferten in dem kleinen Laden nasenbetäubend miteinander.

»Hallo, *Dahlink*«, schnurrte die blonde Leopardin.

»Womit kann ich Ihnen dienen?« Auf dem Schildchen in Brusthöhe stand der Name Sissy.

»Hallo.« Regan zog ihre Liste hervor. »Ich würde gern sieben verschiedene Parfums kaufen.«

»Ganz ausgezeichnet, D*ahlink*. Für jeden Wochentag ein anderes.«

»Genau«. Regan grübelte kurz, aber erfolglos über die Ursprünge von Sissys Akzent nach. »Das erste heißt ›Ocean Water‹.«

»Wundervoll. Ein herrlicher Duft für den Aufenthalt im Freien.« Sie machte ein paar Schritte und nahm einen Flakon aus dem Regal. »Das wäre für Sonntag«, lächelte sie. »Und für Montag?«

»›Express to Passion‹.«

»Hervorragend. Für montags vielleicht ein bisschen zu heftig«, lachte sie und stellte die Flasche auf den Tresen. »Und jetzt?«

»›Daisy Dewdrops‹.«

Sissy verzog das Gesicht. »Wirklich? Ein junges, modernes Mädchen wie Sie? Es ist ein bisschen sehr altmodisch.«

»Ich bin mir sicher«, erklärte Regan.

Es war das Parfum von Miss Snoopy-Tasche. Kein Wunder, dass sie über die Düfte der anderen Frauen die Nase gerümpft hatte.

»Da ist es.«

Binnen kurzem standen alle gewünschten Parfums vor Regan.

»Eine bemerkenswerte Auswahl«, stellte Sissy fest. »Aber nicht schlecht. Ganz im Gegenteil. Hält einen Mann auf Trab.«

Wenn Jack mich jetzt sehen könnte, dachte Regan und musste unwillkürlich lächeln. »Und als letztes ›Lethal Injection‹ bitte.«

Sissys Augen wurden tellergroß. »Sie haben es ja faustdick hinter den Ohren«, kicherte sie.

Großer Gott, dachte Regan.

»Haben Sie einen Freund?«, erkundigte sich Sissy, als sie nach dem Flakon griff.

Regan kam es wie ein Frevel vor, mit dieser Frau über Jack zu reden. Sie nickte nur kurz.

»Das wird ihm gefallen«, flüsterte Sissy verschwörerisch. »Es ist sehr intensiv. Viele meiner Kunden kaufen es für ihre Frauen.«

Verblüfft betrachtete Regan den Flakon. Er sah aus wie eine schwarze Injektionsspritze.

Sissy nahm die Schutzkappe ab. »Man braucht nur die Nadel hineinzudrücken, als wollte man jemandem eine Spritze verpassen, und der Flakon sprüht.«

»Erstaunlich«, murmelte Regan. »Ich frage mich, wer auf diese geniale Idee gekommen ist.«

»Das weiß ich nicht, aber diese Marke ist ganz neu auf dem Markt!«

»Ganz neu?«, wiederholte Regan.

»Es kam kurz vor dem Valentinstag heraus.« Sissy sah Regan an. »Was ist? Stimmt etwas nicht?«

Regan schüttelte den Kopf. Sie dachte daran, dass diese Georgette auf der Party behauptet hatte, dieses Parfum von ihrem Freund bekommen zu haben. Wenn er es ihr aber erst kürzlich geschenkt hatte, was suchte sie dann auf Lydias Partys? »Nein, alles in Ordnung. Und was kostet nun der ganze Spaß?«

Sissy tippte die Preise ein. »Vierhundertzwölf Dollar und siebenunddreißig Cents, einschließlich Steuer«, verkündete sie fröhlich und riss den Beleg ab.

Ich kann nur hoffen, dass wir die Diamanten finden, dachte Regan, als sie ihre Kreditkarte über den Tresen reichte. Sonst sehe ich das schöne Geld nie wieder. Sie unterschrieb und steckte die Karte wieder ein.

»Vielen Dank, *Dahlink*«, flötete Sissy, ließ ein Kärtchen mit Name und Adresse des Geschäfts in die Tüte fallen und zwinkerte Regan zu.. »Kommen Sie bald einmal wieder und erzählen Sie mir, welcher Wochentag Ihrem Freund am besten gefällt.«

»Ich danke Ihnen«, antwortete Regan und kehrte der duftenden Stätte den Rücken.

64

Stanley Stock verbrachte einen höchst erfreulichen Vormittag in seiner umfunktionierten Autowerkstatt. Vor ihm lag die *New York World*. Neben ihm auf der Couch stapelten sich die Videobänder von Lydias Party. Vor wenigen Minuten hatte Maldwin Feckles angerufen und von dem nächtlichen Einbruch in Nat Pemrods Apartment berichtet.

»Ich halte es nur für fair, Sie davon zu informieren. Natürlich bitte ich Sie dringend, sich weiterhin auf die Butlerschule und Lydias Party zu konzentrieren. Für uns ist das extrem wichtig.«

»Das werde ich«, hatte Stanley versichert.

Jetzt könnten die Bänder wertvoller sein als je zuvor! Ich kann meinen Dusel kaum fassen, dachte er. Rechtzeitig als Reporter zur Stelle zu sein, während sich im Settlers' Club all diese Katastrophen abspielten. Es war ein ausgesprochener Glücksfall, und zwar einer, auf den viele Journalisten ein Leben lang vergeblich warteten. Und heute Abend, auf der Party zum hundertjährigen Bestehen des Clubs, würde er erneut Aufnahmen von geschichtlicher Bedeutung machen.

Wie gut, dass ihn Maldwin Feckles auf die Butlerschule aufmerksam gemacht hatte. Stanley Stock wollte sich die Interviews noch einmal ansehen, die er am Abend zuvor mit den vier Butlerschülern gemacht hatte. Keine sonderlich überzeugende Truppe, wie er fand.

Er schob das Band ein und drückte auf die Wiedergabetaste. Als Erster erschien dieser grauenhafte Vinnie auf dem Bildschirm. Beim besten Willen konnte sich Stanley niemanden vorstellen, der Vinnie als Butler engagieren würde. Er ließ es schmerzlich an Respekt fehlen und scherte sich nicht die Bohne um die feine Lebensart. Wahrscheinlich hat er eine Wette verloren, dachte Stock. Ich würde ihn nicht einmal als Butler für die Werkstatt einstellen, geschweige denn für ein Anwesen auf dem Land.

Das nächste Interview war das mit dem schmucken Blaise. Er sah aus wie ein Soap-Star. Auf jeden Fall verfügt er über das distanzierte, hochnäsige Gehabe, das Hollywood bei Butlerdarstellungen offenbar für unverzichtbar hält, dachte Stanley. Spielt er vielleicht eine Rolle?

»Ich widme mich allem, was ich tue, mit absoluter Hingabe«, vertraute Blaise der Kamera an. »Und ich weiß, dass man als Butler keinen Achtstundentag hat. Aber ich freue mich darauf.«

Was für ein Spinner, dachte Stanley.

Harriet hatte ihren Auftritt und zeigte ihr wonniges Lächeln. »O *Mann*, ich wollte schon immer Butler werden, befürchtete aber, diesen Traum nie verwirklichen zu können. Gott sei Dank lebe ich in einer Zeit, in der auch Frauen Butler werden können. Ich bin davon überzeugt, dass Frauen eine natürliche Begabung für die Führung eines gepflegten Heims haben, und ich werde diese Tugenden uneingeschränkt in meine Berufstätigkeit einfließen lassen.«

Wer könnte dieses Gelaber ständig ertragen, fragte sich Stock. Es nervt entsetzlich.

Schließlich tauchte Albert auf, dem es leider nicht gelang, seinen irritierend dümmlichen Gesichtsausdruck zu kaschieren. »Ich habe eine Schwäche für Feines und Edles, weiß aber, dass ich mir das nie leisten könnte. Warum wirst du nicht Butler, dachte ich mir. Da bist du von schönen Dingen umgeben und kannst mithelfen, sie zu erhalten. Früher arbeitete ich in einer Videothek, aber als sie anfingen, Pornos zu verleihen, reichte es mir. Es war einfach abscheulich! Am nächsten Tag meldete ich mich in Maldwin Feckles' Butlerschule an.«

Nicht gerade das Gelbe vom Ei, dachte Stanley Stock entmutigt. Aber mit der richtigen Hintergrundmusik und ein paar gekonnten Schnitten ließ sich vielleicht etwas daraus machen. Das war er Maldwin schließlich schuldig.

Wegen der hektischen Dreharbeiten am Tag zuvor war er nicht dazu gekommen, den Park in seiner stillen Vornehmheit aufzunehmen. Überall hatten die Filmlaster geparkt. Das werde ich jetzt nachholen, nahm er sich vor. Und Thomas Pilsner wollte, dass ich schon früh erscheine, um die Partyvorbereitungen zu filmen. Umziehen kann ich mich dann in Pilsners Apartment.

Stanley Stock packte seine Bänder und die Kamera in eine Tasche. Sein dunkler Anzug war gereinigt und gebügelt. Das wird bestimmt ein aufregender Abend, dachte er.

Wer weiß, wo mein kleiner Film noch landet?

65

Thomas und Janey waren in seinem Büro, in dem Dutzende von Luftballons umherschwebten. Nach der Veröffentlichung in der *New York World* hatten in den letzten Stunden auch andere Medienvertreter angerufen und Thomas um Stellungnahmen gebeten. Einige äußerten den Wunsch, an der Party teilzunehmen. Aber Thomas wies sie alle ab. Er kannte ihre Absichten.

Sie wollten den Settlers' Club madig machen.

Thomas Pilsner hatte beschlossen, nur Stanley Stock zuzulassen, ihm sozusagen die Exklusivrechte einzuräumen. Wenn der Club schon untergehen musste, dann wenigstens mit Würde. Die Redaktion der Fernsehsendung »Wahre Verbrechen« hatte sogar die Unverschämtheit besessen, im Club anzurufen und mit Clara sprechen zu wollen. Dem hatte er natürlich sofort einen Riegel vorgeschoben.

»Alle Gespräche für Clara zunächst einmal an mich«, instruierte er den Empfang.

»Gilt das auch für ihre Schwester?«

»Besonders für ihre Schwester! Diese Frau ist doch ein lebendes Megafon«, erklärte Thomas.

»Okay, Chef. Wir haben Mr. Pemrods Anwältin auf der anderen Leitung. Wollen Sie mit ihr sprechen?«

»Selbstverständlich! Stellen Sie sie durch!«

Katla McGlynn war nach einer morgendlichen Runde Golf gerade in ihre Kanzlei gekommen. Sie lebte und arbeitete in Westchester und kümmerte sich um Nat Pemrods juristische Belange, seit sie vor mehr als zwanzig Jahren bei ihm eine Halskette gekauft hatte. Jetzt war sie Anfang fünfzig und immer darauf bedacht, die Klienten ihrer kleinen Kanzlei optimal zu vertreten.

»Hallo!« Thomas brüllte fast ins Telefon.

»Mr. Pilsner?«

»Am Apparat.«

»Mein Name ist Katla McGlynn. Ich bin Nat Pemrods Anwältin. Gerade habe ich von seinem plötzlichen Tod und den verschwundenen Diamanten erfahren. Ich bin tief betroffen. Mr. Pemrod war ein wundervoller Mensch.«

»Das war er.« Ungeduldig wippte Thomas mit dem Fuß.

»Ich wollte Ihnen nur mitteilen, dass ich heute mit der Post einen Brief erhielt, den Nat Pemrod und Ben Carney am Donnerstag geschrieben haben und in dem sie ihre Absicht erklären, die Diamanten dem Settlers' Club zu spenden.«

Thomas war einer Ohnmacht nahe. »Tatsächlich?«

»Ja. Für den Fall, dass die Edelsteine wiedergefunden werden, lasse ich Ihnen eine Kopie zukommen.«

»Wussten Sie zuvor schon von der Existenz der Diamanten?«, fragte Thomas.

»Nein. Mr. Pemrod hat sie mir gegenüber nie erwähnt. Er äußerte sich lediglich über diese Stoffschafe. Er wollte, dass sie nach seinem Tod in der Club-Bibliothek aufgestellt werden. Ist das bereits geschehen?«

Thomas Pilsner seufzte. »Das ist eine lange Geschichte.«

»Ich habe Zeit. Als seine Testamentsvollstreckerin habe

ich dafür zu sorgen, dass seinen Wünschen entsprochen wird.«

»Gestern fanden hier im Club Dreharbeiten für einen Film statt …«

»Darüber habe ich gelesen.«

»Nun, offensichtlich wurden die Schafe in einer Filmszene eingesetzt und dann ohne Erlaubnis zum nächsten Drehort mitgenommen. Aber heute Abend sollen sie wieder hier sein.«

»Das hoffe ich. Die Wünsche eines Mannes, der sich so großzügig erwiesen hat, sollten unter allen Umständen respektiert werden.«

»Ich stimme Ihnen hundertprozentig zu«, versicherte Thomas Pilsner emphatisch.

»Am Montag komme ich nach New York, um Mr. Pemrods Angelegenheiten zu regeln.« Sie nannte ihm ihre Telefonnummer. »Rufen Sie mich an, wenn Sie irgendwelche Fragen haben.«

»Okay.«

Kaum hatte Thomas aufgelegt, klingelte das Telefon erneut.

»Miss Doody ruft von den Dreharbeiten an.«

»Ich möchte sie sprechen!«

»Thomas? Hier ist Daphne.«

»Bringen Sie die Schafe unverzüglich zurück!«

»Ich habe eine großartige Neuigkeit. Die Filmgesellschaft will die Schafe kaufen!«

»Auf keinen Fall!«

»Bitte.«

»Nein!«

»Sie sind bereit, eine Menge Geld zu zahlen.«

»Interessiert mich nicht. Ich habe gerade mit Nats Anwältin gesprochen. Sie beharrt darauf, dass die Schafe dorthin kommen, wohin sie Nats Wünschen entsprechend gehören. In die Bibliothek des Settlers' Club.«

»Aber Nat hätte es so gewollt. Dass sie zugunsten des Clubs verkauft werden, meine ich. Das weiß ich, denn nach Wendys Tod habe ich mich intensiv um ihn gekümmert. Wenn der Settlers' Club schließen muss, haben wir alle darunter zu leiden.«

»Ich habe nein gesagt. Am liebsten würde ich die Tiere sofort und persönlich abholen. Wo sind Sie?«

Es klickte und die Verbindung war unterbrochen.

66

Auf der Tagung der Krimiautoren im Paisley Hotel neigte sich die letzte Vormittagsveranstaltung dem Ende zu. Am Tag zuvor hatte Kyle Fleming, ein früherer Kriminalpolizist aus Florida, einen gleichermaßen informativen wie amüsanten Vortrag über Trickbetrüger gehalten, so dass er gebeten wurde, für einen Redner einzuspringen, der in letzter Minute abgesagt hatte. Schon immer war Fleming vom hohen Anteil an Gaunern und Betrügern innerhalb der menschlichen Spezies fasziniert gewesen.

»Großgauner oder Schmalspurganoven – alle sind nur hinter Ihrem Geld her«, hatte er konstatiert. »Und viele würden nahezu alles tun, um es zu bekommen. Aber mich interessieren nicht diejenigen, die durch ein Fenster einsteigen und Sie ausrauben. Das kann jeder versuchen. Jeder kann Ihnen die Brieftasche oder das Portemonnaie stehlen, wenn Sie auf dem Flughafen oder im Supermarkt abgelenkt sind. Mir geht es um die Betrüger, die Ihr Vertrauen gewinnen, Ihre Freundschaft und Sie dann ausrauben. Das tut nämlich doppelt weh. Und zu viele dieser Täter kommen ungestraft davon, weil es den Opfern peinlich ist, Anzeige zu erstatten.

Trickbetrüger gibt es überall und in jeder Form und viele sind Meister der Täuschung, so dass man ihnen nicht leicht auf die Schliche kommt. Sie sind quasi Reisende in Sachen Verbrechen. Sie suchen sich ein Opfer, schlagen zu und verschwinden. Das macht es so schwer, sie zu fassen.

Hier sind ein paar meiner besonderen Lieblinge …«

Er zeigte Dias und sagte über jeden Kriminellen ein paar Worte.

»Dieser Bursche da hatte gleich mehrere Ehefrauen, die nichts voneinander wussten. Er brachte sie um ihre Ersparnisse und brach ihnen das Herz. Er sieht vielleicht nicht gerade wie Romeo aus, aber irgendwas Anziehendes muss er wohl gehabt haben …

Dieses Pärchen tauchte in Großstädten auf und erweckte den Eindruck von Wohlhabenheit, indem es üppige Partys veranstaltete, zu denen es Leute einlud, die es kaum kannte. Einige der Gäste waren derart beeindruckt, dass sie bereitwillig in die Schwindelgeschäfte des Pärchens investierten …«

Die Zuhörer stellten so ausgiebig Fragen, dass Fleming nicht alle seine Dias zeigen konnte. Eigentlich wollte er gerade ein Foto von Georgette Hughes präsentieren, blickte aber auf seine Armbanduhr.

»Das nächste Dia zeigt eine Trickbetrügerin, die sich perfekt verstellen kann, aber über sie müsste ich mindestens zehn Minuten lang reden und unsere Zeit ist um«, erklärte er.

Enttäuscht stöhnte das Auditorium auf.

Nora erhob sich. »Natürlich wünschen wir uns alle, noch mehr von Kyle Fleming zu hören, und hoffen inständig, dass er uns im nächsten Jahr erneut die Ehre erweist.«

Unter donnerndem Applaus ging Nora auf Fleming zu, um ihm zu danken. »Hätten Sie heute Abend vielleicht Zeit, Kyle? Ich habe ein paar der Tagungsteilnehmer zu einer Cocktailparty im Settlers' Club eingeladen. Dort wird das hundertjährige Bestehen gefeiert. Danach gehen wir etwas essen.«

»Vielen Dank, Nora«, erwiderte Fleming. »Ich werde versuchen, es einzurichten. Allerdings habe ich schon etwas anderes vor.«

67

Als Regan am Paisley Hotel vorbeikam, zögerte sie kurz. Zu gern wäre sie hineingegangen, um ihre Mutter und ein paar Bekannte zu begrüßen. Zum letzten Mal hatte sie sie auf der Cocktailparty zur Eröffnung der Tagung gesehen und die schien Wochen her zu sein.

Die Zeit habe ich nicht, dachte Regan. Ich muss zurück.

Sie winkte ein Taxi heran und war eine Viertelstunde später im Club.

»Guten Tag, Miss Reilly«, rief ihr der Wachmann zu. »Clara sucht nach Ihnen.«

Regans Herz setzte einen Schlag aus. »Wo ist sie?«

»In der Bibliothek.«

Regan eilte die Stufen hinauf und traf Clara vor dem Kamin an, wo sie emsig Feuerhaken und Schaufel polierte, die ausschließlich der Dekoration dienten. Seit sich Clubmitglieder wegen eines fehlerhaften Abzugs fast eine Rauchvergiftung geholt hatten, brannte im Kamin kein richtiges Feuer mehr.

Als Clara Regan erblickte, traten ihr fast die Augen aus dem Kopf und die Schaufel fiel zu Boden. Das Scheppern war im gesamten Park zu hören. »Miss Reilly!«, schrie Clara und bückte sich, um die Schaufel aufzuheben.

»Alles in Ordnung mit Ihnen?«

»Ich muss Ihnen unbedingt etwas zeigen«, flüsterte Clara.

Sie fuhren zu Nat Pemrods Apartment hinauf, ohne jemandem zu begegnen. Nachdem sie die Tür hinter sich geschlossen hatten, rannte Clara in die Küche. »Sehen Sie doch nur, was ich gefunden habe!«

Auf dem Küchenfußboden stand ein schwarzer Plastikmüllsack. Clara öffnete ihn, griff hinein und förderte ein feuchtes Handtuch zutage. »Wendys Handtücher!«, rief sie, warf eins auf den Küchentresen und holte ein zweites hervor. »Es ist eine echte Schande. Jetzt stinken sie wie die Pest.«

»Wo haben Sie sie denn gefunden?«, erkundigte sich Regan.

»Im Müllcontainer hinter dem Club.«

»Sagten Sie nicht, der würde freitags immer geleert?«

»So ist es auch! Sie müssen nach der Müllabfuhr in den Container geworfen worden sein!«

»Also gestern Abend oder heute früh.«

Clara nickte und holte zu einem Wortschwall aus: »Ich kann es nicht fassen. Sie sind völlig ruiniert. Sie stinken abscheulich und darüber hinaus fehlen einige der Schafe. Was nutzen die Handtücher ohne die Applikationen? Und der Müllsack hat mit Sicherheit Mr. Pemrod gehört. Noch am Donnerstag bat ich ihn, neue zu besorgen, weil nur noch einer da war. Sehen Sie her!« Sie riss eine Schublade auf und zog triumphierend eine leere Packung hervor. »Alle verbraucht!«

»Haben Sie etwa im Müllcontainer gewühlt, Clara?«, fragte Regan fassungslos.

Verlegen sah Clara sie an. »Die gestrigen Ereignisse haben mich so mitgenommen, dass ich während meiner Pause hinausging, um schnell eine zu rauchen. Mindestens zehnmal wollte ich es mir schon abgewöhnen! Wie auch immer … Einer der Kellner kam heraus, um irgendwas fortzuwerfen, und als er den Containerdeckel aufschob, sah ich durch einen Riss im Müllsack etwas Pfirsichfarbenes schimmern.«

»Und da haben Sie einfach in den Container gegriffen?«

»Sie hatten mir geraten, vorsichtig zu sein, daher wartete ich, bis der Kellner wieder im Club verschwunden war. Nachdem ich mich davon überzeugt hatte, dass es sich wirklich um Wendys Handtücher handelte, lief ich hinein, holte mir einen Wäschesack, stopfte den schwarzen Müllbeutel hinein und trug alles nach oben.«

»Ich kann Sie nur bewundern«, sagte Regan.

»Danke für das Kompliment. Aber, Miss Reilly …«

»Ja, Clara?«

»Ein bisschen Angst habe ich schon.«

Nachdenklich betrachteten Regan und Clara die feuchten Handtücher, die aller Wahrscheinlichkeit dazu benutzt worden waren, den Mord an Nat Pemrod zu vertuschen.

68

Nachdem Daphne Doody ihr Telefongespräch mit Thomas Pilsner abrupt beendet hatte, wusste sie nicht recht, wie sie Jacques Harlow die schlechte Nachricht mitteilen sollte. Sei einfach eine gute Schauspielerin, sagte sie sich. Es wird schon schief gehen.

Sie tänzelte zu Harlow zurück, der wie hingegossen in seinem Regisseurstuhl lag. In seinem Mundwinkel klebte die Zigarettenspitze, die schwarze Baskenmütze krönte seinen Schädel.

»Und?«

Daphne ließ ein unbekümmertes Lachen hören. »Offenbar sind die Schafe von tieferer Bedeutung für den Club.«

»Tiefere Bedeutung? Was heißt das?«

»Dass sie ein Bestandteil der Clubgeschichte sind. Und dass Pilsner an einem Verkauf nicht interessiert ist.«

Harlow nahm die Zigarettenspitze aus dem Mund. »Wollen Sie denn nicht in meinen Filmen auftreten? Hauptrollen spielen?«

»Nur zu gern, Jacques. Es ist mir eine Ehre, unter ihrer Regie arbeiten zu dürfen.«

»Diese Schafe sind faszinierend.« Harlow zeigte auf Dolly und Bähbäh. »Ich weiß zwar nicht was, aber sie haben etwas ganz Besonderes an sich. Und ich will sie haben. Unbedingt! Sie sind die Einzige, die das in die Wege leiten kann. Also tun Sie es. Sagen Sie diesem Pilsner, dass wir fünfzigtausend Dollar zahlen.« Er drehte sich um und schnippte mit den Fingern. »Man bringe mir einen Scheck von diesem … wie-heißt-er-doch-gleich? Und Sie, Daphne, werden dafür sorgen, dass der Geschäftsführer des Clubs unser Angebot akzeptiert!«

Wenig später nahm Daphne den hastig ausgefüllten Scheck entgegen und eilte zum Club zurück, als ginge es um ihr Leben.

69

Sie können jetzt Ihre Mittagspause machen«, verkündete Maldwin Feckles seinen vier Schülern.

»Oh, vielen Dank«, flötete Harriet. »Soll ich jemandem ein Sandwich vom Imbiss mitbringen?«

»Nein«, sagte Albert.

»Nö«, echote Vinnie.

»Ich habe keinen großen Hunger«, sagte Blaise betont höflich. Am liebsten hätte er Harriet erwürgt. Sie war wie eine von diesen ungeliebten Mitschülerinnen, die den Lehrer stets daran erinnerten, Hausarbeiten aufzugeben.

»Dann eben nicht.« Harriet rümpfte ihre Stupsnase. »Ich bin gleich wieder da, Mr. Feckles. Dann kann ich gern erledigen, was noch getan werden muss.«

»Nehmen Sie sich ruhig die ganze Stunde frei«, regte Maldwin an. Tu mir den Gefallen, dachte er. Tu uns allen den Gefallen.

»Lass uns irgendwo schnell ein Bier trinken«, flüsterte Vinnie Albert zu. »Uns steht ein langer Tag bevor.«

»Gute Idee.«

Blaise trat auf Feckles zu. »Könnten Sie mir bitte den Schlüssel zum Park geben? Ich möchte mich draußen auf eine Bank setzen.«

»Es ist aber ziemlich frisch«, warnte Maldwin.

»Macht nichts. Ich habe eine Mütze dabei.«

Maldwin Feckles zuckte mit den Schultern. »Wenn Sie unbedingt wollen …« Er ging in die Küche und holte den Schlüssel, der Anwohnern des Parks vorbehalten war. Alljährlich wurde das Schloss ausgewechselt, und für den neuen Schlüssel musste eine Gebühr bezahlt werden. An einem kühlen Tag wie heute zog es kaum jemanden nach draußen, der sich darüber beschweren konnte, dass auch Nichtanwohner den Park nutzten. »Genießen Sie die frische Luft«, sagte er und gab Blaise den Schlüssel.

Ein paar Minuten später öffnete Blaise das Tor. Er hatte wieder dieses Gefühl von Platzangst, das er immer bekam, wenn die Dinge eng wurden. Es war trübe und kalt, aber im Hausd hielt er es einfach nicht mehr aus. Wie ich mich nach Florida zurücksehne, dachte er, griff in seine Jackentasche und holte die Wollmütze heraus, die er sonst immer zum Skilaufen trug. Als er sie über die Ohren zog, blickte er sich um. Weit und breit war niemand zu sehen.

Er setzte sich auf die erstbeste Bank und griff erneut in seine Tasche. Diesmal zog er sein Handy hervor und stellte fest, dass eine Nachricht eingegangen war. Vermutlich Georgette, dic sich wieder über irgendwas beschwert, dachte er. Er rief seine Mailbox an, und als er Georgettes Botschaft vernahm, sprang er unwillkürlich von der Bank auf und wählte hastig die Nummer ihres Mobiltelefons. »Wo sind sie?«, schrie er, sobald sie sich meldete.

»In den Augen der Schafe!«

»Wo?«

»Nun, ich saß hier mit Butterblume, grübelte über unsere Pechsträhne nach, lehnte mich zurück und …«

»Komm endlich zur Sache!«

»Die Sache ist die, dass sich die Diamanten in den Augen der Schafe befinden, die in Pemrods Wohnzimmer stehen. Ursprünglich waren die von mir gefundenen Glassteine ihre Augen. Er muss sie ausgetauscht haben.«

»Das ist doch irre.«

»Als wüsste ich das nicht selbst …«

»Moment mal. Wo genau im Wohnzimmer sollen die Schafe denn stehen?«

»Direkt vor dem Fenster.«

»Da stehen sie aber nicht.«

»Doch.«

»Nein, meine kleine Butterblume«, spottete Blaise. »Gestern Nacht stand da absolut nichts.«

»Und wo sind sie dann abgeblieben?«

»Woher soll ich das wissen?«

Georgette brach in Tränen aus. »Ich komme mir vor wie Little Bo Peep. Du weißt doch, die kleine Hirtin aus dem Kinderreim, der die Schafe davongelaufen sind.«

Blaise ließ sich wieder auf die Bank fallen. »Ja, aber deren Schafe waren keine Millionen wert.«

Jetzt schluchzte Georgette hemmungslos.

»Hör zu«, sagte Blaise besänftigend. »Ich werde versuchen herauszubekommen, was aus ihnen geworden ist.« Dass Georgette jetzt durchdrehte, hatte ihm gerade noch gefehlt. »Also hör auf zu flennen und zieh dir für heute Abend was Schönes an. Irgendwas sagt mir, dass wir die Party heute Abend als Millionäre verlassen werden. Und vielleicht solltest du eine Knarre einstecken.«

»Okay«, antwortete Georgette schon wieder etwas munterer. »Du hast vermutlich Recht. Wahrscheinlich werden wir sie brauchen können.«

»Für den Fall, dass uns jemand aufhalten will.« Nachdem er das Gespräch beendet hatte, verdrehte Blaise die Augen. »Little Bo Peep«, murmelte er kopfschüttelnd vor sich hin.

Er bemerkte nicht, dass Stanley Stock vor dem Parktor stand und ihn filmte.

70

Jack Reilly stieß einen Seufzer der Erleichterung aus, als sich sein Flugzeug in Bewegung setzte und über die Startbahn rollte. Höchste Zeit, nach New York zurückzufliegen, sagte er sich. Allerhöchste Zeit.

Thorn Darlington ging ihm nicht aus dem Kopf. Kurz vor dem Abflug hatte er erfahren, dass auch Darlington nach New York wollte und bei Verwandten am Gramercy Park wohnen würde. Bedenklich nahe, dachte Jack. Er hatte Regan noch einmal angerufen, um sie darüber zu informieren.

Er ließ sich von der Stewardess einen Drink geben, lehnte sich zurück und trommelte nervös mit den Fingern auf dem klappbaren Tischchen herum. Dann griff er in seine Tasche, um Notizblick und Stift herauszuholen. Er wollte sich ein paar Dinge aufschreiben, die unbedingt erledigt werden mussten.

Aber es fiel ihm schwer, sich zu konzentrieren. Sein Gefühl sagte ihm, dass im Settlers' Club mit weiteren unangenehmen Überraschungen zu rechnen war.

In einem stummen Gebet bat er darum, dass das Flugzeug schneller fliegen möge.

71

An einem kleinen Tisch am Fenster nahmen Archibald und Vernella Enders mit Vetter Thorn gerade ihren Lunch ein, als sie Blaise Bowden den Settlers' Club verlassen und den Park betreten sahen. Da sich die Enders Namen und Gesicht jedes Einzelnen genau eingeprägt hatten, der einen Schlüssel zum Park besaß, reagierten sie mit Empörung.

»Da hast du es!«, zischte Archibald Enders seinem Cousin zu, der sich gerade noch ein Stück Pastete nehmen wollte. »Der Settlers' Club lässt buchstäblich jeden in den Park. Und sieh dir bloß diesen Mann mit der orangefarbenen Mütze an. Er gestikuliert so wild, als wäre er nicht recht bei Sinnen. Ich ziehe mir auf der Stelle meinen Mantel an und sorge für Ordnung!«

»Prima Idee«, erklärte Thorn Darlington schmatzend.

»Wir werden jeden deiner Schritte genau beobachten, Darling«, versprach Vernella mit vor Vergnügen funkelnden Augen.

Archibald zog seinen Mantel an, setzte sich seinen Zylinder auf und griff seinen Spazierstock. Dann verließ er das Haus. Er sah aus wie ein Mann, der einen Verdauungsspaziergang unternehmen wollte.

»Das hier ist besser als jede Theateraufführung«, bemerkte Vernella Enders und beobachtete ihren Gatten, wie er den Bemützten zur Rede stellte, der auch noch die Unverschämtheit besessen hatte, einen Mann mit einer Videokamera in den Park zu lassen.

Fünf Minuten später trat Archibald Enders wieder über die Schwelle seines Wohnzimmers.

»Gute Neuigkeiten, Vetter Thorn. Das unverfrorene Subjekt ist einer von Feckles' Butlerschülern!«

»Einer von Feckles' Schülern?«, wiederholte Darlington. »Nun, das beweist die Qualität seiner Schüler, oder? Keine ernsthafte Konkurrenz!«

»Das verlangt nach einem Glas Sherry!«, jauchzte Vernella übermütig.

»Ich weiß nicht, ob wir jetzt schon feiern sollten«, gab Darlington zu bedenken. »Es könnte durchaus noch eine Weile dauern, bis wir die Butlerschule los sind. Wie es heißt, bringt es Unglück, sich zu früh zu freuen.«

»Verlass dich ruhig auf mich, Vetter. Wir können feiern«, erklärte Archibald im Brustton der Überzeugung. »Nach der sensationellen Titelgeschichte in der *New York World* will niemand mehr dem Club beitreten. Bevor die Bäume wieder grün werden, gehört mir das Haus da drüben. Also lasst uns ruhig bechern!«

Vernella eilte zum Buffet und holte drei Gläser, während Archibald eine Flasche seines Lieblingssherry entkorkte und ebenso feierlich wie umständlich eingoss. »Gestattet mir, einen Toast auszubringen.«

»Nur zu, mein Schatz«, lächelte Vernella.

»Auf das Ende der Verwahrlosung der Gegend um den Gramercy Park und den Untergang des Settlers' Club. Möge es schnell und gründlich geschehen.«

Sie stießen miteinander an.

Dein Wunsch wird in Erfüllung gehen, dachte Darlington. Du ahnst gar nicht, wie schnell und gründlich. Er sah zum Fenster hinaus und stellte sich die zahllosen Polizeifahrzeuge vor, die am Abend unter Sirenengeheul und mit eingeschaltetem Blaulicht zum Settlers' Club rasen würden.

Er konnte es kaum erwarten.

72

Regan hatte die sieben Parfumflakons auf Thomas Pilsners Schreibtisch aufgereiht. Janey drehte ihnen den Rücken zu und hatte zudem die Augen geschlossen. Regan wollte nicht, dass Janey von den Namen oder der Ausstattung beeinflusst wurde, sondern sich ganz auf den Geruch konzentrierte.

»Sind Sie bereit?«, fragte Regan.

»Bin ich.«

Thomas saß in der Ecke und kaute an den Fingernägeln. Eine Unsitte, die er sich erst gestern angewöhnt hatte.

Regan griff nach dem »Daisy Dewdrops«-Flakon und sprühte etwas davon auf ein Blatt Papier. Fangen wir ganz unverfänglich an, dachte sie. Ein ziemlich ungewöhnlicher Duft für eine Kriminelle. Aber man kann nie wissen. Sie hielt Janey das Blatt unter die Nase.

»Wundervoll«, seufzte Janey. »Könnte ich die Flasche vielleicht haben, wenn wir fertig sind?«

»Warum nicht? Aber vermutlich ist es nicht das, wonach wir suchen.«

»Nein.« Janey setzte sich ein wenig aufrechter hin und putzte sich die Nase.

Als Nächstes versuchte es Regan mit »Ocean Water«.

»Auf gar keinen Fall«, erklärte Janey.

Regan zögerte ein bisschen, zu »Lethal Injection« zu greifen, weil sie fast sicher war, dass es sich dabei um das gesuchte Parfum handelte, und fürchtete, Janey könne sie eines Besseren belehren. Immerhin hatte Georgette im Hinblick auf ihren Freund eindeutig gelogen. Sie hob die Flasche hoch und sprühte mittels Nadeldruck eine winzige Menge auf ein Stück Papier. Sie hatte es Janey kaum unter die Nase gehalten, als Janey auch schon rief: »Das ist es! Das ist das Parfum, das ich gerochen habe!«

Thomas sprang von seinem Stuhl auf und die beiden versanken in einer ähnlich innigen Umarmung wie gestern, nachdem Janey aus der Speisekammer befreit worden war.

»Ich wusste, dass du dich erinnerst«, jubelte Thomas. »Ich bin ja so stolz auf dich!«

Nachdenklich musterte Regan die vier unberührten Flakons. Vielleicht kann ich sie umtauschen, schoss ihr durch den Kopf. Aber wahrscheinlich nicht. Sie hatte bereits die Verpackungen entfernt. Sie räusperte sich. »Ich gehe jetzt zu Lydia hinauf, um kurz mit ihr zu sprechen«, sagte sie, als das Paar endlich voneinander abließ. Und danach rufe ich meinen Freund Brier an, nahm sie sich vor. Um herauszufinden, ob gegen diese Georgette unter Umständen schon irgendetwas vorliegt.

73

Ich muss unbedingt mit Ihnen und Lydia sprechen«, sagte Regan zu Maldwin Feckles, als er ihr die Tür öffnete.

»Miss Lydia hat sich hingelegt. Sie ruht sich für die Party aus.«

»Es ist leider sehr wichtig.«

»Ich werde sehen, was sich tun lässt.« Feckles führte sie ins Wohnzimmer. »Einen Augenblick bitte.«

Regan nahm Platz und sah sich um. So neu und aufwendig konnte sich Lydia nur einrichten, weil ihr eine alte Nachbarin ihr Geld hinterlassen hatte. Ich muss diesen Bestatter anrufen, von dem mir Dad erzählt hat, sagte sich Regan.

Wenig später kam Lydia Sevatura herein, dicht gefolgt von Maldwin.

»Guten Tag, Regan.« Lydia sah abgespannt aus.

»Geht es Ihnen nicht gut?«, erkundigte sich Regan besorgt.

»Ich bin nur ein bisschen nervös wegen heute Abend, das ist alles. Dieser Zeitungsartikel hat viel Schaden angerichtet.«

Sie erwähnte nicht, dass sie gerade einen weiteren Anruf von Burkhard Whittlesey erhalten hatte. Er freue sich schon auf ein Tänzchen mit ihr, hatte er erklärt und allein schon der drohende Ton seiner Stimme ließ ihr die Haare zu Berge stehen. »Schließlich möchte ich, dass die Party ein Erfolg wird«, fügte sie hinzu.

»Das hoffen wir alle«, entgegnete Regan knapp.

Maldwin Feckles wirkte bedrückt. Eine Meinungsverschiedenheit war das Letzte, was er sich wünschte. »Ich habe meine Schüler mit der Aufgabe betraut, die Küchenschränke neu einzuräumen«, erläuterte er Regan. »Damit wir ungestört sind.«

»Sehr rücksichtsvoll«, lächelte Regan. »Nun zu meinen Fragen. Kennen Sie vielleicht einen Thorn Darlington, Mr. Feckles?«

Der Butler wurde blass. »Ja.«

»Ein Freund von mir war gerade in London. Offenbar befindet sich Darlington auf dem Weg nach New York. Aus mir unbekannten Gründen.«

»Um mich zu ruinieren vermutlich«, erklärte Maldwin. »Er ist ein ausgesprochen übler Zeitgenosse.«

»Er soll irgendwo in der Nachbarschaft wohnen.«

Feckles schluckte.

»Und welche guten Nachrichten haben Sie für mich, Regan?«, erkundigte sich Lydia mit einem ironischen Unterton in der Stimme.

»Ich wüsste nur gern etwas Näheres über eine gewisse Georgette, die zu Ihren Gästen gehört. Was können Sie mir über sie erzählen?«

Lydia beugte sich vor und stützte den Kopf in beide Hände. »Sagen Sie bloß nicht, sie ist gar kein Single.«

»Mir fiel sie durch eine gewisse Unverschämtheit auf«, warf Maldwin Feckles ein.

»Können Sie ein wenig deutlicher werden?«

»Irgendwann während der Partys tauchte sie in der Küche auf und deckte sich mit Backpflaumen im Speckmantel ein, um fünf Minuten später zu verschwinden.«

Regan holte tief Luft. Derartige Partyhäppchen hatte sie in Nat Pemrods Mülleimer gefunden.

»Aber sie nahm an jeder Party teil«, betonte Lydia. »Wenn auch nur für kurze Zeit.«

Um dann das Apartment zu wechseln, fügte Regan im Stillen hinzu. Ich kann mir nicht helfen, aber das hört sich mehr und mehr nach unserer »Butterblume« an. »Haben Sie vielleicht ihre Adresse?«, fragte sie Lydia.

»Die hat sie mir nicht genannt. Ich respektiere die Privatsphäre meiner Kunden, daher habe ich nicht darauf bestanden.«

»Wissen Sie, ob sie heute zu der Jubiläumsparty kommt?«

»Offenbar ja. Zumindest hat sie es mir gesagt«, antwortete Lydia.

Auf dem Korridor spitzte Blaise die Ohren. O ja, sie wird kommen, dachte er. Aber nicht so, wie ihr sie kennt.

Hinter einer Ecke versteckt, hatte auch ein anderer Butlerschüler gelauscht. Wenn das Thorn Darlington zu Ohren kommt … Er schmunzelte.

74

Auf keinen Fall!«, erklärte Thomas Pilsner. »Die Schafe müssen bis heute Abend wieder hier sein, Daphne!«

Bislang hatte Daphne Doody auf der Schwelle zu seinem Büro gestanden. Jetzt kam sie herein, schob einige Ballons von einem Sessel und setzte sich. »Bitte, Thomas! Hier ist ein Scheck über fünfzigtausend Dollar!«

»Ich kann es nicht tun! Nat würde sich im Grabe umdrehen und hier als Gespenst umgehen.«

»Aber es ist für mich und meine Karriere unglaublich wichtig! Nat hätte es bestimmt so gewollt. Und der Club braucht das Geld dringend!«

»Ich habe nein gesagt. Nein, nein, nein! Die Schafe sind seit vielen Jahren hier, es ist ihr Zuhause. Es war Wendys und Nats Wunsch, dass es so bleibt. Wenn der Club wirklich schließen muss, kann die Filmgesellschaft sie meinetwegen haben. Aber für den Moment ist ihr Zuhause *hier*!«

»Fünfzigtausend Dollar, Thomas!«

»Diese Summe wird den Club auch nicht retten. Ich verlange, dass Sie die Schafe zurückbringen. Um sieben Uhr, rechtzeitig zum Beginn der Party, sind sie wieder hier!«

Mit Tränen in den Augen stürmte Daphne aus dem Zimmer. Um ein Haar wäre sie auf dem Flur mit Blaise

Bowden zusammengestoßen. »Verzeihung«, murmelte sie und hastete davon.

»Blaise!«, rief Thomas Pilsner.

»Ja, Sir?« Mit einer kleinen Verbeugung trat Blaise Bowden ein.

»Einer unserer traditionsbewussten Nachbarn hat angerufen und sich darüber beschwert, dass Mr. Feckles Ihnen den Schlüssel zum Park gegeben hat. Tut mir Leid, aber so etwas ist nicht gestattet.«

Blaise lächelte verbindlich. »Es wird nicht wieder vorkommen. Das versprechen ich Ihnen.«

75

Obwohl Thomas ausgesprochen verständnisvoll reagiert hatte, kamen Janey Gewissensbisse wegen ihres Verhaltens. Bei Licht besehen, wird die Welt davon schon nicht untergehen, versuchte sie sich zu beruhigen. Dennoch wurde sie das unbehagliche Gefühl nicht los, dass jedermann nur über sie sprach: über die Frau, die nicht besser war als ein Leichenfledderer.

Sie stand in der Damentoilette im Erdgeschoss des Clubs und musterte sich im Spiegel. Ich muss auf irgendeine Weise Wiedergutmachung leisten, sagte sie sich. Aber wie? Sie hatte Thomas erzählt, dass sie nach Hause fahren würde, um die Kuchen und Torten zu holen, die sie für die Party gebacken hatte. Hoffentlich sind sie inzwischen nicht trocken geworden oder vergammelt, dachte sie. Schnell fuhr sie sich mit dem Kamm durch die Haare, griff nach ihrer Handtasche und öffnete die Tür gerade rechtzeitig, um Daphne Doody an sich vorbeistürmen zu sehen.

»Wann holen Sie die Schafe zurück?«, rief der Mann am Empfang Daphne zu.

»Das lassen Sie mal meine Sorge sein«, war die kühle Antwort.

Verblüfft sah Janey Daphne nach, die wie der Wind zur Tür hinaus war.

Kopfschüttelnd sah der Mann Janey an. »Sie sollte sie lieber wiederbringen. Mr. Pilsner will unbedingt, dass sie zur Party hier sind.«

Durch die Glasscheiben der Eingangstür sah Janey, wie Daphne draußen in ein Taxi sprang. Das ist meine Chance, dachte Janey und rannte auf die Straße. Vor dem Nachbarhaus setzte ein anderes Taxi gerade seinen Fahrgast ab. Rüde drängte sich Janey an ihm vorbei, sank auf den Rücksitz und schrie: »Fahren Sie dem Taxi da nach!«

76

Regan setzte sich in Nat Pemrods Wohnzimmer auf die Couch und knipste die Tischlampe an. Die Uhr zeigte zwar erst drei, aber der Raum wirkte ausgesprochen schummerig. Es herrschte eine Atmosphäre, die einen dazu verlockte, es sich mit einem guten Buch, einer Tasse Tee und einer Decke gemütlich zu machen. Oder ein kleines Nickerchen einzulegen. Aber nicht nach den Ereignissen der letzten Nacht. Oder denen der vorletzten. Regan nahm sich vor, in diesem Apartment nie wieder die Augen zu schließen. Sie würde nicht einmal blinzeln.

Clara hatte alle Bücher wieder in das Regal eingeräumt. Der Platz vor dem Fenster, wo früher die Schafe gestanden hatten, war jetzt leer. Von Thomas wusste Regan, dass Dolly und Bähbäh für Wendy und Nat Pembroke so etwas wie ein Kindersatz gewesen waren. Zumindest hatten sie den beiden Stofftieren einen Ehrenplatz in diesem Zimmer eingeräumt, fand sie, in dem Raum, in dem »die Farben« immer Karten spielten.

Pemrod und Carney hatten Thomas beiläufig erzählt, dass die Diamanten bei jeder Kartenrunde aus dem Safe geholt worden waren. »Was hätte es für einen Sinn, jahrelang diese Steine zu besitzen, wenn man sich nicht hin und wieder einen kleinen Spaß mit ihnen erlaubt«, hatten sie hinzugefügt. Jetzt fragte sich Regan, was für ein »Spaß« das gewesen sein mochte.

Sie griff nach dem Telefon, rief Detective Ronald Brier an und erzählte ihm von den gefundenen Handtüchern und ihrem Parfumtest.

»Und wessen Parfum war es?«, wollte er wissen.

»Das von Georgette Hughes.«

»Aber ihre Adresse kennen Sie nicht, oder?«

»Richtig.«

»Und natürlich hat keiner der Partygäste ein Sterbenswörtchen über sein Geburtsdatum verlauten lassen.«

»Singles sind in dieser Hinsicht äußerst zurückhaltend«, entgegnete Regan trocken.

Brier warf einen Blick in seine Unterlagen. »Über Georgette Hughes konnten wir bislang nichts in Erfahrung bringen. Die Angestellten waren leicht zu überprüfen, weil von denen Sozialversicherungsnummern und Geburtsdaten bekannt sind. Bei den anderen sieht es schon schwieriger aus.«

»Georgette Hughes will heute Abend an der Jubiläumsparty teilnehmen. Ich werde sehen, was ich dort noch herausfinden kann.«

»Und am Montag fliegen Sie schon wieder nach Kalifornien zurück?«

»Ja. Ohne sonderlich viel erreicht zu haben, fürchte ich. Das alles ist ganz schön frustrierend.«

»Wir bleiben an der Sache dran«, versprach Brier. »Die Auswertung der Fingerabdrücke benötigt gewisse Zeit und wir nehmen alle Leute auf Ihren Listen sehr gründlich unter die Lupe.«

»Detective Brier«, begann Regan, verstummte dann aber.

»Ja?«

»Haben Sie eigentlich irgendetwas über Lydia Sevatura

herausgefunden? Die Frau, die diese Single-Partys veranstaltet?«

»Einen Augenblick.«

Regan hörte, wie er mit seinem Stift auf die Tischplatte klopfte. »Nicht viel. Ich habe das Bestattungsunternehmen angerufen. Da sich Ihr Vater in derselben Branche betätigt, wissen Sie ja, wie das ist, Miss Reilly. Wenn jemand stirbt, tauchen unweigerlich Gerüchte auf. Offenbar hat Lydia Sevatura direkt gegenüber der Erblasserin gewohnt, einer Mrs. Cerencioni. Sie hat hin und wieder für die alte Dame eingekauft, Behördengänge für sie erledigt, sich um sie gekümmert. Lydia Sevatura hat angeblich häufig gescherzt, sie sollten sich beide endlich reiche Ehemänner suchen. Der Aussage des Polizisten zufolge, der nach Mrs. Cerencionis Tod in der Wohnung erschien, war Miss Sevatura über deren plötzliches Ableben tief erschüttert. Aber die Nachbarn im Haus äußerten sich recht abfällig.« Ronald Brier lachte. »Ich nehme allerdings an, sie waren sauer, weil sie leer ausgegangen sind.«

»Und das ist alles?«

»Sicher kann man sich nie sein, Regan. Vielleicht hatte sie durchaus niedere Beweggründe für ihre Liebenswürdigkeit. Angeblich ahnte kein Mensch, dass die alte Dame so viel Geld besaß. Aber wer weiß das schon? Vielleicht hat diese Lydia doch irgendwie davon erfahren und setzte ihre Hoffnungen auf den Schatz am Ende des Regenbogens. Mrs. Cerencioni hatte keine Verwandten.«

Ich glaube, den Anruf bei den Connollys kann ich mir sparen, sagte sich Regan. »Ach übrigens ... Woran ist Mrs. Cerencioni eigentlich gestorben?«

»Sie ist in der Badewanne ausgerutscht.«

Na großartig, dachte Regan. Einfach großartig.

77

Janey verspürte ungeahnte Energien in sich. Ich werde die Schafe selbst in den Club zurückbringen, nahm sie sich vor. Damit kann ich mich voll und ganz rehabilitieren.

Mehrmals forderte sie den Taxifahrer auf, sich doch bitte ein bisschen zu beeilen und die Spur zu wechseln.

»Okay, Lady, okay!«, schrie der Fahrer und schnippte zu den Tönen aus seinem Autoradio mit den Fingern.

In einer Straße im südlichen Manhattan, die dringend der Sanierung bedurfte, hielt Daphnes Taxi an. Janey warf dem Fahrer ein paar Geldscheine zu, sprang aus dem Taxi und schaffte es gerade rechtzeitig zur Haustür, bevor diese hinter Daphne ins Schloss fiel.

Sie ist verblüffend flink, dachte Janey. Aber was sie kann, kann ich auch. Zwei Stufen auf einmal nehmend, hastete sie Daphne hinterher und holte sie vor einer Wohnungstür ein.

»Daphne«, keuchte Janey atemlos.

Wütend drehte sich Daphne zu ihr um. »Was wollen Sie von mir, Sie kleine Brathähnchendiebin?«

»Ich ziehe vor, das letzte Wort nicht gehört zu haben«, erwiderte Janey würdevoll. »Sie wissen genau, was ich will. Dolly und Bähbäh. Es ist höchste Zeit, sie nach Hause zu bringen.«

»Nur über meine Leiche. Es wäre das absolute Ende meiner Karriere«.

»Und was ist mit mir? Jedermann in New York weiß, dass ich von mir geliefertes Essen wieder abhole, wenn der Kunde stirbt, bevor er es zu sich nehmen kann. Können Sie sich vorstellen, wie man sich da fühlt?«

»Ihre eigene Schuld. Warum sind Sie so faul?«, zischte Daphne.

»Auch das habe ich überhört. Aber ich werde jetzt mit Ihnen da hineingehen, um die Schafe dorthin zurückzubringen, wohin sie gehören.«

Daphne klingelte und ein Assistent ließ sie ein. Pumpkin stand mitten im Raum und bereitete sich mit Streckübungen und dem Ausstoßen gutturaler Laute auf die nächste Aufnahme vor. Scheinwerferkegel waren auf Dolly und Bähbäh gerichtet. Sie sahen aus, als wären sie frisch gekämmt oder gebürstet worden.

»Endlich!«, rief Jacques Harlow Daphne zu. »Aber wen haben Sie da mitgebracht?«

»Guten Tag, Sir«, sagte Janey höflich. »Ich komme vom Settlers' Club und möchte die Schafe abholen.«

»*Was*?«, brüllte Harlow.

»Ich konnte Pilsner beim besten Willen nicht zum Verkauf überreden«, murmelte Daphne kleinlaut. »Tut mir entsetzlich Leid.«

Jacques Harlow schüttelte den Kopf. »Dann verschwindet! Alle beide! Ruiniert meinen Film! Nehmt die Viecher mit! Ich werde irgendwo neue finden!«

»Bin ich gefeuert?«, fragte Daphne.

»So könnte man es auch nennen.«

Während Daphne loslief, um ihre Kleider zu holen, die sie am Morgen mitgebracht hatte, eilte Janey auf Dolly zu. Als sie nach ihr greifen wollte, fiel ein Auge aus Dollys Kopf. Schnell hob sie es auf und steckte es in die Augenhöhle zurück, stellte aber fest, dass das andere Auge fehlte. Sie sah zu Bähbäh hinüber und bemerkte, dass auch er ein einäugiges Monster war.

»Beeilen Sie sich!«, schrie Harlow. »Raus hier! Ich kann Ihren Anblick nicht mehr ertragen!«

Suchend sah sich Janey auf dem Fußboden um.

»Ein bisschen Tempo, wenn ich bitten darf!«, kreischte Harlow.

»Ihre Augen sind weg«, erklärte Janey. »Ich muss sie erst wiederfinden.«

»Die können Sie ein anderes Mal suchen. Ich muss mit meinem Film weiterkommen.«

Ihre energische Entschlossenheit ließ Janey nicht im Stich. »Ich rühre mich nicht von der Stelle, bis die Augen gefunden sind!!!«

»Helft ihr, die Augen zu suchen!«, befahl Jacques Harlow. Ein halbes Dutzend Assistenten ging in die Hocke und kroch auf dem Fußboden herum.

»Ziemlich staubig hier unten«, murrte einer.

»Ihr habt genau dreißig Sekunden!«, brüllte Harlow. »Zeit ist Geld.«

»Hier ist eins!«, schrie ein Assistent. »Es lag unter der Heizung.«

»Und ich habe das andere gefunden!«

Aus unterschiedlichen Richtungen liefen die beiden Assistenten auf Janey zu und überreichten ihr die Augen.

»Und jetzt raus hier!!«

Janey stopfte die Steine in ihre Jackentasche und fasste Dolly um den Bauch. Dann drehte sie sich um und rief nach Daphne. Doch die blieb verschwunden. »Könnte mir vielleicht jemand das andere Schaf hinuntertragen?«, fragte Janey. »Dafür wäre ich überaus dankbar.«

Rund sechs Assistenten überschlugen sich fast, ihr den Gefallen zu tun. Innerhalb von zwei Minuten stand Janey unten auf dem Bürgersteig. Neben sich Dolly und Bähbäh. Weit und breit war kein Taxi zu sehen. »Also gut, Jungs«, seufzte Janey und zog ihr Handy aus der Tasche. »Mir bleibt nichts anderes übrig, als einen Mietwagen zu rufen.« Ihre neu gefundene Entschlossenheit hielt unverwandt an. »Ich habe zwei sehr bedeutende Mitfahrer«, teilte sie der Mietwagenzentrale mit. »Schicken Sie eine Limousine. Am liebsten wäre mir eine Stretch-Limo!«

78

Im Club herrschte hektische Aktivität. Mit seiner Kamera folgte Stanley Stock Angestellten und Butlerschülern, während sie putzten und polierten, Vasen mit Blumen füllten, in der Küche Essen zubereiteten und Tische für das Buffet aufstellten. Das gesamte Erdgeschoss des Clubs wirkte wie geleckt. Clara hatte den ganzen Tag geschuftet wie eine Berserkerin und war nun entsprechend erschöpft.

»Warum bleiben Sie nicht noch zur Party?«, fragte Thomas.

»Sie meinen, um weiterzuarbeiten?«, fragte sie fassungslos zurück.

»Nein, um sich ein wenig zu amüsieren.«

»Das hört sich schon besser an.«

»Haben Sie etwas Hübsches zum Anziehen dabei?«

»In meinem Spind befinden sich ein Kleid und ein Paar gute Schuhe, weil meine Schwester dann und wann verbilligte Theaterkarten ergattert. Ich möchte immer auf alles vorbereitet sein. Für den Fall, dass …«

»Sehr gut«, fiel ihr Thomas ins Wort. »Wenn Sie sich etwas ausruhen wollen, können Sie gern in mein Apartment gehen und sich dort auf die Couch legen.«

»Geht es Ihnen auch gut?«, erkundigte sich Clara anzüglich.

Thomas musterte sie argwöhnisch. »Bestens. Wenn wir

schon untergehen müssen, dann sollten wir unsere letzten Augenblicke auch genießen.«

Clara sah aus, als denke sie über etwas nach. »Irgendwie ist es wie in diesen Filmen, wo jemand dem Tod gefährlich nahe kommt, dann aber doch noch einmal mit dem Leben davonkommt und mehr Freude an allem hat.«

»In etwa.« Thomas ging zum Fenster und blickte versonnen hinaus. »O mein Gott«, flüsterte er ergriffen.

Clara trat neben ihn. »Da steigen ja die Schafe mit Janey aus einer Stretch-Limo!«

»Jetzt sehen Sie, warum ich mich in sie verliebt habe«, sagte Thomas gerührt.

»Nun, wenn Sie sie lieben, sollten Sie ihr helfen, die Tiere hereinzuschleppen.«

»Was geht hier vor?«, fragte Stanley Stock hinter ihnen.

»Nats und Wendys Schafe sind wieder da!«, rief Thomas und verließ hastig den Raum.

»Wundervoll«, krähte Stock und richtete seine Kamera auf die Stretch-Limo, Janey und die Schafe. »Ich bin sicher, das in meinen Film einbauen zu können.«

Gemeinsam trugen Thomas und Janey die Tiere in den Club zurück. »Wenn diese Viecher so wichtig für den Settlers' Club sind, dann sollten wir ihnen auch einen gebührenden Platz geben«, schlug Stock vor. »Das macht sich bestimmt auch gut in meinem Film.«

»An was denken Sie da? Ich wollte sie vor den Kamin in der Bibliothek stellen.«

Stanley schüttelte den Kopf und sah sich um. »Warum stellen wir sie nicht am Fenster auf ein Podest? Da wirken sie garantiert gut. Die beiden Schafe würden aussehen wie die Wachen des Buckingham-Palastes, mit dem Unterschied, dass sie den Settlers' Club bewachen. Und wenn sie hoch genug stehen, kann man sie auch von der Straße aus sehen.«

»Das ist eine wunderbare Idee«, sagte Janey. »Und zwischen sie könnten wir den Tisch mit der Jubiläumstorte stellen.«

»Nein, du bist wunderbar«, erklärte Thomas. »Du hast sie zurückgebracht.«

Clara schlug die Augen zum Himmel. »Und wer soll uns das Podest bauen?«, fragte sie Stock.

»Ich habe eine Autowerkstatt in eine Wohnung verwandelt. Also ist ein Podest für mich eine Kleinigkeit.«

»Jetzt muss ich aber nach Hause, um die Kuchen und Torten zu holen, Thomas«, sagte Janey.

»Aber geh nicht ans Telefon. Es könnte Mrs. Buckland sein!«, rief Thomas.

Lachend rannte Janey hinaus. In ihrer Jackentasche klimperten die Schafsaugen.

»Ich sehe das Podest schon vor mir«, sagte Stanley Stock. »Ich weiß ganz genau, wie es gebaut werden muss.«

»Soll ich einen der Butler bitten, Ihnen zu helfen?«, bot Thomas an.

»Nicht nötig«, erklärte Clara. »Ich werde ihm helfen. Das wird ein Riesenspaß.«

79

Fünfzehn Minuten vor sieben war der Settlers' Club für das bereit, was man seinen Schwanengesang nennen könnte. Dolly und Bähbäh standen auf einem festlich dekorierten Podest, zwischen ihnen die eindrucksvolle, mehrstöckige Torte. In der Küche legten die Kellner letzte Hand an die Tabletts mit den Horsd'œuvres. Maldwin Feckles ermahnte seine Schüler, die in ihren dunklen Anzügen und mit silbernen Tabletts herumstanden, die bald mit Gläsern gefüllt sein würden, zur Einhaltung bestimmter Benimmregeln. Aus der Stereoanlage drang Klassisches, im Kamin züngelten künstliche Flammen an künstlichen Holzscheiten empor und auf einer Trittleiter stand Clara in ihrem kurzärmeligen, geblümten Kleid und fuhr den Schafen mit einer Bürste ein letztes Mal über das Fell.

»Nat wäre ungeheuer stolz auf euch«, versicherte sie den beiden.

»Darf ich Ihnen helfen?«

Clara drehte sich zu dem Frager um. Es war Blaise Bowden, einer der Butlerschüler. »Vielen Dank, aber das ist nicht nötig«, sagte sie bestimmt.

»Sind Sie sicher?«

»Sehe ich aus, als wäre ich nicht sicher? Abgesehen davon, ist nichts mehr zu tun.« Sie drehte ihm wieder den

Rücken zu. Draußen war es schon dunkel und sie sah, wie Passanten stehen blieben, um die Schafe zu betrachten. Übermütig winkte Clara ihnen zu.

In einiger Entfernung schwankte Janey beladen mit Tüten voller Desserts auf den Club zu. Es war bereits ihre zweite Runde. Nachdem sie die Torte im Club abgeliefert hatte und nach Hause zurückgekehrt war, um zu duschen und sich umzuziehen, war ihr die Zeit förmlich durch die Finger geglitten. Jetzt eilte sie die Stufen zum Settlers' Club hinauf, durch die Tür und um die Ecke in die Bibliothek.

»Oh, Clara! Die Schafe machen sich prächtig!«, rief sie. »Aber zwei ihrer Augen sind herausgefallen. Ich habe ganz vergessen, sie wieder einzusetzen.«

Clara war von der Leiter bereits herabgestiegen.

»Ich kann die Augen wieder an Ort und Stelle stecken«, bot Blaise an.

»Warum nehmen Sie ihr nicht lieber die Tüten ab?«, wollte Feckles wissen.

Janey streckte Blaise ihre Tüten entgegen, griff in ihre Jackentasche und holte die beiden Steine heraus, die vom Fußboden in Jacques Harlows Wohnung geborgen worden waren. »Das würde ich lieber selbst machen«, sagte sie. »In den Tüten sind auch noch die restlichen Kuchen und Kekse für die Party. Bringen Sie sie bitte in die Küche.«

Wie gebannt starrte Blaise auf die Diamanten in Janeys Hand. Sie lief auf die Leiter zu und stieg die Stufen hinauf. »Wo ist Thomas?«, fragte sie Clara.

»Hier bin ich, Liebling«, erscholl es von der Tür. »Warte, ich werde dir helfen.«

»Nein, lass mich nur machen. Dolly und Bähbäh haben jeweils ein Auge verloren, als sie entführt waren.« Fast zärtlich blickte Janey die Schafe an. »Aber wir haben sie wiedergefunden, nicht wahr, ihr beiden?« Sie beugte sich vor und steckte einen Stein in Dollys linke Augenhöhle und den anderen in Bähbähs rechte. »So ist es sehr viel besser!«

»Alles sieht einfach perfekt aus«, erklärte Clara. »Die Party kann beginnen.«

80

Archibald Enders stand am Fenster und richtete sein Fernglas auf den Settlers' Club. »Allmächtiger!«, rief er. »Die machen den Club tatsächlich zu einem Zoo!«

»Was meinst du damit, mein Lieber?«, fragte Vernella. In langem Kleid und perlenbehangen schwebte sie aus dem Ankleidezimmer.

Thorn Darlington kam in einer samtenen Hausjacke aus dem Gästezimmer im ersten Geschoss. Er schnippte sich ein Stäubchen vom Revers. »Was muss ich da hören?«

»Es ist nicht zu fassen! Sie haben allen Ernstes Schafe ins Fenster gestellt.«

»Wie in einer Metzgerei!« Genüsslich steckte sich Darlington seine Pfeife an.

»Schlimmer kann es nicht mehr werden. Jetzt haben sie sich wirklich selbst übertroffen«, erklärte Archibald. »Wenn ich daran denke, wie gepflegt und distinguiert der Park in meinen Kindertagen war … Und nun muss ich erleben, dass er sich in einen Zirkus verwandelt.«

Seine holde Gattin schlang ihren Arm um seine Taille. »Sorg dich nicht, Darling. Wir werden ihm seine alte Größe zurückgeben. Wenn du den Settlers' Club kaufst, sind wir der König und die Königin von Gramercy Park.«

Archibald Enders zeigte den Anflug eines Lächelns. »Vermutlich. Und was bist du dann, Vetter?«

Darlington kaute auf seiner Pfeife, Speicheltropfen sammelten sich in seinem Mundwinkel. Der Gott des Feuers, dachte er. »Oh, wahrscheinlich ein verwandter Prinz auf Besuch.«

»Du doch nicht, Thorn. Du eignest dich weit besser zum Diktator«, lachte sein Cousin. »Und nun lasst uns eine Flasche Champagner köpfen.«

81

Um halb acht herrschte im Club drangvolle Enge. Lydias Singles, treue Clubangehörige, potenzielle neue Mitglieder und Noras Freunde von der Tagung der Krimiautoren waren erschienen und ließen es sich gut gehen. Es waren sogar ein paar Neugierige da, die von der Jubiläumsparty in der Zeitung gelesen und in letzter Minute Karten erstanden hatten.

Oberflächlich betrachtet sah es aus wie eine erfolgreiche Party in einem angenehmen Club. Aber war es das auch? Die Reporterin der *New York World* glänzte durch Abwesenheit, aber Stanley Stock hielt den festlichen Trubel mit seiner Videokamera fest.

Regan lief durch die Menge und hielt Ausschau nach Georgette. Bislang hatte sie keine Spur von ihr entdecken können. Clara nippte an einem Wodka-Martini. Thomas und Janey wurden ihren Aufgaben als Gastgeber mehr als gerecht. Lydia plauderte in einer Ecke mit ein paar Leuten und versuchte zweifellos, sie für ihre eigenen Partys zu begeistern. Maldwin Feckles wachte über seine Butlerschüler, während diese darauf achteten, dass jeder mit Getränken versorgt war. Daphne hatte noch niemand gesehen. Sie war so enttäuscht über Thomas und ihre verpatzte Karrierechance, dass sie Regan fast Leid tat.

Wenn doch nur Jack bald käme, dachte Regan, als sie zu der kleinen Gruppe trat, die sich um ihre Eltern geschart hatte.

»Die Schafe sehen einfach toll aus«, sagte Nora. »Sie gefallen mir.«

»Dem Filmregisseur offenbar auch. Sogar so sehr, dass er sie gar nicht mehr hergeben wollte. Vermutlich sind sie wertvoller, als man auf den ersten Blick glauben möchte.«

»Ihre Augen haben ein ganz besonderes Funkeln«, stellte Nora fest.

Regan drehte sich um und bemerkte eine schwarzhaarige Frau, die um das Podest herumschlenderte und gelegentlich zu den Schafen hochblickte. Irgendetwas an ihr kam Regan bekannt vor, aber sie war sich sicher, sie auf den Single-Partys nicht gesehen zu haben.

»Oh, da kommt Kyle Fleming«, sagte Nora und nickte Richtung Tür. »Du musst ihn unbedingt kennen lernen, Regan. Er hat den besten Vortrag auf unserer Konferenz gehalten. Über Trickbetrüger.«

»Sehr gern«, lächelte Regan.

Vor der Eröffnung des Buffets um acht Uhr wollte Thomas eine kleine Begrüßungsansprache halten. Jetzt ging er in sein Büro, um seine Notizen zu holen. Er hatte seine Rede sorgfältig vorbereitet. Wenn sie neue Mitglieder für den Club gewinnen wollten, dann war jetzt der richtige Zeitpunkt.

Thomas schloss die Tür hinter sich, ging zu seinem Schreibtisch und setzte sich. Als er aufblickte, sah er Daphne, die an der Wand lehnte. Tränen strömten ihr über die Wangen.

»Daphne!«

»Könnten Sie vielleicht mit mir kurz auf den Hof gehen?«, schluchzte sie. »Ich brauche dringend frische Luft und möchte nicht, dass jemand mich so sieht.«

»Aber natürlich.«

»Wo ist eigentlich Thomas?«, fragte Janey Regan.

»Keine Ahnung.«

»Er ist nicht in seinem Büro und in wenigen Minuten soll er eine Ansprache halten.«

»Ich bitte um Aufmerksamkeit!«

Alle Augen wandten sich einem Mann zu, der die Stufen der Bibliotheksleiter in der Nähe des Podests erklomm. Oben angekommen, drehte er sich zur Menge um und breitete leicht schwankend die Arme aus.

»Ich habe eine Mmmmmitteilung zu mmmmachen«, lallte er. »Mein Name ist Burkhard Whittlesey und ich weiß, dass einige von Ihnen Lydia Sevaturas Single-Partys besuchen. Ich finde, Sie sollten wissen, wie sie sich über ....«

»Ooooohhhhh!« Wie ein gereizter Stier stürmte Lydia quer durch den Raum auf die Leiter zu und stieß sie um. Burkhard schwankte, stieß gegen das Podest mit den Schafen und landete auf der Jubiläumstorte.

Die plötzliche Erschütterung lockerte eins von Dollys Augen und es fiel heraus.

Während Regan auf den Ort der Katastrophe zueilte, bückte sich die schwarzhaarige Frau und ein cremeverschmierter Burkhard Whittlesey fiel in voller Länge auf sie drauf.

Als sich Regan vorbeugte, um Burkhard auf die Füße zu helfen, sah sie, dass sich die Hand der Frau um das Auge schloss. Blitzartig wurde ihr alles klar. *I only have eyes for you.* Die Diamanten. Die funkelnden Augen ...

»Butterblume!«, rief Regan.

Unwillkürlich hob Georgette den Kopf.

»Sie sind Georgette, oder? Geben Sie mir den Diamanten, wenn ich bitten darf.«

Mit der freien Hand zog Georgette ihre Waffe aus der Handtasche und wollte zur Tür rennen.

Laut schreiend stoben die Gäste auseinander.

Blitzschnell lief Regan Georgette nach und packte sie von hinten.

»Nein, Georgette!«, schrie Regan, als sich ein Schuss aus der Pistole löste und eines der alten Ölgemälde über der Treppe durchbohrte.

Regan schlug Georgette die Waffe aus der Hand und rang sie zu Boden.

»Wie schön, Sie wiederzusehen, Georgette«, hörte Regan hinter sich Kyle Flemings Stimme.

Georgette stieß Verfluchungen aus, als Regan die Pistole einsteckte und ihr den Diamanten entwand. Kyle Fleming zog Handschellen hervor und legte sie flink um Georgettes Handgelenke.

Mit dem Diamanten in der Hand rannte Regan auf das Podest zu, richtete die Leiter wieder auf, kletterte zu den Schafen hinauf und holte die anderen drei Edelsteine aus Dollys und Bähbähs Augenhöhlen. Sie drehte sich zu den Gästen um und streckte ihre Hände aus. »Die verschwundenen Diamanten!«

»Der Club ist gerettet!«, rief jemand und alle applaudierten.

Und dann schrie Janey: »Ich kann Thomas nirgendwo finden, Regan!«

Bevor Regan ein Wort sagen konnte, kam Harriet aus der Küche gerannt. »Es brennt!«, schrie sie und eilte wieder zurück.

Erneut brach Panik aus. In fieberhafter Eile und zum zweiten Mal innerhalb weniger Minuten drängten die Gäste auf den Ausgang zu.

Regan drehte sich um und sah Jack in der Tür stehen. »Jack!«

»Wer ist die Frau, die gerade geschrien hat, dass es brennt, Regan?«

»Harriet. Eine Butlerschülerin von Maldwin Feckles.«

Jack lief auf die Küche zu.

»Ich muss Thomas unbedingt finden, Regan!«, jammerte Janey.

Nora und Luke bemühten sich, die Flucht der Gäste in geordnete Bahnen zu lenken. »Wir kommen nach. Wir müssen erst noch Thomas suchen!«, rief Regan, als sie an ihren Eltern vorbeilief. »Und ich fürchte, in einem der Apartments befindet sich noch jemand.«

»Ich komme mit«, erklärte Luke.

Von irgendwoher tauchte Clara auf. »Ich auch, Regan.«

Gemeinsam hasteten sie den Flur entlang. Rauchwolken trieben ihnen entgegen. »In seinem Büro ist er nicht!«, schrie Regan.

»Wo kann er nur stecken?«, schluchzte Janey.

Clara holte den Generalschlüssel aus Thomas' Zimmer.

»Zu Daphnes Apartment, schnell«, sagte Regan. Nach Thomas und Daphne rufend, eilten sie weiter. Regan hämmerte gegen Daphnes Tür. »Geben Sie mir den Schlüssel!«, befahl sie Clara.

Clara streckte ihn ihr entgegen und Regan schloss auf. »Daphne!«, rief sie und knipste das Licht an. Als sie einen Blick ins Schlafzimmer warf, sah sie, dass das Bett mit Kleidungsstücken übersät war. Liegt sie vielleicht unter diesem ganzen Haufen, fragte sich Regan. Sie drückte auf den Lichtschalter, lief zum Bett und hob einen Pullover hoch. Keine Spur von Daphne.

»O mein Gott«, ächzte Regan.

»Allmächtiger«, flüsterte Clara.

Am rechten Arm von Daphnes Pullover klebten zwei

Schaf-Applikationen. »Daphne hat Nat Pemrod ermordet!«, stellte Regan entsetzt fest.

»Und sie hatte eine Mordswut auf Thomas«, schluchzte Janey.

»Suchen wir weiter«, sagte Regan.

»Ich wette, sie sind hinten auf dem Hof!«, rief Clara.

Sie rannten über den verqualmten Flur und zur Hintertür hinaus. Mit einem riesigen Messer in der Hand stand Daphne vor Thomas.

»Daphne!«, schrie Regan.

Mit hasserfüllten Augen drehte sich Daphne zu ihr um. »Er hat meine Karriere zerstört!«

»Und was ist mit Nat Pemrod?«, fragte Regan und tastete in ihrer Jackentasche nach Georgettes Pistole.

»Ich war immer so nett zu ihm und Wendy. Aber nach ihrem Tod interessierte er sich nur für seine Kartenspielerfreunde. Ich habe mir gewünscht, dass er sich mir zuwendet! Aber dann hatte er eine andere! Ich weiß genau, dass es so war. Und seine ewige Geheimniskrämerei wegen der Diamanten, nicht mal mir hat er von ihnen erzählt. Er hat mich auf schändliche Weise hintergangen!«

»Lassen Sie das Messer fallen, Daphne«, sagte Regan.

»Nein!«

Thomas zitterte wie Espenlaub.

»Lassen Sie es fallen.«

Mit großen Augen sah Daphne sie eine Weile an, ließ dann zögernd das Messer fallen und begann hemmungslos zu schluchzen. »Ich habe alles verloren. Nat … meine Karriere …«

Regan hob das Messer auf und wurde Zeugin der dritten leidenschaftlichen Umarmung von Janey und Thomas. »Dad, könntest du das Messer bitte an dich nehmen? Ich muss dringend telefonieren.«

Regan zog ihr Mobiltelefon hervor, rief die Auskunft

an und ließ sich Edward Golds Nummer nennen. »Wäre es Ihnen vielleicht möglich, noch heute Abend mit dem bewussten Scheck im Club vorbeizukommen?«, fragte sie, als er sich meldete.

»Was?«, schrie Thomas.

Regan streckte ihm ihre Hand entgegen. Die vier Diamanten blitzten und funkelten auf ihrer Handfläche. Jetzt brach Thomas in Schluchzen aus. »Sie waren Dollys und Bähbähs Augen«, klärte Regan ihn auf. »Nur gut, dass Janey sie zurückgeholt hat.«

Thomas sah Janey tief in die Augen. »Willst du mich heiraten?«

In den Räumen des Clubs hatte sich der Rauch inzwischen ein wenig verzogen. Regan begab sich auf die Suche nach Jack. Sie fand ihn in der Küche, in Gesellschaft von Harriet, die Handschellen trug.

»Regan …«, sagte Jack leise und zog sie in seine Arme.

Offenbar habe ich endlich mein Glück gefunden, dachte Regan.

»Unsere Freundin hier hat sich nach Kräften bemüht, den Brand zu schüren«, informierte Jack sie. »Jetzt werde ich ihrem Freund Darlington einen Besuch abstatten, der im Haus gegenüber wohnt. Die beiden haben gemeinsam jede Butlerschule aus dem Feld geschlagen, die ihnen Konkurrenz machte. Weil sie annahmen, in New York würde sie niemand erkennen, mimte sie hier die Butlerschülerin.«

Harriet musterte ihn nur finster.

Maldwin Feckles stand in der Ecke der Küche und bemühte sich, den größten Schaden zu beseitigen. »Ich hätte wissen müssen, dass mir dieser Darlington ein Kuckucksei ins Nest legen würde. Er hat mich nie leiden können«, sagte er. »Aber dem werde ich es zeigen. Meine

Schule besteht weiter, und das mit Erfolg. Immerhin sind drei meiner Schüler gute Leute.«

»Zwei«, korrigierte Kyle Fleming und trat über die Schwelle. »Ich bin schon eine ganze Weile hinter diesem Blaise Bowden her. Jetzt habe ich ihn endlich geschnappt.«

Haltsuchend umklammerte Maldwin Feckles die Kante des Küchentischs.

Gegenüber sahen Vernella und Achibald Enders voller Verblüffung Rauch aus dem Clubgebäude dringen.

»Das Haus steht in Flammen!«, schrie Vernella.

»Das ist ja furchtbar!« Archibald schüttelte den Kopf. »Ich wollte, dass sie schließen müssen, aber doch nicht, dass Menschen verletzt werden. Von den Rauchschäden in meinem künftigen Eigentum ganz zu schweigen!«

Sie bemerkten, wie jemand über die Straße auf ihr Haus zugelaufen kam. Es klingelte. Vernella und Archibald sahen sich an.

Es war Jack Reilly.

»Was kann ich für Sie tun?«, fragte Archibald Enders.

»Ist Thorn Darlington zugegen?«

»Unser Cousin Thorn hält sich oben in seinem Zimmer auf.«

»Ich bin hier, um ihn unter dem Verdacht der Brandstiftung festzunehmen.«

Archibald fuhr herum. Oben auf dem Treppenabsatz stand Thorn Darlington. »Du hast den guten Namen unserer Familie in den Schmutz gezogen!«, schrie Archibald. »Du hast uns ruiniert!«

»Und unsere Chance, König und Königin von Gramercy Park zu werden, zunichte gemacht«, zischte Vernella, hastete die Treppe hinauf und riss ihm die Sektflöte aus der Hand.

Eine knappe Stunde später war die Party im Club bereits wieder in vollem Gange. Der Rauch hatte sich mittlerweile fast ganz verzogen. Ein strahlender Edward Gold erschien mit seiner Frau, ein gewaltiges Scheck-Plakat unter den Arm geklemmt. »Wir hätten schon sehr viel früher hier sein können, aber dieser Verkehr …«

»Sehr viel früher?« Seine Frau schlug die Augen zum Himmel. »Er ist gerast wie ein Wahnsinniger!«

Würdevoll schritt Thomas zum Podest, um zwischen den beiden Schafen seine Ansprache zu halten.

Alle hoben ihre Gläser. Arm in Arm standen Regan und Jack vor dem Kamin, neben ihnen Clara. Nora und Luke waren von zahlreichen Krimiautoren umgeben. Lydia befand sich inmitten ihrer Singles und hatte beschützend die Arme um zwei von ihnen gelegt. Burkhard Whittlesey war unerbittlich des Clubs verwiesen worden und mit Sahnecreme und Tortenkrümeln auf seinem guten Anzug davongeschlichen. Maldwin Feckles stand zwischen seinen beiden verlässlichen Schülern Vinnie und Albert, die erstaunlicherweise fast wie richtige Butler aussahen. Janey blickte zu Thomas auf und die Mitglieder schienen plötzlich sehr viel stolzer zu sein, einem so respektablen Club anzugehören.

Hingerissen ließ Stanley Stock seine Kamera surren. Mein Film wird einfach unglaublich, dachte er.

»Es ist mir ein Bedürfnis, einen Toast auf Nat Pemrod und Ben Carney auszubringen. Ihrer Großzügigkeit haben wir es zu verdanken, dass der Settlers' Club weiterbestehen kann. Wir werden noch viele Jahre in diesen rauchgeschwärzten Mauern gemeinsam wirken und feiern.«

Gelächter brach aus und jedermann trank einen Schluck Champagner, während Dolly und Bähbäh wohlwollend auf die Menge herabblickten.

»Na, morgen beim Brunch haben wir genügend Gesprächsstoff«, sagte Nora zu Luke und Kyle Fleming.

»Zu schade, dass wir Georgette Hughes nicht persönlich auftreten lassen können«, lachte Fleming.

»In einer ihrer Verkleidungen«, fügte Luke hinzu.

Jack lächelte Regan an. »Und was ist mit uns?«

Regan erwiderte sein Lächeln. »Ich dachte, wir wollen zusammen nach Kalifornien.«

»Ich kann es kaum erwarten«, sagte er.

»Mir geht's genauso.« Ihre Hände suchten und fanden sich.

»Soll ich Ihnen was sagen?« Clara machte einen Schritt vorwärts und drängte sich praktisch zwischen sie. »Meine Schwester und ich sind letztes Jahr nach Kalifornien geflogen. Oh, es war einfach großartig …«

Verstohlen drückte Jack Regans Hand.

Ich kann es wirklich kaum erwarten, dachte Regan und erwiderte lächelnd Jacks Händedruck.

»Sind Sie schon jemals diese Küstenstraße entlanggefahren?«, fuhr Clara fort. »Himmlisch, einfach himmlisch. Das dürfen Sie sich auf gar keinen Fall entgehen lassen …«

Danksagung

Ich freue mich, den Menschen danken zu können, die mit ihren Anregungen und ihrer Unterstützung wahre »Juwelen« für mich waren.

Mein besonderer Dank gilt Roz Lippel, meiner Lektorin und Freundin, die mich mit ihrem Verständnis und ihrem Rat auf meinem ganzen Weg begleitet hat. Ich möchte auch meinem Agenten Nick Ellison danken sowie Alicka Pistek, zuständig für Auslandsrechte. Mein immerwährender Dank auch an Lisl Cade, meine Publizistin.

Mein Lob an Artdirektor John Fulbrook, an die Redaktionsleiterin Gypsy da Silva und die Redakteurin Carol Catt. Schlußendlich danke ich meiner Familie und meinen Freunden, besonders meiner Mutter Mary Higgins Clark, die weiß, wie wunderbar es ist, endlich bei den Danksagungen angekommen zu sein.

Ihr seid alle lupenreine Diamanten.